Der zweite Fall für Simon Strasser

Nachdem der ehemalige Polizei- und Gerichtsreporter Simon Strasser vor einiger Zeit seinen Alltag im hektischen Frankfurt am Main gegen das malerische Piemont getauscht hat, fühlt er sich dort inzwischen gänzlich wohl. Dass jetzt noch seine Freundin Luisa aus Deutschland zu Besuch kommt, lässt die Aussicht auf La Dolce Vita perfekt erscheinen. Das gemeinsame Glück der beiden wird jedoch schnell von der sympathischen Ermittlerin Carla Moretti gestört: Sie braucht Simons Hilfe. Die am Ufer des Lago d'Orta gefundene Leiche einer jungen Nonne wirft Rätsel auf. So ist sie erst kürzlich auf die Isola San Giulio gekommen, um nach ihrer verschwundenen Mutter zu suchen. Als wenig später zwei weitere Leichen aus dem See geborgen werden, ist klar: Hier wird versucht etwas zu verbergen. Was hat die Novizin herausgefunden? Und warum sind die Besitzer des nahegelegenen Hofes plötzlich sehr schweigsam?

Auch wenn Simon weiß, dass Alleingänge ihn in Schwierigkeiten bringen, sieht er keine andere Möglichkeit, um die Ermittlungen voranzubringen und weitere Mordopfer zu verhindern…

Giulia Conti ist das Pseudonym einer deutschen Journalistin und Reisebuchautorin. Sie hat viele Jahre in Frankfurt am Main gelebt und gearbeitet. Ihre zweite Heimat ist seit zwanzig Jahren ein kleines Dorf am Lago d'Orta in Norditalien. Mit ihrem ersten Roman *Lago Mortale* um den sympathischen Ermittler Simon Strasser gelang ihr auf Anhieb ein erfolgreicher Krimireihenauftakt.

Giulia Conti

Isola Mortale

Ein Piemont-Krimi

Atlantik

Atlantik ist ein Imprint des
Hoffmann und Campe Verlags, Hamburg.

1. Auflage 2021
Taschenbuchausgabe

www.hoffmann-und-campe.de
Umschlaggestaltung: © Hannah Kolling, Kuzin & Kolling,
Büro für Gestaltung, Hamburg
Umschlagabbildung: © Shutterstock/Frank Bach (Bildnr. 96179111)
Umschlagkarten: Vivian Bencs © Hoffmann und Campe
Satz: Pinkuin Satz und Datentechnik, Berlin
Gesetzt aus der Trump Mediaeval LT
Druck und Bindung: Druckerei GGP Media GmbH, Pößneck
Printed in Germany
ISBN 978-3-455-01231-6

HOFFMANN
UND CAMPE

Ein Unternehmen der
GANSKE VERLAGSGRUPPE

1

Die Nacht war tiefschwarz, der Lago d'Orta unter einem sternenlosen Himmel fast unsichtbar, die Luft von einem stetigen Rauschen erfüllt. Der See toste, es regnete in Strömen. Ein Gewittersturm fegte über das Wasser, türmte düstere Wellen mit weißen Schaumkämmen auf, die wuchtig auf das Dorf zurollten, klatschend an der Ufermauer brachen und Gischt hochschießen ließen. Alle paar Sekunden flackerte ein greller Lichtschein über dem See und den Hügeln rund um ihn herum auf, als hätte jemand ein Streichholz entzündet. Dann hörte man ein langgezogenes Grollen, bis sich die Spannung endlich in einem krachenden Donner entlud.

Wie ein Schiff lag Simons Haus in der Brandung, den Wogen und Böen schutzlos ausgesetzt. Es war ein altes Steinhaus, dreistöckig und mehr als zwei Jahrhunderte alt, und es stand mit den Füßen im Wasser, wie man in Frankreich sagte, ein Ausdruck, der Simon gefiel. Wieder ging ein Blitz über dem See nieder, und fast zeitgleich donnerte es, das Gewitter war jetzt ganz nah.

Simon sah auf die Uhr. Gleich neun. Er blickte hinaus auf die Uferpromenade und in den Regen, der im gelben Schein der Straßenlaternen aus dem Nachthimmel fiel, auf den See prasselte, von den Böen über das Wasser gepeitscht wurde. Es half nichts, er musste los. In einer Stunde würde Luisa mit dem Flugzeug aus Frankfurt in Malpensa landen, und trotz des Unwetters würde sie laut Website des Mailänder Flughafens pünktlich ankommen. Der war nicht weit entfernt, aber bei dem Sturm und dem heftigen Regen brauchte er für die Strecke bestimmt viel länger als sonst. Bevor er zu seiner Regenjacke griff, warf Simon noch einen Blick auf den ungestümen See, auf den gerade wieder ein Blitz niederging, dem sofort ein Donner folgte, dann verließ er sein Haus, zog die Kapuze über den Kopf und nahm den schmalen Fußweg nach oben zum Parkplatz, wo alle aus dem Dorf ihre Autos abstellten. Dicht aneinandergedrängte Steinhäuser zogen sich seitlich den Hang hoch, akkurat gemauerte, schöne alte Gebäude, die jetzt im Regendunst und im fahlen Schein der Laternen düster und unwirtlich aussahen. Die Gassen waren still und ausgestorben, nur aus wenigen Fenstern fiel Licht.

Simons Nachbarn – gerade mal sechzig Menschen waren es, die immer hier lebten – saßen um diese Zeit noch beim Abendessen mit Pasta und Wein oder schon vor dem Fernseher und würden bei dem Wetter keinen Fuß mehr vor die Tür setzen. Es war kurz vor Weihnachten und Ronco ein halb verlassenes Dorf. Viele Häuser, vor allem die an der Uferpromenade, standen leer, da ihre Besitzer, fast alles Ausländer, Deutsche, Schweizer und Franzosen, nur in den Ferien und dann am liebsten im Hochsommer an den See kamen.

Dabei war der Winter, fand Simon, hier oft die schönste Jahreszeit. Es konnte richtig kalt werden, manchmal fiel Schnee in dicken Flocken, bedeckte Dächer, Holzstege und die Palmen am Seeufer mit der weißen Last, bis eine grelle Sonne zurückkehrte, den Schnee abschmolz, den See versilberte und die Landschaft in ein wunderbares Winterlicht tauchte. Jetzt war es Mitte Dezember und ungewöhnlich warm. Bis vor zwei Tagen der Regen einsetzte, hatte Simon seinen Cappuccino noch an jedem Morgen auf seiner Terrasse getrunken, dazu eine Brioche mit *crema* gegessen, auf seinen See geschaut und das Licht und die laue Luft genossen.

Luisa landete pünktlich, aber es dauerte eine Weile, bis sich die Automatiktüren am Gate für die internationalen Flüge für Luisa öffneten und sie mit ihrem vollbeladenen Gepäckwagen erschien. Schon aus der Entfernung entdeckte sie Simon in der wartenden Menge, strahlte über das ganze Gesicht und winkte ihm stürmisch zu. Seit gut einem Jahrzehnt waren sie ein Paar, hatten sich in Frankfurt kennengelernt, aber seit Simon vor ein paar Jahren seinen Job als Gerichts- und Polizeireporter bei den *Frankfurter Nachrichten* aufgegeben und der Stadt den Rücken gekehrt hatte, lebten sie fast siebenhundert Kilometer entfernt voneinander, sahen sich nur von Zeit zu Zeit und dann meist nur für wenige Tage. Luisa hatte ihn allein nach Italien ziehen lassen, auch wenn das ihr Heimatland war. Sie war Architektin, wollte ihren guten Job in Frankfurt nicht aufgeben, außerdem mochte sie die Stadt am Main. Und Simon war das, wenn er ehrlich war, nicht ganz unrecht. Luisa fehlte ihm, das schon, aber er war ein Einzelgänger, hielt sich die Dinge in seinem Leben gerne offen und das bereits zu lange, um Luisa ganz in sein Leben zu lassen, auch wenn der Wunsch danach immer mal wieder in ihm hochkam.

Ihre letzte Begegnung lag fast zwei Monate zurück, und wenn sie sich so lange nicht gesehen hatten, erwartete Simon stets leicht angespannt diesen ersten Augenblick, in dem er sie am Flughafen unter den Ankommenden entdeckte und sie ihm in dieser Sekunde wie fremd erschien. Er malte sich aus, spielerisch, doch nicht ganz ohne Ernst, dass er sie auf einmal nicht mehr anziehend finden könnte. Aber wie immer war die strahlende Frau, die aus dem Gate kam und ihm zuwinkte, die Luisa, in die er sich vor langer Zeit verliebt hatte. Sie hatte sich verändert mit den Jahren, war, wie auch er, etwas fülliger geworden. Aber Simon fand, dass sie das eher noch attraktiver machte. Sie war groß, das volle braune Haar, das meist ein wenig zerzaust war, hatte sie mit einem giftgrünen Tuch gebändigt, ihre Augen darunter waren dunkelgrau, fast schwarz, und sie bewegte sich mit einer Geschmeidigkeit, von der Simon nur träumen konnte. Diesmal würde sie ungewöhnlich lange bei ihm bleiben, bis weit in den Januar hinein, und entsprechend ausladend war ihr Gepäck.

»*Mamma mia, che tempo brutto!*« Luisa fiel ihm um den Hals. »Ich habe schon gedacht, wir können gar nicht landen. Einmal musste der Pilot durchstarten, es war grässlich.«

»Runter kommen sie immer, das weißt du doch.«

Sie boxte ihm in die Seite. »Du warst auch schon mal origineller! Zur Strafe musst du jetzt meine Koffer ganz allein schieben.«

Simon holte den Peugeot vom Parkplatz, sie luden das Gepäck im strömenden Regen in den Kofferraum und fuhren endlich los. Im Auto lehnte Luisa sich tief in den Sitz zurück, schloss die Augen, legte ihre linke Hand in Simons Nacken und ließ sie dort, während sie auf den See zufuhren. Luisa hatte eigentlich immer etwas zu erzählen, aber jetzt war sie still und in sich gekehrt, ihr italienisches Temperament gedämpft. Die Angst vor dem Fliegen hatte sie erschöpft und vermutlich auch die Martinis, mit denen sie an Bord stets dagegen antrank – auch wenn die Flugbedingungen freundlicher waren. Simon konzentrierte sich auf das Autofahren, genoss die Ruhe. Ihm gefiel es, wenn sie sich so wiederfanden, ohne viel zu reden, in stillem Einverständnis.

Auch auf der Autobahn stürmte und regnete es heftig, und Simon war froh, dass sein Peugeot wie ein Brett auf der Straße lag; nicht auszudenken, wenn der alte Wagen bei dem nächtlichen Unwetter eine Panne hätte und sie in der Dunkelheit auf der vielbefahrenen Autostrada liegenbleiben würden. Sein Bruder hatte ihm das Auto vor vielen Jahren vermacht, und noch nie hatte es ihn im Stich gelassen. Simon hing an dem Wagen, der eines der wenigen Dinge in seinem Leben war, die ihn noch mit Frankfurt verbanden. Außer Luisa natürlich.

Wind und Regenschauer legten weiter zu, je näher sie dem See kamen, und Simon fuhr so langsam, dass sogar Lastwagen ihn überholten und ihm mit ihren Wasserfahnen die Sicht nahmen. Es war schon fast Mitternacht, als sie endlich in Ronco ankamen, erschöpft und durchnässt von den wenigen Schritten, die sie im noch immer strömenden Regen vom Parkplatz den Weg hinunter bis zu seinem Haus machten. Luisa verzichtete zu Simons Erleichterung für diese Nacht auf ihr Gepäck, hatte nur eine Tasche mit dem Nötigsten in die Hand genommen.

Seit gut fünf Jahren lebte Simon nun am See, so lange war es her, dass er seinen Job in Frankfurt aufgegeben, das Haus in Ronco gekauft und sich seinen alten Traum vom Leben am Wasser in Italien erfüllt hatte. Um den Preis des Alleinlebens – wenn es denn für ihn ein Preis war. Bis vor ein paar Monaten hatte noch Nicola, seine Ziehtochter, mit ihm unter einem Dach gelebt. Als sie klein war, war er für sie ein Ersatzvater gewesen, so lange, bis er sich von ihrer Mutter trennte und sie daraufhin den Kontakt zu ihm unterband. Dann war Nico plötzlich wieder bei ihm in Italien aufgetaucht, neunzehn Jahre alt, eine selbstbewusste und extrovertierte junge Frau, die sich schnell in Italien einlebte und, wie Simon fand, mittlerweile fast italienischer war als er. Ein knappes Jahr hatten sie zusammen in Ronco gelebt, und sie war die erste Person, mit der ihm das nicht nach einiger Zeit zu eng wurde, Luisa und seine wenigen ernsthaften früheren Lieben eingeschlossen. Jetzt war Nico in Turin zu Hause, wo sie Tiermedizin studierte. Das war gut so, auch wenn sie Simon fehlte.

Bevor er die Tür aufschloss, warf Simon noch einen Blick auf den schmalen, steinigen Strand neben seinem Haus, wo sein Motorboot lag, ein flaches Metallboot mit Außenborder, wie es auch die Angler auf dem See benutzten. Die Wellen erreichten schon knapp das Heck, aber das Boot war gut vertäut und die Knoten hielten, wie Simon beruhigt feststellte.

Luisa war bereits ins Haus gegangen, warf ihren Regenmantel ab, streifte ihr feuchtes grünes Tuch ab und schüttelte ihre Haare wie ein Hund. Der Kamin im Wohnraum brannte nicht mehr, und obwohl es draußen für Mitte Dezember eher warm war und Simons Haus mit seinen dicken Steinmauern eigentlich lange die Wärme hielt, war es ausgekühlt. Aber sie waren beide zu müde, um noch Feuer zu machen. Sie tranken noch ein Glas Rotwein, fielen dann ins Bett und schliefen sofort ein, trotz des Lärms von Wind und Wellen und obwohl sie beide sich ihre erste gemeinsame Nacht nach wochenlanger Trennung anders ausgemalt hatten.

Ein knirschendes Geräusch schreckte Simon aus dem Schlaf. Der Wecker zeigte fast halb drei. Schlaftrunken setzte er sich im Bett auf und blickte aus dem Fenster auf den See. Der Sturm hatte nicht nachgelassen, und die Wellen schlugen mit unverminderter Wucht von Norden her gegen sein Haus, aber das Gewitter und der Regen hatten sich verzogen. Die Nacht war jetzt sternenklar, und der Mond warf einen langen, hell schimmernden Streifen auf das tiefschwarze Wasser. Wieder knirschte es.

Simon erkannte sofort, was los war. Die Leinen, die sein Boot am Ufer hielten, mussten sich doch gelockert haben, und es rutschte und schabte nun auf den Kieseln hin und her. Es waren nicht die klatschenden Wellen, die ihn geweckt hatten, sondern dieses Geräusch, für das er inzwischen ein gutes Ohr hatte. Wohl oder übel musste er noch einmal in die Nacht hinaus und nach dem Boot sehen.

Luisa schlief fest, das Gesicht in ihr Kopfkissen geschmiegt, atmete leise. Simon beneidete sie um ihren tiefen Schlaf, aus dem sie durch nichts aufzuschrecken war. Diese Zeiten waren bei ihm vorbei. Sogar wenn er erst sehr spät ins Bett ging, wachte er schon am frühen Morgen wieder auf. Das war einer der Tribute, die er seinem fortgeschrittenen Alter zollen musste. Er war jetzt Mitte fünfzig, fast zwei Jahrzehnte älter als Luisa, und auch wenn er noch gut in Form war und sich wie die meisten seiner Altersgenossen viel jünger fühlte, hatte er Angst vor dem Älterwerden und registrierte peinlich genau jedes Anzeichen dafür. Hin und wieder raste sein Herz und versetzte ihn in Todesangst, doch diese Attacken waren seltener geworden, seit er in Ronco lebte.

Er machte kein Licht im Schlafzimmer und zog sich vorsichtig aus der Bettdecke, um Luisa nicht zu wecken, dann tastete er sich die Treppe hinunter, drückte den Lichtschalter, aber die Deckenlampe unten im Wohnraum blieb dunkel. Der Strom war ausgefallen. Auch die Straßenlaternen an der kleinen Uferpromenade von Ronco waren erloschen; das ganze Dorf lag im Dunkeln, wie so oft, wenn Unwetter von den Alpen her über den See zogen. Meistens dauerte es allerdings nicht lange, bis mit einem Schlag der Strom von selbst wieder zurückkam.

Simon streifte eine Jacke über, schlüpfte in seine Gummistiefel, nahm eine Taschenlampe und lief die paar Meter zum Strand, wo das Boot tatsächlich ein Stück nach unten gerutscht war, mit dem Heck jetzt im Wasser lag und die Wellen über den Außenborder schwappten. Wie er vermutet hatte, war das kürzere der beiden am Bug befestigten Taue gerissen. Er beugte sich hinunter, wollte sich das genauer ansehen, als es hinter ihm einen Schlag tat. In seinem Rücken hatte sich etwas bewegt. Was war das? Er wandte sich abrupt um. War da jemand? Lauerte ihm im Dunkeln jemand auf? Mit der Taschenlampe leuchtete er den Strand ab, und jetzt sah er, was ihn erschreckt hatte. Auf einem der anderen Boote saß ein großer, grauer Kater und starrte ihn aus sehr hellen Augen an. Eine von den halbwilden Dorfkatzen, die sich mit einem Sprung vor ihm in Sicherheit gebracht hatte. Er rief dem Kater etwas zu, der machte einen

Buckel und verschwand mit einem weiteren Satz über die hohe Mauer auf das Nachbargrundstück.

Ein wenig irritiert über seine ihm ungewohnte Schreckhaftigkeit – machte ihn Luisas Anwesenheit empfindsamer? –, widmete sich Simon wieder seinem Boot, zog es ein Stück höher, befestigte es mit einer weiteren Leine am Stamm der Palme, deren Blätter jetzt fast gestreckt im Sturm standen, der nur noch aus einer einzigen, andauernden Bö zu bestehen schien.

2

Um Viertel nach sieben klingelte Simons Handy und holte ihn erneut aus dem Tiefschlaf. Diesmal wurde auch Luisa von dem Geräusch wach, richtete sich im Bett auf, strich sich eine Haarsträhne aus dem Gesicht und wandte sich ihm verschlafen zu. »*Porca miseria*! Wer ruft denn so früh bei dir an? Geh da nicht ran, Simon. Das ist bestimmt irgendein Verrückter. Lass uns weiterschlafen, *amore.*«

Simon ignorierte den Einwand, er war zu neugierig. Wer konnte das um diese Zeit sein? Es war noch dunkel, und er streckte suchend seine Hand zu seinem Handy auf dem Nachttisch aus, nahm mit müder Stimme den Anruf entgegen. Carla. Maresciallo Carla Moretti. Sofort war Simon hellwach.

»*Buongiorno*, Simone«, sagte sie, und ihre Stimme klang noch tiefer und rauer als sonst, »entschuldigen Sie die frühe Störung, ich habe Sie wohl geweckt, das tut mir leid. Ich bin am Strand von Lagna, und es scheint, ich könnte mal wieder Ihre Unterstützung gebrauchen.«

Simon verschlug es einen Moment die Sprache. Das war wirklich eine frühmorgendliche Überraschung. Er kannte Carla Moretti seit zwei Jahren, und schon zweimal war er ihr mehr zufällig bei der Aufklärung von Mordfällen nützlich gewesen. Allerdings hatte er sich dabei im Übereifer nicht nur mit Ruhm bekleckert. Umso schneller wich seine

Überraschung nun der Freude darüber, dass sie sich wieder bei ihm meldete und ihn um Hilfe bat. »Kein Problem«, sagte er. »Was ist denn los?«

»Hier ist die Leiche einer Frau angespült worden. Wahrscheinlich war sie bei dem Sturm heute Nacht auf dem See unterwegs und ist gekentert. Ihr Boot trieb noch auf dem Wasser. Ein Ruderboot mit einem kleinen Außenborder. Es sieht jedenfalls so aus, als ob es ihres ist.«

»Und was genau ist passiert?«

»Ich weiß es noch nicht, und auch nicht, wer sie ist. Sie hat eine Kopfverletzung und es könnte eine Deutsche sein. Sie trägt ein Amulett mit einer deutschen Gravur, vielleicht können Sie das entziffern und uns dabei helfen, sie zu identifizieren?«

»Ja, natürlich, ich komme. In einer knappen Dreiviertelstunde bin ich bei Ihnen.«

Luisa hatte mitgehört oder zumindest aufgeschnappt, worum es ging, und sie kannte Simon gut genug, um gar nicht erst zu versuchen, ihn von diesem Aufbruch abzuhalten. Sie blieb stumm, vergrub sich wieder in den Kissen, als er im Dunkel des Schlafzimmers in seinen Bademantel schlüpfte. Er strich ihr noch einmal sanft über das Haar und verschwand nach unten in das Badezimmer.

Beim Zähneputzen fiel sein Blick durch das Fenster auf die Palme am Strand, die langsam aus der Morgendämmerung auftauchte, mit ihren langen, schmalen Blättern, die nun reglos am Stamm hingen. Der Sturm hatte sich verzogen, es war vollkommen windstill. Er könnte also das Boot nehmen und wäre damit schneller am Fundort der Leiche, in Lagna im Süden des Sees, als mit dem Auto, überlegte Simon.

Er griff zu einer Bürste, fuhr sich damit durch die Haare und schaute in den Spiegel. Müde sah er aus. Die Strapazen der Nacht, und, wenn er ehrlich mit sich war, des ganzen Lebens, waren nicht spurlos an ihm vorübergegangen. Zwar war sein rotblondes Haar noch voll und fast nicht ergraut, aber er bekam immer mehr Sommersprossen und rund um die Augen kleine Falten, darunter lagen Schatten, die ihm an diesem Morgen besonders dunkel vorkamen. Vom Aussehen her schlug er nicht nach seiner italienischen Mutter, sondern nach seinem deutschen Vater, der ein attraktiver Mann gewesen war, jedoch mit zunehmendem Alter immer fülliger wurde, weshalb Simon seinen eigenen Leibesumfang stets wachsam im Blick behielt.

Mit sieben dunklen Schlägen und einem hellen holten die Kirchenglocken von Ronco Simon aus seinen Gedanken zurück. Halb acht. Es wurde Zeit, dass er sich auf den Weg machte. Noch einmal sah er in den Spiegel. Den Dreitagebart, der tatsächlich schon ein Fünftagebart war, ließ er stehen, nahm noch eine schnelle heiße Dusche. So könnte er Carla begegnen. Aber auch für einen Cappuccino musste noch Zeit sein. Der Strom war zurück im Dorf, und Simon warf die Espressomaschine an, überlegte, ob er nicht Luisa auch eine Tasse ans Bett bringen sollte, um sie zu versöhnen, ließ es aber doch sein. Bestimmt war sie schon wieder in ihren Tiefschlaf gefallen.

Mit dem Cappuccino in der Hand und einer Brioche trat er hinaus auf die Terrasse. Die Sonne war jetzt aufgegangen, stand knapp über den bewaldeten Hügeln und verstreuten Dörfern auf der anderen Seite, warf einen hellen Lichtschein auf den See und einen rosa Schimmer auf Ronco.

Es war etwas kälter geworden, der Himmel blassblau und wolkenlos, und über der Insel in der Mitte des Sees hingen hinreißend schön ein paar Dunstschleier.

In diesem Jahr hatte es im November viel geregnet, und der See war prallvoll wie ein bis an den Rand gefüllter Pool. Hinter der Insel, fast schon an der Südspitze, lag Lagna, der Fundort der Leiche, und Simon hatte die Bilder vor Augen, wie Carla und ihre Leute dort jetzt das Gelände sicherten und erste Indizien und Hinweise sammelten. Er kannte diese Abläufe nur zu gut, zu oft hatte er sie in seiner Frankfurter Zeit als Polizeireporter und dann in Italien an der Seite von Carla erlebt. Und doch war er gespannt, was nun auf ihn zukam. Jetzt bewährte sich immerhin, dachte Simon, dass er seit einem halben Jahr offiziell als Übersetzer zugelassen war. Carla hatte ihm das nach ihrer letzten gemeinsamen Ermittlung vorgeschlagen, überzeugt davon, dass er ihr womöglich immer mal wieder mit seiner Zweisprachigkeit würde nützlich sein können. Er hatte eigentlich keine Lust gehabt, sich in seinem Alter wieder auf eine Schulbank zu setzen. Aber schließlich hatte er sich durchgerungen, weniger aus Überzeugung, sondern weil der Vorschlag von Carla kam. Sogar eine Prüfung bei der Handelskammer hatte er abgelegt. Und schließlich war der ganze Aufwand also nicht umsonst gewesen.

Langsam wurde es wirklich Zeit für ihn. Er trank noch einen Schluck von seinem Cappuccino, warf einen letzten Blick auf den See. Von dem Unwetter der Nacht war nichts mehr zu spüren; vollkommen still und spiegelglatt wie eine frisch präparierte Eisfläche lag er vor ihm, nur hier und da trieben ein paar Zweige und Äste auf dem Wasser, die der

Sturm hineingeschwemmt hatte. Er würde also doch besser mit dem Auto fahren, denn mit dem schnellen Boot womöglich auf eines dieser schwimmenden Hindernisse zu treffen, die man manchmal erst im letzten Moment sah, war ihm ein zu großes Risiko.

Fünf Minuten später war er mit seinem Peugeot auf der Uferstraße unterwegs. Für seine Verhältnisse fuhr er zügig und war schnell in Pella, einem außer seiner sehr schönen Hafenpromenade eigentlich eher schmucklosen Ort, dem man vor ein paar Tagen das Weihnachtskleid angelegt hatte. Mit Sternen bestückte Girlanden bogen sich über der Straße, die durch die Ortsmitte und dann am See entlang weiter in den Süden führte, an den Häusern erklommen hier und da rot-weiß bemützte Weihnachtsmänner die Fassaden, saßen breitbeinig auf den Balkonen oder schoben einen Schlitten durch den Garten. Das ganze Spektakel würde sich erst bei Dunkelheit richtig entfalten, wenn die Lichteffekte zum Einsatz kamen, es überall vielfarbig blinkte und glitzerte. Allerdings war der Elan zum weihnachtlichen Schmücken in den letzten Jahren etwas erlahmt, die Dekoration bescheidener geworden. Die Dauerkrise, in der sich Italien seit einiger Zeit befand, ließ auch die italienische Weihnacht nicht unberührt.

Auf dem Parkplatz in Lagna standen ein paar Polizeifahrzeuge, und Simon erkannte Carlas Fiat. Er stellte sein Auto neben ihrem Wagen ab und nahm den asphaltierten Fußweg, der von dort hinunter zu dem großen Strand führte, den vor allem Einheimische gerne im Sommer besuchten. Bevor er den See erreichte, war der Weg mit Flatterband abgesperrt, und ein Carabiniere verwehrte ihm den Zutritt. »Sie können hier nicht durch«, sagte er in barschem Ton: »Sie sehen ja, dass hier abgesperrt ist.«

»Maresciallo Moretti erwartet mich«, erwiderte Simon betont höflich.

»Das kann ja jeder behaupten. Wer sind Sie denn? Können Sie sich ausweisen?«

»Rufen Sie doch einfach Maresciallo Moretti an, sie wird nicht erfreut sein, wenn Sie mich noch länger aufhalten.« Simons Ton war jetzt auch eine Spur weniger höflich, aber er zog doch gütlich seinen deutschen Personalausweis. Der durfte dienlicher sein als sein Presseausweis, den vorzuzeigen ihm den Zugang zum Strand wahrscheinlich erst recht verschlossen hätte.

»Strasser ist Ihr Name? Sie sind also kein Italiener, sondern Deutscher?«

»Ja, richtig.« Simon ließ es sich nicht anmerken, aber insgeheim freute er sich jedes Mal, wenn jemand ihn für einen Italiener hielt, auch wenn das in diesem Fall ein nicht besonders helle wirkender Carabiniere war. Zwar war Simons Mutter Italienerin, aber sie hatte mit ihren Söhnen Deutsch gesprochen und er hatte fast sein ganzes Leben in Frankfurt verbracht, seine zweite Muttersprache erst spät entdeckt, sprach sie noch immer nicht perfekt. Wenn der Polizist seinen deutschen Akzent nicht heraushörte, machte er jedoch offenbar Fortschritte. Dass er die Pässe beider Länder besaß, ging den Carabiniere, fand Simon, nichts an.

»*Ho capito.* Ich schicke den Signore zu Ihnen.« Der Polizist hatte nun doch zu seinem Diensthandy gegriffen und Carla angerufen. Dabei veränderte sich sein Ton, klang sehr respektvoll, um sich dann schließlich auf ein paar kurze *sì, sì Maresciallo* zu beschränken, und als das Gespräch mit

Carla beendet war und er das Flatterband hob, schenkte er Simon sogar ein Lächeln, um ihn dann mit einer wahrscheinlich gewohnheitsmäßig herrischen Geste aufzufordern, weiter zum Fundort der Leiche zu gehen.

Der Strand war verwaist, auch der große Holzsteg, an dem die drei Verkehrsschiffe anlegten, die von Ostern bis in den Oktober hinein auf dem See unterwegs waren, war jetzt im Winter mit einer Kette versperrt. Rechts von Simon, unter dicht stehenden, schmal in den Himmel wachsenden Kiefern, lag eine Holzbude, an der im Sommer Eis und Getränke verkauft wurden. Simon kamen Bilder aus dem vergangenen August zurück. Es war ein Jahrhundertsommer gewesen, der Strand immer prallvoll, stets hatte ein Grillgeruch in der flirrenden Luft gehangen, unter einem hellblauen Himmel und einer gelben Sonne, die so heiß war, dass es einem schwindelig davon wurde. Kinder mit bunten Schwimmnudeln, die größer waren als sie selbst, schweratmende Französische Bulldoggen, die zurzeit in Mode waren, Mädchen in knapp sitzenden Jeansshorts und Jungs mit lautstarken CD-Playern – sie alle waren an diesen Strand geströmt, stahlen sich für ein paar Stunden aus der Hitze, schwammen, planschten und alberten im See herum. Jetzt waren die Fensterläden der Bude verrammelt und an ihrer Seite ein paar rote und blaue Klappstühle nachlässig zusammengestellt. An den zwei Kakibäumen daneben hingen überreife orangerote Früchte, die einfach nicht abfallen wollten, sich an die knorrigen Zweige klammerten wie alte Menschen an das Leben.

Ganz am Ende, wo der Strand in ein Wäldchen überging, sah Simon eine Gruppe Uniformierter, darunter eine Frau und einen Mann in weißen Schutzanzügen. Dort musste der Fundort der Leiche sein. Jetzt kam ihm schon Carla mit schnellen Schritten entgegen. Ein eleganter Anorak über der dunkelblauen Uniform, eine Sonnenbrille auf der Nase, die kurzen pechschwarzen Haare über der hohen Stirn etwas zerzaust.

Als sie näherkam, sah Simon, dass sie ihren linken Arm in einer Schlinge trug. »*Buongiorno*, Carla, was ist passiert? Hatten Sie einen Unfall?«, fragte er, als sie ihn erreichte, mit ihren grünen Augen anlächelte, ihm die rechte Hand entgegenstreckte und ihn warmherzig begrüßte.

»*Sì*, Simone. Leider ja. Ich bin beim Skilaufen gestürzt. Der Arm ist etwas angeknackst, aber es ist nicht weiter der Rede wert. *Grazie*, dass Sie so schnell gekommen sind. Ich habe Sie ja wohl aus dem Bett geholt?«

»Nein, das heißt, ich wollte ohnehin gerade aufstehen, also machen Sie sich bitte keine Gedanken. Sie wissen ja, ich helfe gern.«

Carla lächelte ihn wieder an, jetzt etwas verschmitzt, fand Simon, oder täuschte er sich? Bestimmt hatte sie seine Alleingänge bei den letzten beiden Fällen nicht vergessen. »Die Staatsanwältin ist schon weg«, sagte sie, in einen professionellen Ton wechselnd. »Kommen Sie mit, die Tote wird gleich abgeholt. Sie können sie sich noch schnell ansehen und vor allem ihr Amulett. Es ist eine Madonnenmedaille.«

Wie immer kam Carla schnell zur Sache. Das gefiel Simon, wie er ihr überhaupt sehr zugetan war. Aber sie hielten professionellen Abstand, als wären sie tatsächlich Kollegen, siezten sich, allerdings mit einem vertrauten, fast intimen Unterton. Sie war auch die Einzige, der er es durchgehen ließ, sogar mit Wohlgefallen, dass sie ihn Simone nannte. Sein Taufname war Simon, aber seine Mutter hatte daraus den italienischen Männernamen Simone gemacht, eine zärtliche Geste, die ihm jedoch als heranwachsendem Jungen in Frankfurt stets peinlich gewesen war. Der deutsche Frauenname war ihm daher bis heute unangenehm. Außer eben, wenn er von Carla kam.

Es war eine Weile her, dass sie sich zum letzten Mal gesehen hatten, und Simon war gar nicht mehr bewusst gewesen, wie sehr ihm diese Polizistin gefiel. Und so kam es, dass er sich an diesem frühen Morgen an diesem winterlichen Strand, an dem eine tote, wahrscheinlich ermordete Frau lag, ganz und gar unpassend fühlte: Er freute sich, Carla wiederzusehen.

Die Leiche lag auf einem Wiesenstück unter den Bäumen und war mit einem Tuch abgedeckt. Der Mann und die Frau von der Spurensicherung waren offenbar schon mit ihrer Arbeit fertig, hatten die Kapuzen ihrer Schutzanzüge abgenommen und packten ihre Sachen zusammen, wie es auch der Arzt tat, der die Tote untersucht hatte. Unten am Strand lag ein Ruderboot, ein schlankes Holzboot mit einem kleinen Motor, wahrscheinlich das, das die Tote benutzt hatte. Wieso war sie bei dem Sturm auf den See gefahren? Das war doch irrwitzig und glatter Selbstmord, dachte Simon.

Carla bemerkte seinen Blick und erahnte seine Gedanken. »Sie werden sehen, Simone, sie hat sich nicht umgebracht. Sie ist auch nicht ertrunken. Sie hat eine Kopfverletzung und ist wahrscheinlich erschlagen worden. Der Arzt will sich zwar noch nicht hundertprozentig festlegen, aber er ist sich ziemlich sicher. Natürlich könnte sie bei dem Wellengang auch mit dem Kopf irgendwo gegengeschlagen sein, zum Beispiel an die Ufermauer dahinten, wo die Schiffsanlegestelle ist. Die Wunde an ihrem Hinterkopf sehe aber ganz nach einem Hieb mit einem flachen Gegenstand aus, meint der Arzt, und sie sei höchstwahrscheinlich schon tot gewesen, als sie ins Wasser gefallen ist. Den Bericht von der Gerichtsmedizin bekomme ich spätestens morgen Vormittag. Jetzt versuchen wir erst mal herauszufinden, wer sie ist.« Carla hielt ihm ihre Handschuhe hin. »Helfen Sie mir mal, die anzuziehen?«

Sie hatte sehr schmale Hände, mit langen Fingern ohne Ringe und kurz geschnittenen Nägeln, und obwohl es nur diese scheußlichen Latexhandschuhe waren, die er ihr anlegte, berührte ihn dieser fast schon intime Vorgang. Die Polizistin reichte ihm nun ebenfalls Handschuhe, dann zog sie mit der rechten Hand das Tuch zur Seite, das die tote Frau abdeckte. Simon hatte schon viele Leichen gesehen, doch diese hier war außergewöhnlich. Es war eine Nonne, und obwohl sie im Wasser gelegen hatte, sah man, dass sie ausgesprochen schön war, groß, aber schmal und sehr zart. Sie trug eine Kutte, ihren Schleier musste sie im See verloren haben. Simon blickte in ihre dunkelgrauen, starren Augen, in ihr fahles Gesicht, berührte spontan ihr fast weißblondes Haar, das in langen, nassen Strähnen an ihrem Kopf klebte. Er schätzte sie auf höchstens Mitte zwanzig. Sie war bleich, aber nicht aufgedunsen, konnte also nicht allzu lang im Wasser getrieben sein, bevor die Wellen sie an diesen Strand geschwemmt hatten. Die klaffende Wunde am Hinterkopf sah Simon erst auf den zweiten Blick.

Carla riss ihn aus seinen Betrachtungen. »Heben Sie bitte

mal ihren Kopf an, Simone?« Ohne zu zögern, folgte er ihrer Bitte, und Carla griff zu der Silberkette mit dem Amulett, die die Nonne um den Hals trug, öffnete routiniert den Verschluss, nahm sie ihr behutsam ab und reichte sie Simon, der das Amulett in seiner Hand wog. Es war nicht besonders schwer, sah aber nach echtem Silber aus. In der Mitte etwas erhaben ein kleiner Kopf in Gold, der eine betende Jungfrau Maria darstellte. Um sie herum lief am Rand eine Schrift. Simon las laut: »*Der HERR erlöst das Leben seiner Knechte, und alle, die auf ihn trauen, werden frei von Schuld. München 2006.*«

»Ist das eine Spezialanfertigung oder haben Sie solche Amulette schon häufiger in Deutschland gesehen?«, fragte Carla. »Und hat der Text irgendeine besondere Bedeutung?«

»Ich habe, ehrlich gesagt, keine Ahnung. In Religionsfragen bin ich nicht besonders bewandert und erst recht nicht bibelfest, das können Sie sich ja denken, so gut kennen Sie mich ja inzwischen«, erwiderte Simon. »Das sieht aber wertvoll aus, das ist nicht irgendein Tand, der an jeder Ecke als Massenware verkauft wird.«

Inzwischen waren die Sargträger angekommen, schauten fragend zu Carla, sie nickte, streifte ihre Handschuhe ab, ging zu ihnen und wechselte ein paar Worte mit den beiden Männern.

Simon setzte sich auf eine niedrige Steinmauer am Ufer und blickte auf das Wasser. Der Tod dieser jungen Frau ließ ihn nicht kalt, die Schutzhaut, die er sich in seinem Beruf über Jahre zugelegt hatte, wurde poröser, seit er in Ronco lebte. Lag das auch an diesem See, der ihm unter die Haut ging und ihn berührbarer machte?

Gerade diese Ecke, den Strand von Lagna und den Uferweg, der sich wunderschön unter Bäumen am Ufer entlang schlängelte, liebte Simon, ging dort gerne spazieren und hin und wieder auch joggen. Der See weitete sich hier, gab den Blick frei auf die Isola San Giulio, die kompakt bebaute kleine Klosterinsel, die sich vor ihm wie ein Schiff aus dem See erhob. War die Nonne von dort mit ihrem Boot gestartet? Das lag nah, und Carla würde es sicher bald herausbekommen.

Simons Blick schweifte weiter über den See, bis in den Norden, wo die erste Alpenkette mit schneebedeckten Zacken in den Himmel ragte. Geradezu bühnenreif war das Panorama, das sich vor ihm auftat, auch wenn die Sturmnacht ein paar hässliche Spuren hinterlassen hatte. Der Strand war übersät von Pflanzen und allem möglichen angeschwemmten Plunder, Blätterbergen, Zweigen und sogar ganzen Ästen, aber auch viel Plastik, Sprudelflaschen und Fetzen durchsichtiger Folie, die wer weiß woher kamen. In einem Rinnsal dümpelten eine Badelatsche und ein kaputter Ball vor sich hin, und auf dem Wasser schaukelte ein roter Kindereimer.

Unübersehbar waren auch die Warnschilder, die darauf hinwiesen, dass dieser Strand nicht bewacht wurde. Die hatte man vor ein paar Monaten angebracht, nachdem hier im Frühjahr, als noch gar nichts los war, ein Unglück passiert war. Zwei Kinder waren an diesem Strand ertrunken, Söhne syrischer Flüchtlinge; beide konnten nicht schwimmen. Der Kleinere, Sechsjährige, hatte sich wohl zu weit vor in den schnell steil abfallenden See gewagt und war untergegangen, der Ältere, Zehnjährige, hatte versucht, seinen kleinen Bruder zu retten und war dabei selbst ertrunken. Das Unglück löste eine Welle von Anteilnahme bei den Menschen am See aus. Zwar brachten die Italiener den Flüchtlingen, die über das Mittelmeer, oft als Schiffbrüchige, in ihr Land kamen, nicht immer Sympathie entgegen, viele unterstützten im Gegenteil die gegen die Migranten gerichteten Parolen eines rechtspopulistischen Politikers, der gerade hier im Norden des Landes seine größten Erfolge erzielte. Aber angesichts dieser Tragödie direkt vor ihren Augen siegten die ausgeprägte Freundlichkeit und das Mitgefühl der meisten Italiener, und man überschlug sich vor Hilfsangeboten für die syrische Familie.

Carla kam wieder auf Simon zu, der noch immer gedankenverloren auf der Steinmauer saß, tippte ihm auf die Schulter und holte ihn zurück in das Geschehen am Tatort, wo die Sargträger gerade die Leiche in eine Hülle packten, sie mit Schwung in den Zinkbehälter hoben und mit ihr verschwanden. Die schöne Frau würde nun auf dem Tisch des Gerichtsmediziners landen, eine Vorstellung, die Simon trotz seiner Routine in der Begegnung mit dem Tod immer wieder irritierte.

Carla steckte das Amulett in eine Plastiktüte. »Hier brechen wir jetzt unsere Zelte ab. Vielen Dank, Simone, dass Sie so schnell gekommen sind. Ich melde mich wieder bei Ihnen, okay?«

Sie gingen noch gemeinsam hoch zum Parkplatz. »Wie kommen Sie denn nach Omegna, können Sie mit dem verletzten Arm überhaupt Auto fahren?«, fragte Simon.

»Eigentlich schon, aber wenn mich die Carabinieri erwischen, wird das teuer«, antwortete Carla grinsend, und auch Simon musste lachen. »Aber im Ernst, Stefano fährt mich«, fuhr sie fort und zeigte auf den Carabiniere, der oben vor dem Parkplatz das Flatterband bewachte. Auf eine erneute Begegnung mit ihm konnte Simon gut verzichten. Er verabschiedete sich von Carla und verschwand mit schnellen Schritten zu seinem Peugeot.

3

Eine helle Wintersonne holte Simon am nächsten Morgen schon früh aus dem Schlaf. Er richtete sich in den Kissen auf und sah aus dem nur spaltbreit geöffneten Fenster auf die andere Seeseite, wo die Sonne gerade aufging, jetzt knapp über den Hügeln stand und flimmernde Lichttupfer auf die Wand des Schlafzimmers warf. Eine leichte, aber stetige Brise blies wieder über den See, fuhr auch in die Palme neben Simons Haus und brachte ihre harten, langen Blätter zum Klappern wie einen Fächer. Luisa schlief noch. Simon stand vorsichtig auf, um sie nicht zu stören, schloss das Fenster und drehte die Heizung in dem kalten Raum auf.

Sie waren erst spät ins Bett gekommen; Simon hatte gekocht, mit Steinpilzen gefüllte Pasta, ein Kalbsragout mit Salbei und Weißwein, danach Käse mit einer Mostarda aus Feigen und zum Abschluss einen Zitronenkuchen. Dazu waren viel Barolo und hinterher noch Grappa geflossen.

Eigentlich hätte Simon diesen ersten Abend in Ronco gerne mit Luisa allein verbracht, aber sie hatte am Nachmittag mit Tommaso telefoniert und ihn zum Abendessen eingeladen. War das eine kleine Rache dafür, dass er am Morgen zu Carla aufgebrochen war?

Tommaso war Simons bester Freund, ein Rechtsanwalt, der sich erst vor kurzem zur Ruhe gesetzt hatte und in Orta San Giulio lebte, in einem stattlichen Haus am Seeufer, das früher der Sommersitz seiner Mailänder Familie gewesen war. Ohne Zweifel ein imposanter Mann, der den ihm noch ungewohnten Müßiggang wie die meisten Dinge in seinem Leben mit Witz und Ironie bewältigte. Kein Wunder, dass er Luisa gefiel, und sie ihm, so sehr, dass Simon manchmal Zweifel hatte, ob es nicht doch mehr als Freundschaft war, was die beiden zueinander hinzog.

Er ließ sich langsam auf der Bettkante nieder und betrachtete sie, ihren üppigen Körper und ihre auch im Winter leicht gebräunte Haut, ihr widerspenstiges Haar und ihr lebensfrohes, offenherziges Gesicht. Simon hatte Lust auf sie, wollte sie aber nicht wecken. Er näherte sich ihr behutsam, wollte ihre Nase küssen, spürte schon ihren warmen Atem, als sie sich mit einem wohligen Laut im Schlaf umdrehte und von ihm abwandte.

Seufzend stand Simon auf und machte sich auf den Weg nach Pella, um etwas Brot zu holen. Er ließ sich Zeit, fuhr gemächlich mit dem alten Peugeot die Uferstraße entlang, geblendet von den Blicken auf den See im gleißenden Winterlicht – diese ihn stets aufs Neue frappierende Schönheit –, aber es gelang ihm nicht, seine Gedanken von dem Geschehen am Morgen zuvor abzulenken. Immer wieder kehrten sie dorthin zurück, zu der Nonne mit der hässlich klaffenden Wunde am Kopf. Was konnte es für einen Grund geben, eine Ordensschwester umzubringen? Und wer konnte das getan haben? Und noch eine andere Frage beschäftigte ihn: Warum hatte Carla ihn an diesem Morgen an ihre Seite geholt? Die Tote zu identifizieren, konnte nicht wirklich schwierig sein. Sie kam aus einem Frauenkloster, und davon gab es nur zwei am See, das auf der Insel und eines in Pettenasco. Aus einem der beiden musste sie stammen, zumindest war das sehr wahrscheinlich. Ihre Herkunft war also kein großes Rätsel, auch wenn sie tatsächlich eine Deutsche sein sollte. Carla hätte ihn also eigentlich nicht gebraucht, überlegte Simon.

Aber was war mit der jungen Nonne passiert? Warum hatte jemand ihr nach dem Leben getrachtet? Und wie war sie auf den See gekommen? Das waren die eigentlichen Fragen, zu deren Klärung Simon gar nichts beitragen konnte. Warum hatte Carla ihn dann angerufen? Wollte sie ihn einfach nur an ihrer Seite haben? Und das Amulett mit der deutschen Gravur war ihr ein willkommener Vorwand gewesen? Das wäre immerhin eine Antwort, die ihm gefiele, dachte Simon, und erwischte sich dabei, dass er bei diesem Gedanken leise lächeln musste und unbewusst ein wenig mehr aufs Gas trat.

Beim Bäcker in Pella holte er eine Tüte Panini und Brioches, schaute danach noch in Linos Bar vorbei, um seine Zeitung zu holen, trank an der Theke einen schnellen Espresso. In der Sonne war es jetzt schon so warm, dass der Barchef sogar Tische und Stühle nach draußen gestellt hatte, an denen ein paar Frauen in wattierten Winterjacken und mit großen Sonnenbrillen saßen, Cappuccino tranken und sich lebhaft unterhielten.

Simon beschloss, noch einen Abstecher hinunter zum Hafen von Pella zu machen, der mit seiner von Bäumen gesäumten Promenade und Inselblick schönsten Ecke des kleinen Ortes. Am Ufer setzte er sich auf eine Bank in die Sonne, direkt vor die Gelateria, die für ihr gutes Eis am ganzen See bekannt, aber jetzt geschlossen war. Vor Simon, am flach in den See abfallenden Kai, lagen abgedeckt und gut vertäut die Tretboote, die im Sommer an Touristen vermietet wurden. Mit denen strampelten sie dann über das Wasser bis nach Orta und gerne auch um die Klosterinsel herum. Simon nahm eine mit Schokolade gefüllte Brioche aus seiner Tüte, biss genüsslich hinein, schaute auf die Insel und versank in Erinnerungen.

Eines der Tretboote, die vor ihm lagen, hatte er gemietet, als er vor Jahren für ein paar Tage mit Luisa am Lago Maggiore war und sie bei einem Ausflug mehr zufällig den Lago d'Orta entdeckten. Es war Anfang Juli und sehr heiß, aber Pella, damals vom Tourismus noch ziemlich unberührt, lag menschenleer in der Mittagssonne. Inzwischen hatte sich das geändert, machten die Reisebusse auch in Pella halt, um ihre Passagiere an der Schiffsanlegestelle zu entlassen, von wo sie mit Wassertaxis oder den drei großen Verkehrsschiffen auf die Insel und auf die gegenüberliegende Seite nach Orta übersetzten. Aber damals war Pella noch ziemlich verschlafen, und es war nicht schwierig gewesen, einen Tisch auf der Terrasse des am Hafen gelegenen *Ristorante La Darsena* zu bekommen, wo sie eine Pizza aßen. Hinterher tranken sie noch einen *Caffè con gelato*, einen Espresso, in dem eine Kugel Vanilleeis schwamm. Danach hatten sie das Boot gemietet, waren mitten auf dem See in das glasklare Wasser gesprungen, um dann, wie alle, einen Abstecher auf die Insel zu machen.

Schließlich waren sie noch auf die andere Seite des Sees gefahren, nach Orta, in den italienischen Bilderbuchort, der *Perle des Sees*, wie es in der Tourismuswerbung hieß, wo es, anders als in Pella, schon damals von Touristen wimmelte, Deutschen, Franzosen und Engländern, aber auch vielen

Italienern, die auf der sich wunderbar zum See hin öffnenden Piazza flanierten und *bella figura* machten. Dort waren sie eine Weile durch die alten Gassen gestreunt, hatten sich noch ein Eis geholt, sich damit einen Platz auf einem der Holzstege gesucht und eng aneinander geschmiegt dem Treiben auf dem Wasser zugesehen, wo ein paar Kinder in kleinen Booten mit bunten Segeln unterwegs waren und um die Wette fuhren. Simon hatte sich leicht gefühlt wie schon sehr lange nicht mehr. Lag es an Luisa? Oder an diesem See? Jedenfalls war hier, an diesem heißen Julitag auf diesem Holzsteg, in Simon zum ersten Mal die Idee aufgekommen, dass der Lago d'Orta der Platz sein könnte, an dem er in Zukunft leben wollte.

Als Simon mit Brot und Zeitung nach Ronco zurückkehrte, war Luisa nicht mehr im Bett und auch nicht im Haus. Er ahnte schon, wo sie zu finden war. Mit ein paar schnellen Schritten war er auf der Terrasse, und dort sah er sie sofort. Sie schwamm im kalten See, allerdings nicht sehr weit draußen, vielleicht nur fünfzig Meter von ihm entfernt. Jetzt hatte auch sie ihn entdeckt, streckte eine Hand aus dem Wasser und winkte ihm fröhlich zu. Simon fror unwillkürlich, registrierte aber erleichtert, dass sie zumindest ihren Neoprenanzug übergestreift hatte. Schwimmausflüge im eiskalten See waren bei ihr nicht wirklich etwas Neues. Schon in den letzten Wintern hatte sie einige Male solche Touren unternommen, und im letzten Jahr sogar an einem Winterschwimmkurs an einem schottischen See teilgenommen.

Für eine Italienerin war das ein geradezu exzentrisches Verhalten. Während die deutschen und Schweizer Touristen, vor allem die Männer, gerne bereits im Mai in den dann meist noch sehr kühlen See sprangen, prustend und wild mit den Beinen zappelnd durch das Wasser pflügten und mit blauer Haut, aber in Siegerpose wieder herauskamen, musste der Lago d'Orta schon fast Badewannentemperatur haben, damit die Italiener einen Fuß hineinsetzen, womit viele es dann durchaus auch gerne bewenden ließen.

Luisas nasse Haare rochen sumpfig, als sie den Neoprenanzug abstreifte und sich mit ihrem kalten Körper an Simon drückte. Zum Schein protestierte er, und sie löste sich sofort von ihm, griff zu ihrem Bademantel, dann zum Cappuccino, den er für sie zubereitet hatte, und nahm sich eine mit Schokolade gefüllte Brioche. »Was machen wir heute?«, fragte sie gut gelaunt und biss kräftig zu. Mit dem halb aufgegessenen Gebäck noch in der Hand schlang sie ihre Arme um ihn und küsste ihn. Er strich ihr die feuchten Haare aus dem Gesicht und leckte einen Rest Schokolade von den Lippen. Sie ließ ihre Brioche einfach fallen, zog ihn noch näher an sich. Eng umschlungen bewegten sie sich auf den Wohnraum zu, ließen sich auf das große Sofa fallen, und Luisa streifte ihren Bademantel ab. Aber noch bevor auch Simon aus seinen Kleidern war, meldete sich sein Handy. Einen Moment zögerte er, dann ging er doch ran. Carla.

»*Buongiorno*, Simone, ich störe wohl?« Carla Moretti schien einen siebten Sinn dafür zu haben, dass ihre Anrufe im falschen Moment kamen.

»Nein, natürlich nicht«, log Simon.

»Könnten Sie vielleicht nach Omegna kommen?«

»Wegen der Nonne, oder worum geht es?«

»Ja, wegen der Nonne. Es steht jetzt fest, dass sie ermordet wurde. Und sie ist tatsächlich eine Deutsche. Sie hat im Kloster auf der Insel gelebt. Da muss ich gleich hin, und es wäre eine große Hilfe, wenn Sie mich dorthin begleiten würden.«

Simon sah zu Luisa, die schnell begriffen hatte und schon wieder im Bademantel war. Er warf ihr ein entschuldigendes Lächeln zu. »*Va bene*«, antwortete er dann, »ich komme mit. Wo treffen wir uns?«

»In einer halben Stunde? In der *Piccolo Bar*? Schaffen Sie das? Wir könnten da noch einen Espresso trinken und dann fahren wir zusammen mit dem Polizeiboot auf die Insel.«

»Geben Sie mir noch zehn Minuten mehr, dann bin ich da.«

Simon holte seine Autoschlüssel, kehrte auf die Terrasse zurück, um sich von Luisa zu verabschieden, aber sie stand schon unter der heißen Dusche. Er ging in das dampfende Bad, wollte den Kopf zu ihr stecken, aber sie seifte sich weiter ein und wehrte ihn ab. Dann drehte sie plötzlich den Duschkopf ein Stück in seine Richtung, als ob sie gleich mit dem Strahl der Brause auf ihn zielen würde. Simon duckte sich weg, kam dann lächelnd wieder hoch. »Ich beeile mich, bin bald wieder zurück«, sagte er zärtlich und machte sich auf den Weg.

4

Carla saß schon in der Bar, als Simon ankam. Sie erwartete ihn an einem Fenstertisch in ihrer dunkelblauen, gut geschnittenen Uniform, in der sie noch schmaler wirkte, als sie ohnehin war, einen Espresso und eine Flasche Wasser vor sich. »*Buongiorno* Simone, danke, dass Sie sofort gekommen sind. Ich hoffe, Sie hatten nichts Wichtigeres vor?«

Simon würde Carla nicht von Luisa erzählen, die Polizistin wusste von ihr und die beiden Frauen waren sich schon einige Male begegnet. Aber dass Luisa in Ronco war, behielt er lieber für sich, auch wenn das ein kleiner Verrat an ihr war. »Nein, nein, das ist schon in Ordnung«, sagte er. »Was haben Sie denn schon herausbekommen? Die Nonne vom Strand ist also tatsächlich eine Deutsche?«

»Ja, wir mussten gar nicht lange suchen, das Kloster hatte sie schon als vermisst gemeldet. Sie hieß dort Suor Teresa, aber mit richtigem Namen Leonie Hofmann. Und sie war erst seit ein paar Monaten auf der Insel.«

»Und wo war sie vorher?«

»In Bayern, auch bei den Benediktinerinnen. Aber ursprünglich kommt sie aus München. Sie ist gerade mal zwanzig Jahre alt geworden.«

Carla unterbrach sich, trank einen Schluck Wasser. Simon fragte sich, ob der Tod der jungen Frau die Polizistin berührte. Bei ihr wusste man das nie so genau. Ganz anders als seine gefühlsbetonte, extrovertierte Luisa, behielt Carla ihre Empfindungen stets für sich, sprach fast nie von sich, ließ nichts von dem heraus, was in ihrem Inneren vorging. Sie nahm noch einen Schluck Espresso, schaute Simon an, und als er schwieg, fuhr sie fort. »Sie ist jedenfalls ermordet worden, das steht jetzt wie gesagt fest, mit einem Schlag auf den Hinterkopf. Wie schon vermutet, muss die Tatwaffe tatsächlich ein flacher Holzgegenstand gewesen sein, sagt die Gerichtsmedizin.«

»Und wann?«

»Wie es aussieht, am Abend vorher. Als sie gestern Morgen gefunden wurde, war sie etwa zehn bis zwölf Stunden tot. Außer der Wunde am Kopf gibt es noch ein paar Spuren von Gewalt an ihrem Körper, nichts besonders Auffälliges, ein paar blaue Flecke. Es sieht so aus, als ob jemand sie geschlagen hat. Und sie war übrigens noch Jungfrau.«

»Und was ist mit DNA-Spuren?«

»Das Ergebnis steht noch aus. Aber mit etwas Glück könnten wir noch etwas finden. Im Wasser war sie maximal ein bis zwei Stunden, das reicht nicht, um alle Spuren abzuwaschen.«

»Und das Boot?«

»Sie war damit unterwegs, das steht fest, aber da bleibt trotzdem eine Unklarheit, wir können nur vermuten, was passiert ist. Vielleicht hat der Täter«, Carla machte eine kleine Pause, »oder die Täterin, denn es könnte natürlich auch eine Frau gewesen sein – also vielleicht hat diese Person sie da hineingelegt und auf den See hinausbefördert. Und irgendwann ist sie bei dem Wellengang gekentert und im Wasser gelandet. Um sechs Uhr morgens haben wir sie dann ja an dem Strand gefunden.«

»Wie eigentlich?«

»Ein Mann, der dort schon frühmorgens immer seinen Hund ausführt, hat sie entdeckt und uns alarmiert. Der hat dort direkt neben dem Strand ein Haus. Stefano hat mit ihm gesprochen, der Mann ist vollkommen unverdächtig.«

»Und wem gehört das Boot, wissen Sie das schon?«

»Auch einem Deutschen. Das war ja anhand der Immatrikulationsplakette leicht herauszubekommen. Stefano hat auch mit dem schon gesprochen, also telefoniert, und der Mann hat bestätigt, dass es sein Boot ist. Er kommt übrigens auch aus München und hat ein Haus auf der Insel. Vielleicht ist das ja kein Zufall und er kannte die Tote womöglich. Könnte also mit der Sache etwas zu tun haben.«

»Und wo ist er zurzeit?«

»Auf der Insel, den will ich mir nachher natürlich mal genauer ansehen. Wir schauen bei ihm vorbei, nachdem wir im Kloster waren. Stefano sagt, dass er nicht gerade perfekt Italienisch spricht. Also gut, dass Sie dabei sind, das ist ja quasi ein Landsmann von Ihnen.« Sie sah Simon lächelnd an. »Auch wenn Sie ja ein halber Italiener sind, wenn nicht inzwischen sogar ein ganzer …«

War das ein Kompliment? Simon war sich nicht ganz sicher.

Carla schaute auf die Uhr. »Wir müssen los. Ich habe ein Treffen mit der Äbtissin des Klosters vereinbart, und die wird vermutlich nicht ewig auf uns warten«, sagte sie und erhob sich schon. »Stefano erwartet uns mit dem Boot am Hafen und bringt uns rüber auf die Insel.«

Wie überall weihnachtete es auch in Omegna heftig. Ein Christbaum auf einer Plattform mitten im Wasser streckte sich hoch in den Himmel, dicht an dicht geschmückt mit roten und silbernen Leuchtkugeln, die bei Dunkelheit in hellem Glanz erstrahlen würden. Auch die Uferpromenade war lichterbehangen. Zur Ortsmitte hin mündete sie auf einen baumbestandenen Platz, wo donnerstags immer der Markt stattfand und zu dieser Jahreszeit eine Eisbahn aufgebaut war, auf der sich Mädchen und Jungen drängten und ihre Runden drehten, ganz Kleine und Größere, die einen noch wackelig auf den Kufen, die anderen schwungvoll und ein bisschen großspurig.

Das Polizeiboot lag nicht weit entfernt an einem der Holzstege. Simon erkannte schon von weitem Stefano, den Carabiniere, der die Absperrung am Strand gesichert hatte. Jetzt saß er betont lässig am Steuer, eine Sonnenbrille auf der Nase, die ganz zu dem schnittigen Boot passte, sprang aber sofort auf, als Carla sich näherte. Er wollte seiner Chefin ins Boot helfen, die das jedoch sehr bestimmt ablehnte. Mit einem sportlichen Satz hüpfte sie an Deck und ließ sich auf der vorderen Bank nieder.

Von Simon nahm Stefano keine Notiz, aber ein zweiter Carabiniere empfing ihn immerhin mit einem Lächeln, als er sich zu ihm ins Heck setzte. Stefano zündete den Motor mit einer wichtigtuerischen Geste, mit der sich schon ankündigte, was er bei dem bevorstehenden Ritt über den See aus dem Boot herausholen würde. Noch aber lagen sie am Steg, und der Motor blubberte nur verhalten vor sich hin.

Auf ein Zeichen Stefanos löste der Carabiniere neben Simon die Leinen, sie legten ab und fuhren langsam auf den See hinaus, immer noch mit blubberndem Motor, knapp an dem geschmückten Baum auf der Plattform vorbei. Kaum hatten sie die erste Reihe gelber Bojen erreicht, die die Hafengrenze markierten, gab Stefano Gas. Das Boot bäumte sich auf, senkte sich dann sofort wieder, und sie sausten über das Wasser, gewaltige Heckwellen hinter sich lassend.

Die Isola San Giulio war gut acht Kilometer entfernt, wofür sie keine zehn Minuten benötigen würden. Simon lehnte sich auf seiner Bank zurück, streckte die Beine aus und genoss die Fahrt über den See und den Blick auf die Insel, die schnell immer näher kam. Rundum dicht bebaut ragte sie aus dem Wasser auf, wie stets dominiert vom Kloster und dem Glockenturm der Basilika. Und doch sah sie nie gleich aus, wechselte jeden Tag ihr Gesicht. Mal, wenn die Sonne schien, lag sie heiter wie ein buntes Schiff im blauen See, mal verschwamm sie düster und nebelverhangen im Dunst, dann wieder, nachts, wenn sie angestrahlt war, stand sie trutzig im Wasser und erinnerte an eine Burg. Jetzt schimmerte sie hell und einladend in der Wintersonne.

Simon war schon Hunderte Male auf sie zugefahren, aber immer wieder überwältigte ihn ihr Anblick. Zwischen all dem verwitterten Stein, den lichten Fassaden der Palazzi, den Arkaden, schmiedeeisernen Balkonen und blassblauen Fensterläden wuchsen sattgrüne Zypressen und Kastanienbäume in die Höhe. Es war ein Postkartenanblick, tausendmal gesehen und abgebildet, von unten und von oben, vom See oder aus der Luft, aber dennoch verbrauchte er sich nicht.

Stefano fuhr kurz vor der Insel noch schwungvoll eine letzte Kurve, drosselte dann den Motor, und sie machten an dem langen Holzsteg fest, an dem auch die Verkehrsschiffe anlegten. Carla und Simon sprangen fast gleichzeitig an Land. Die beiden Carabinieri wollten sich ihnen anschließen, aber Carla stoppte sie in einem brüsken Ton, den Simon gar nicht an ihr kannte. »Fahren Sie zurück nach Omegna, Stefano. Ich melde mich, wenn wir hier fertig sind und wieder abgeholt werden wollen.«

Sie liefen schweigend nebeneinander her, eine Treppe hoch, durch einen Torbogen vorbei am Eingang zur Basilika und an dem Inselshop, der einst eine Taverne war und in dem nun Postkarten, Drucke, kleinere Antiquitäten und allerlei Krimskrams verkauft wurden. Schließlich kamen sie auf einen schmalen, mit runden Steinen gepflasterten Pfad, die *Via del Silenzio*, den *Weg der Stille*, der um die kleine Insel herumlief.

Carla blieb an einer niedrigen Mauer stehen. »Einen Moment haben wir noch, Simone. Den hat Stefano gerade für uns herausgefahren.« Sie grinste, nahm ihre Sonnenbrille ab, setzte sich mit lang ausgestreckten Beinen auf die Mauer, zündete sich eine Zigarette an, hielt Simon das Päckchen hin.

»Nein, danke. Seit wann rauchen Sie denn? Ich habe Sie noch nie mit einer Zigarette gesehen.«

»Ein kleiner Rückfall. Mir ist im Augenblick danach.«

Diesen Ton kannte Simon. Er erlaubte keine Rückfragen. Schweigend setzte er sich neben sie.

Sie nahm einen tiefen Zug. »Ich habe Ihnen doch von meinem Kollegen erzählt, oder? Der vor ein paar Monaten in Frankfurt spurlos verschwunden ist.«

»Der bei der Sanitärmesse war? Um Raubkopien aufzuspüren? Wegen dem ich bei der Polizei in Frankfurt nachgehakt habe, weil er auf einmal verschwunden war?«

Sie nickte. »Ja, genau. Sie haben ja wohl seitdem nichts mehr aus Frankfurt gehört?«

»Nein, mein Bekannter, der für Vermisstensachen zuständige Kommissar, wollte sich melden, wenn er etwas Neues von Ihrem Kollegen erfährt. Das hat er aber bisher nicht getan.«

Sie zog wieder an ihrer Zigarette. »Aber ich habe schlechte Nachrichten. Es hat nämlich jetzt jemand in Mexiko mit seiner Kreditkarte bezahlt. Das weiß ich von meinen italienischen Kollegen.«

»Was heißt jemand?«

»Keine Ahnung. Ich glaube nicht, dass er das selbst war. Ich vermute, dass man ihm etwas angetan hat. Er war kein Typ, der sich korrumpieren lässt, dann verschwindet und sich einen Lenz in Acapulco macht.«

»War?«

»Ja, Sie haben richtig gehört. Ich glaube nicht mehr, dass er noch lebt. Ich hätte von ihm gehört.«

»Soll ich noch mal in Frankfurt nachfragen?«

»Ja, das wäre gut, auch wenn es wahrscheinlich nichts bringt.« Carla wich seinem Blick aus. »Sorry, die Sache nimmt mich ziemlich mit.« Hastig drückte sie ihre Zigarette auf der Mauer aus und warf sie mit Schwung weg. »*Basta*, genug davon.« Sie schaute auf ihre Uhr, tippte mit dem Finger darauf. »Es wird auch Zeit, wir müssen los.« Mit einem Ruck richtete sie sich auf. »Gleich treffen wir übrigens eine, die nichts so schnell umwirft.«

»Die Äbtissin?«, fragte Simon.

»Haben Sie schon mal von ihr gehört?«

»Nein. Ich sagte Ihnen ja schon, dass ich mit Religion nicht viel am Hut habe.«

»Dann machen Sie sich mal auf eine Offenbarung gefasst.«

5

Die Holztür zum Büro der Äbtissin stand offen, und als Simon und Carla vorsichtig ihre Köpfe hineinsteckten, sprang die Oberin sofort von ihrem Schreibtisch auf und kam ihnen mit energischen Schritten entgegen. Ihr Büro hätte auch das eines Managers eines mittelständischen Unternehmens sein können. Der hohe Raum war licht und geräumig, öffnete sich mit einer Fensterfront zum See, war nüchtern und zweckmäßig eingerichtet. Rund um einen Konferenztisch aus Glas standen ordentlich aufgereiht ein paar Holzstühle, dahinter, am Kopfende, nahmen ein Schreibtisch mit einem großen Computerbildschirm und ein Flipchart fast die gesamte Breite ein, und an den Wänden reihten sich Regale, prall gefüllt mit Aktenordnern. Altes Eichenparkett verlieh dem Raum trotz der eher spartanischen Einrichtung Würde und sogar etwas Wärme. Nur das Kreuz aus grauem Metall an der Wand hinter dem Schreibtisch gab einen Hinweis auf die religiöse Bestimmung dieses Ortes.

Die Äbtissin musste auf die siebzig zugehen, war sehr groß, aber ihr Oberköper war schmal, und sie bewegte sich trotz ihres Alters ausgesprochen leichtfüßig in ihrer schwarzen Kutte. Abrupt blieb sie vor den Besuchern stehen, einen gewissen Abstand wahrend, aber doch so nah, dass Simon unter ihrer Haube die hohe Stirn und die klugen hellblauen Augen wahrnahm. Ihre Augenbrauen darüber waren aschgrau und buschig und kontrastierten mit ihrem schmalen Gesicht und ihrer fast weißen, glatten Haut.

Simon wollte ihr seine Hand geben, bemerkte aber noch rechtzeitig, dass das verfehlt war. Mit einem Nicken, das ihn an die Queen erinnerte, begrüßte die Oberin sie. »Maresciallo Moretti, ja? Sie kommen wegen Suor Teresa.«

»Sì, Reverenda Madre«, sagte Carla und gab damit auch die Antwort auf die Frage, die Simon sich in diesem Moment stellte, nämlich, wie man eine Äbtissin eigentlich ansprach. Carla schien in Religionsfragen nicht ganz so inkompetent zu sein wie er. War sie eigentlich gläubig? Simon wusste es nicht, wie er überhaupt wenig über den Menschen Carla wusste. Sie war eine so nüchterne Person, dass er sich Frömmigkeit bei ihr nur schwer vorstellen konnte, aber er war zu lange Journalist, zu vielen Menschen begegnet, zu oft von ihnen überrascht worden, als dass er solchen voreiligen Urteilen traute.

»Ich habe Signor Strasser mitgebracht. Er spricht Deutsch und könnte uns vielleicht eine Hilfe sein. Die ermordete Nonne kam ja aus Deutschland …«, fuhr Carla fort.

Die Äbtissin ging auf Carlas Bemerkung nicht ein, schenkte Simon keinen Blick und wies auf den großen Tisch in der Mitte des Raums, auf dem eine kleine Holzkiste stand und ein paar Papiere bereitlagen. »Nehmen Sie Platz. Dieser Mord ist ein schrecklicher Schlag für unser Kloster. Alle meine Nonnen sind sehr verstört und sie brauchen meinen Beistand. Also bringen wir es schnell hinter uns.« Sie wirkte enorm wach und selbstbewusst, dachte Simon, war einer dieser Menschen, die automatisch alle Blicke auf sich zogen, wenn sie einen Raum betraten.

»Also, Signora, was wollen Sie wissen?«

»Seit wann war Leonie Hofmann in Ihrem Kloster?«

Die Äbtissin setzte eine Brille auf, blätterte in den Unterlagen auf dem Schreibtisch. »Sie meinen Suor Teresa. Ich habe hier ihre Akte. Sie ist im März zu uns gekommen, aus einem Benediktinerkloster in Bayern, auf eigenen Wunsch. Weil sie glaubte, sie könne ihre Mutter hier am See finden. Die ist vor acht Jahren spurlos in München verschwunden. Suor Teresa muss vor einiger Zeit einen Hinweis bekommen haben, dass sie hier in der Gegend zu finden sein könnte, Genaueres weiß ich aber nicht.«

»Hat sie denn mit Ihnen darüber gesprochen?«, fragte Carla.

»Wir sprechen hier im Kloster nicht viel, das wissen Sie ja wohl.« Der Ton der Äbtissin schwankte zwischen Ironie und Belehrung. »Aber ja, ich habe mit ihr gesprochen, als wir sie aufgenommen haben. Auch danach noch ein paarmal. Sie war überzeugt, dass ihrer Mutter etwas passiert sei. Und hat sich wohl erhofft, etwas darüber herauszufinden, wenn sie selbst hierher an den See kommt. Am liebsten hätte ich sie eigentlich gleich wieder weggeschickt. Aber schließlich habe ich doch christliche Milde walten lassen. Das erwartet man ja auch von mir, nicht wahr?« Jetzt umspielte wieder ein leises Lächeln ihre Lippen. »Allerdings habe ich das später durchaus bereut. Sie war eine schwierige Person.«

»Wie meinen Sie das?«

»Haben Sie sie gesehen?«

»Ja.«

Der Blick der Äbtissin ging aus dem Fenster auf den See, wo das Boot der Carabinieri gerade wieder mit hoher Geschwindigkeit zurück in Richtung Omegna sauste. »Sie hat länger im Wasser gelegen, nicht wahr?«, fragte sie.

Carla nickte. »Ja, ein oder zwei Stunden.«

»Aber vielleicht haben Sie trotzdem bemerkt, dass sie eine besonders schöne Frau war. Ich glaube nicht, dass sie eine gute Nonne geworden wäre. Verstehen Sie mich nicht falsch. Ich meine nicht, dass man unattraktiv sein muss, wenn man Nonne werden will.« Sie legte eine Pause ein und sah vielsagend zu Carla, der ohnehin ihre ganze Aufmerksamkeit galt. Simon hatte sie immer noch keines Blickes gewürdigt. »Aber sie war nicht glaubensfest, auch wenn sie das selbst nicht wusste. Eine sehr schwärmerische Person. Das haben wir nicht so gern. Das lebenslange Bündnis mit Gott einzugehen, das verlangt eine enorme intellektuelle Anstrengung. Das ist eine ernste, eine ganz und gar geistige Sache. Damit muss man sich sehr intensiv auseinandersetzen. Das hat sie nicht. Sie hatte eine schwierige Kindheit, keinen Vater, hat ihre Mutter verloren und eine Heimat gesucht. Wärme, eine Familie. Verständlich. Aber dafür ist ein Kloster nicht da. Ein Kloster ist kein Ort zum Kuscheln.«

»Aber sie war noch Novizin?«

»Ja, sie war ja gerade mal zwanzig Jahre alt, im zweiten Jahr ihrer Probezeit. Und wie gesagt, ich glaube nicht, dass sie irgendwann das ewige Gelübde abgelegt hätte, es also endgültig in den Stand der Nonne geschafft hätte.«

»Sie meinen das Ordensgelübde, die Profess?«

Simon schaute erstaunt zu Carla. Sie schien sich wirklich auszukennen.

»Ja, die meine ich. Auch in Deutschland hatte man da wohl Zweifel. Ich glaube, man hat sie da nicht ungern gehen lassen.«

»Steht das in Ihren Unterlagen?«

Die Oberin setzte die Brille ab, gab keine Antwort und klappte die Akte mit einem Schlag zu, eine unmissverständliche Botschaft, dass von ihr dazu nichts weiter zu erfahren sein würde. Dabei ließ sie Carla nicht aus den Augen. Die hielt dem Blick der Äbtissin stand, schwieg eine Weile, stellte schließlich doch eine weitere Frage. »Hat sie denn hier im Kloster eine Zelle allein bewohnt?«

»Ja.«

»Können wir uns die ansehen?«

»Ja, wenn es denn sein muss. Ich rufe nachher eine Schwester, die wird Sie hinbringen. Da gibt es aber nicht viel zu sehen. Als Nonne braucht man nicht viel. Ihre paar privaten Sachen finden Sie hier in dieser Kiste.«

»Die haben Sie aus ihrer Zelle? Sie haben da also alles schon aufgeräumt?«

»Ja.«

»Da waren Sie aber schneller, als die Polizei es erlaubt.« Jetzt lächelte Carla, aber es war ein eisiges Lächeln, das ihren Ärger über die voreilige Aktion kaum überspielte. Sie zog die Kiste mit ihrem unversehrten rechten Arm zu sich heran, griff hinein. Viel war es wirklich nicht. Ein paar Fotos, ein kleiner Stofflöwe, Stifte, ein Notizbuch. Damit würde Carla sich später beschäftigen. Sie klappte den Deckel wieder zu. »Die nehme ich an mich. Dagegen werden Sie ja wohl nichts haben.« Das war keine Frage, sondern eine Feststellung, und die Oberin schwieg.

»Gab es denn Probleme mit ihr?« Carla bemühte sich wieder um einen freundlichen Ton, obwohl sie innerlich aufgebracht war. So gut kannte Simon die Polizistin.

»Probleme gibt es immer. Wir sind hier sechzig Nonnen.

Die können nicht immer alle miteinander harmonieren. Das ist im Kloster nicht anders als in Ihrer Welt.«

»Können Sie das etwas genauer erklären?«

»Ich kann Ihnen versichern, dass niemand aus dem Kloster mit dem Mord an dieser jungen Frau etwas zu tun hat.«

»Das will ich auch gar nicht unterstellen, Madre. Aber wir müssen uns ja ein Bild von ihr machen. Und dabei können Sie uns mit Ihrem Wissen behilflich sein.«

»Ich sagte ja schon, sie war schön, schwierig und schwärmerisch. Das ist eine explosive Mischung, auch bei einer Nonne.«

»Ihr Tod scheint Ihnen nicht besonders nahezugehen?« Simon hatte beschlossen, sich einzumischen und griff zu einer provokativen Frage aus seinem journalistischen Handwerkszeug, um sie aus der Reserve zu locken.

»Der Tod hat für mich wahrscheinlich nicht so einen Schrecken wie für Sie, Signor Strasser.« Sie wandte sich ihm nun doch zu und sah ihn mit ihren wachen Augen herausfordernd an. Simon fühlte sich gemaßregelt wie ein Schüler, der etwas Dummes gesagt hatte. »Das ist ein Vorteil«, fuhr die Äbtissin, ihn nicht aus den Augen lassend, fort, »den wir Gläubigen gegenüber den Unchristlichen haben. Wenn Sie so wollen, ist das unser *return on investment.* Aber ein Mord an einer meiner Nonnen, das lässt mich nicht unberührt, das können Sie mir glauben.«

»Dann wiederhole ich noch einmal meine Frage«, sagte Carla, »gab es Probleme mit ihr, hatte sie hier Feindinnen?«

»Es hat wohl etwas Unruhe unter den Nonnen gegeben, aber das sind Interna, die sicher nichts mit dem Mord zu tun haben und die Sie nichts angehen.« Das Lächeln war ganz aus dem Gesicht der Oberin verschwunden.

»Was mit dem Mord zu tun hat, das zu beurteilen, sollten Sie mir überlassen, Madre«, sagte Carla.

Die Oberin schwieg.

»Hat sie denn eine Aufgabe hier gehabt?« Simon suchte einen Weg, wie er Carla gegen die definitionsmächtige Oberin unterstützen konnte, und hoffte, der Äbtissin vielleicht auf diesem Umweg ein paar der Geheimnisse des Klosters entlocken zu können.

»Ja, sie hat die Bibliothek betreut. Wir sind ja ein Schweigekloster und leben in Klausur. Aber da sie Novizin war und die bayerischen Schwestern wegen der besonderen Situation, also der Suche nach ihrer Mutter, darum gebeten haben, hatte sie noch Kontakt nach außen. Sie war so etwas wie eine Freigängerin. Das ist ungewöhnlich, war aber für uns ganz nützlich, für die Bibliothek. Wenn man sich um die kümmert, muss man schon mal raus aus dem Kloster.«

Simon spürte, wie Carla die Ohren spitzte. Auch ihn elektrisierte diese Antwort, aber er hielt sich jetzt zurück.

»Mit wem hatte sie denn Kontakt?«

»Wir haben nicht jeden ihrer Schritte verfolgt. Aber die Insel hat sie normalerweise nicht verlassen.«

»Was heißt normalerweise?«

»Wenn sie das Schiffstaxi genommen hat, hat sie sich bei mir abgemeldet. Das war zum letzten Mal vor gut drei Wochen.«

»Um was zu machen?«

»Das kann ich Ihnen nicht sagen. Wahrscheinlich ging es um ihre Mutter.«

»Wissen Sie denn, was sie gestern gemacht hat?«

»Das ist bei uns relativ einfach. Wir Benediktinerinnen

machen jeden Tag dasselbe. *Ora et labora,* das ist Ihnen ja bestimmt ein Begriff. Wir haben unsere Andachten und Messen, und wir arbeiten, stellen Paramente her, also Altartücher, Stolen, Messgewänder und dergleichen. Das ist unser Alltag von morgens sehr früh bis abends. Dazwischen essen wir natürlich auch, frühstücken, essen zu Mittag und zu Abend, ganz wie andere Menschen auch. In Ihrer Welt würde man das wohl unsere *Work-Life-Balance* nennen.« Jetzt umspielte wieder ein Lächeln ihr Gesicht.

»Also hat Suor Teresa gestern das Kloster nicht verlassen?«

»Doch.«

Simon und Carla sahen sich an.

»Um was zu machen?« Dass Carla ihre Formulierung wiederholte, war ein Zeichen ihres wachsenden Unwillens, das spürte Simon. Sie war genervt von der Verschlossenheit der Äbtissin. Die stand auf, nahm die Akte der Nonne an sich, schien das Gespräch beenden zu wollen, aber dann antwortete sie doch, ebenfalls mit einer Spur von Unwillen: »Es gibt hier einen Nachbarn auf der Insel. Ein Deutscher wie Sie, Signor Strasser. Ein reicher Mann. Mit einer wertvollen Bibliothek. Und ein sehr großzügiger Mann. Er wollte dem Kloster ein paar Bücher überlassen, theologische Handschriften aus dem Mittelalter. Die hat er vorgestern Suor Teresa übergeben. Er hat darum gebeten, dass sie sie bei ihm abholt. Das hat sie am späten Nachmittag getan.«

Simon und Carla tauschten einen Blick. Das musste der Deutsche sein, in dessen Boot Leonie auf dem Wasser getrieben war.

»Und haben Sie die Bücher?«, fragte Carla.

»Nein.«

»Und haben Sie Leonie danach noch gesehen?«

»Nein, niemand hat Suor Teresa danach noch gesehen. Er war der Letzte. Zumindest soweit wir wissen.«

6

»Wow«, sagte Simon. »Sie hatten recht, das ist wirklich eine eindrucksvolle Frau, diese Äbtissin. Aber eine Offenbarung war das trotzdem nicht gerade, eher im Gegenteil. Man merkt, dass sie Übung in Verschwiegenheit hat.«

»Ja, leider. Ich frage mich, ob sie etwas zu verbergen hat. Dass sie die Zelle von Leonie schon hat ausräumen und putzen lassen, könnte darauf hindeuten. Und die Nonnen haben wirklich ganze Arbeit geleistet, die Spurensicherung brauche ich da nicht mehr hinzuschicken. Wir haben alles gesehen, was da noch zu sehen war, also nichts.«

Simon und Carla saßen an einem Fenstertisch im Inselrestaurant, wo sie die einzigen Gäste waren. Im Sommer war das *Ristorante Terrazzina* mit seiner Terrasse zum See gut besucht, sogar ein hauseigenes Schiff brachte die Gäste dann von Orta San Giulio in das Lokal auf der Insel und wieder zurück. Der Gastraum mit den antiken Möbeln, den mit Fresken ausgemalten Decken, gerahmten Spiegeln, halbhoch getäfelten Wänden und weißen Tischdecken hatte Atmosphäre, und als sie an dem Lokal vorbeikamen und überrascht feststellten, dass es nicht, wie im Dezember eigentlich üblich, geschlossen war, schlug Carla vor, zum Mittagessen dort einzukehren. Sie hatte Hunger und wollte etwas im Magen haben, bevor sie dem verdächtigen Deutschen mit den wertvollen Handschriften begegnen würden.

Sie aßen das Tagesmenü, ebenfalls keine Offenbarung, sondern italienischer Standard, *pasta al ragù, filetto di maiale* und eine *panna cotta* zum Abschluss. Simon genoss das einfache Mittagessen, denn es kam selten vor, dass er und Carla gemeinsam irgendwo einkehrten. Im Kamin des Gastraums brannte ein Holzfeuer und verbreitete behagliche Wärme.

»Wenn sie tatsächlich etwas verschweigt«, Carla nahm eher lustlos einen Löffel von ihrem Dessert, »werde ich mir die Zähne an ihr ausbeißen. Die Oberin ist eine Eminenz am See, die hält alle möglichen Fäden in der Hand, hat Beziehungen zu allen, die was zu sagen haben. Sie haben sie ja erlebt, die wäre bestimmt auch als Managerin in der Wirtschaft erfolgreich. Haben Sie ihre Brille bemerkt?«

»Ja, das war jedenfalls kein Kassenmodell. Ziemlich extravagant für eine Äbtissin. Aber sie hat mir trotz allem gefallen. Vielleicht gerade deshalb, weil sie so gar nicht dem Klischee einer frommen Kirchenfrau entspricht.«

Carla nickte. »Ja, obwohl sie das natürlich ist. Und außerdem noch eine allseits anerkannte Theologin. Ehrlich gesagt, kann ich mir nicht vorstellen, dass sie ein Verbrechen deckt. Die ist wahrscheinlich einfach nur aus Gewohnheit so verschwiegen.«

»Ist sie eigentlich schon lange hier am See?«

»Sie hat den Posten vor zwanzig Jahren von ihrer Vorgängerin übernommen. Das Kloster gibt es erst seit rund fünfzig Jahren, angefangen hat es mit gerade mal vier Nonnen, inzwischen sind es sechzig. Und das in Zeiten, in denen sich junge Frauen ja nicht gerade darum reißen, Nonne zu werden. Die meisten Klöster haben Nachwuchsprobleme, sie nicht. Obwohl das ja die besonders harte Variante ist, in so einer kargen Zelle zu leben, immer mitten in der Nacht aufzustehen, ständig zu beten und zu schweigen und sich immer nur unter diesen Nonnen zu bewegen, ohne Kontakt zur Außenwelt. Von wegen *Work-Life-Balance.* Darunter stelle ich mir jedenfalls etwas anderes vor.«

»Haben Sie die denn?« Simon ergriff die Gelegenheit beim Schopf, einmal etwas Privates von Carla zu erfahren.

»Nein.« Mehr schien sie dazu nicht sagen zu wollen.

Simon ließ nicht locker. »Aber Sie leben in einer Wohnung und nicht in einer Kaserne?«

»Ja, in einer Wohnung. Bei dem Job ist es allerdings nicht immer einfach, die Distanz zu halten. Aber von so einem rigiden Alltag, wie ihn diese Nonnen haben, ist mein Leben doch weit entfernt.«

»Wenn schon Kloster, dann vielleicht richtig Kloster, also rigide«, entgegnete Simon. »Haben Sie schon mal den Begriff *kostspielige Hingabe* gehört?«

Carla blickte Simon nur fragend an.

»Der drückt aus, dass Menschen umso stärker an etwas glauben, je mehr man ihnen dafür abverlangt. Also je größer das Opfer, umso stärker die Gemeinschaft der Gläubigen.«

»Das scheint Sie zu faszinieren?«

»Nein, gar nicht. Aber was ich nicht verstehe, macht mich neugierig.«

»Sie können es ja mal ausprobieren. Das geht, man kann da als Gast ein oder zwei Tage im Kloster verbringen, auch Männer dürfen das.«

»Keine schlechte Idee, interessieren würde es mich schon. Aber ich käme mir wahrscheinlich ziemlich komisch vor, da als Ungläubiger, der ich ja bin, einzudringen, also sozusagen *undercover.*«

»Der Slang der Oberin hat offenbar schon auf sie abgefärbt, Simone, das könnte also vielleicht doch passen …« Sie blickte ihn schelmisch grinsend an.

Simon grinste zurück, fragte dann aber wieder sehr ernst: »Waren Sie denn schon mal in einem Kloster?«

»Nein.« Carla verstummte, schien es auch hier bei dieser kategorischen Antwort belassen zu wollen. Aber dann schob sie ihre nur halb aufgegessene *panna cotta* energisch von sich weg, und als hätte sie sich mit dieser Geste selbst einen Ruck gegeben, fuhr sie fort: »Meine jüngere Schwester ist Nonne, nicht hier, in der Toskana, in einem Kloster der Salesianerinnen, also zumindest nicht in Klausur. Die machen Sozialarbeit in der Gemeinde, kümmern sich vor allem um alte verarmte und kranke Menschen. Ich war trotzdem nicht begeistert, dass sie Nonne werden wollte. Aber sie war nicht davon abzubringen. Und ich muss zugeben, dass sie ziemlich glücklich zu sein scheint.«

»Deshalb kennen Sie sich also so gut aus?«

»Ach, Simone, reden Sie doch nicht um den heißen Brei herum. Wie hält Carla es mit der Religion? Das ist es doch, was Sie gerne wissen wollen, oder?«

Simon nickte und lächelte sie an. »Vor einer Polizistin kann man wohl nichts verbergen, jedenfalls nicht vor Ihnen …«

»Okay, das ist schnell gesagt. Ich bin nicht gläubig. Vielleicht hat das mit dem Beruf zu tun. Ich war zwar nie besonders religiös, aber als Carabiniere erlebt man so viel Abgründiges, dass einem der Glauben schon ganz abhandenkommen kann.«

»Oder man wird erst recht gläubig.«

Jetzt war es Carla, die Simon erstaunt ansah. Aber sie

ging auf seine Bemerkung nicht ein, vermutlich war sie der Meinung, dass es im Augenblick Wichtigeres zu tun gab, als mit Simon noch länger das Thema Religion zu erörtern. »Jedenfalls haben wir ohne Zweifel einen Hauptverdächtigen«, sagte sie. »Und der sitzt nicht im Kloster, sondern in einem sehr weltlichen Haus hier auf der Insel. Den sollten wir uns jetzt langsam mal vornehmen.«

»Den Deutschen mit den Büchern? Wie heißt er eigentlich?«

»Huber, Max. So heißen doch fast alle Bayern, oder? Also los, es wird Zeit.« Sie kippte schon im Stehen ihren Espresso herunter und sah auf die Rechnung. »Wir teilen, ja?«

Vom *Ristorante Terrazzina* waren es nur noch ein paar Schritte bis zum Haus des Deutschen. Es war eines der schönsten Anwesen auf der Insel, dreistöckig, mit Erkern und Türmen, im obersten Stockwerk offene Arkaden, die Fassade zimtfarben, die Klappläden türkis, dazu ein verwilderter Garten, der sich neben und hinter dem Haus zum See hinunter neigte. Seitlich gab es einen kleinen Strand, an dem ein buntes Holzboot mit einem kleinen Außenborder lag.

»Hier an dem Strand muss auch das Ruderboot von diesem Huber gelegen haben«, sagte Carla. »Das, mit dem Leonie unterwegs war.« Sie machte ein paar Schritte am Ufer entlang, schaute in alle Ecken und sah sich suchend auf dem Boden um, stutzte auf einmal, bückte sich, griff in ihre Tasche, zog einen Handschuh über, nahm einen Stein auf und hielt ihn Simon hin. »Schauen Sie mal.«

Er war dunkelrot. »Das sieht ganz nach Blut aus«, sagte Simon.

Carla zog die Hand mit dem Stein wieder zurück, roch daran und packte ihn dann in ein Plastiksäckchen. »Ich glaube auch, dass das Blut ist«, stellte sie fest. »Sieht ganz so aus, als könnte das hier der Tatort sein.« Sie schob mit der Fußspitze noch einmal vorsichtig ein paar Steine hin und her, griff dann zu ihrem Handy. »Stefano, du musst sofort zurückkommen. Und bring bitte jemanden von der Spurensicherung mit. Die sollen sich das Gelände an dem Strand neben dem Grundstück von dem Huber ansehen. Das könnte der Tatort sein. Und hör dich mal in der Nachbarschaft und bei den Taxikapitänen um, wer alles am Nachmittag auf der Insel war.«

An der schweren Holztür, dem Eingang in das Haus von Max Huber, gab es kein Namensschild, aber eine Klingel. Carla drückte sie nun schon zum zweiten Mal, aber niemand machte auf.

»Und nun?«, fragte Simon.

»Ich hätte da eine Idee.« Ihre grünen Augen blitzten.

»Und die wäre?«

Sie schaute ihn einfach nur weiter an.

»Sie meinen, ich soll …«

Carla nickte. »Aber ich habe nichts gesehen.«

Simon musste noch nicht einmal über den Zaun steigen, das Holztor zum Garten war nicht verschlossen. Dahinter eröffnete sich eine regelrechte Wildnis. Ein paar hochgewachsene Bananen mit riesigen Blättern, Zypressen und Palmen, ausladende Büsche und dichtes Gestrüpp überall, dazwischen ein von Efeu überwucherter kleiner Glaspavillon und ein verwitterter Brunnen mit einem Engel aus grauem Stein, der Kopf von Locken umspielt; im Sommer spie er vermutlich Wasser. Hier hatte schon lange kein Gärtner mehr Hand angelegt. Ein Weg war nicht zu erkennen. Simon mochte solchen Wildwuchs, außerdem schützte er ihn vor Blicken; immerhin war er ein Eindringling und wollte nicht entdeckt werden.

Im selben Moment kam ihm in den Sinn, dass es auf dem Grundstück einen Hund geben könnte, und alarmiert sah er sich um. Die italienischen Vierbeiner, die den ganzen Tag nicht anderes taten, als Grundstücke zu bewachen, waren ernst zu nehmende Gegner, keine freundlichen Gesellen wie Buffon, der Terrier von Nicola. Dass er an seine Ziehtochter denken musste, besänftigte ihn sofort, trotz der heiklen Situation, in der er sich befand. Sie fehlte ihm. Und sogar ihr Hund fehlte ihm. Nico hatte angekündigt, ihn über Silvester in Ronco zu besuchen, und er freute sich auf sie. Der Gedanke, dass er sie und Buffon in wenigen Tagen wiedersehen würde, tat ihm gut, und seine Gelassenheit kehrte zurück.

»Was tust du?«

Simon fuhr zusammen. Die Stimme kam von oben, klang nasal und fremdartig. Er blickte hoch. Oben auf dem Ast einer Kiefer saß ein Graupapagei, schlug sacht mit den Flügeln. »Du Schwein«, krächzte er zu ihm herunter. »Was tust du?«

Ein Papagei war zweifellos weniger bedrohlich als ein Rottweiler, aber wenn der nicht aufhörte mit seinem Krächzen, könnte jemand auf Simon aufmerksam werden. Besorgt schaute er sich um. Hatte sich da etwas zwischen den Zweigen bewegt? War da jemand? Der Besitzer des Hauses? Das könnte unangenehm für ihn werden. Er verharrte einen Moment, suchte Deckung hinter den Blättern einer Bananenstaude, war wieder angespannt, spürte seinen schnellen Herzschlag. Nichts. Auch der Papagei war verstummt. Simon blickte nach oben. Der Vogel saß immer noch auf seinem Ast und starrte ihn an. Ewig konnte er nicht in seinem Unterschlupf bleiben. Sollte er nicht besser zu Carla zurückkehren? Nein. Er würde sich lächerlich machen, wenn er ihr sagte, dass er vor einem Papagei die Flucht ergriffen und deshalb den Rückzug angetreten hatte.

Kaum fasste er diesen Gedanken, kam die Gelassenheit zurück. Er löste sich aus der Bananenpflanze, machte ein paar Schritte, zunächst vorsichtig, dann zügiger. Der Papagei krächzte noch einmal kurz, schien aber zu resignieren und blieb stumm, und Simon bahnte sich erneut den Weg durch das Gestrüpp, dorthin, wo er die Terrasse auf der Seeseite des Hauses vermutete.

Die Sonne schien inzwischen mit großer Kraft, er schwitzte in seiner Winterjacke, hätte sie am liebsten ausgezogen, aber er durfte nun keine Zeit mehr verlieren, fühlte sich immer noch unbehaglich, wollte schnell wieder heraus aus diesem Garten, bevor ihn doch noch jemand entdeckte. Durch das Gebüsch sah er jetzt die Terrasse, ging etwas schneller, stolperte über einen Stein, rutschte aus und fiel der Länge nach hin.

»Was tun Sie hier?«

Das war nicht der Papagei. Simon hatte sich sofort wieder aufgerappelt und blickte in den Lauf eines Gewehrs. Der Mann, der es auf ihn richtete, war kräftiger und größer als er, aber wahrscheinlich etwa im gleichen Alter, vielleicht Mitte Fünfzig, hatte glatte, hellgraue Haare, die ihm bis zum Kinn fielen, einen kleinen silbernen Ring im Ohr und trug eine Wachsjacke und Stiefeletten, beides elegant und teuer. Er hatte die Frage auf Italienisch gestellt, aber der deutsche Akzent war unüberhörbar. Simon starrte auf das Gewehr. Er hatte sich bei dem Sturz am Fuß wehgetan, aber das war im Moment egal. Dieser Mann schien ziemlich entschlossen. Jetzt bloß nichts Falsches sagen, ihn nicht weiter gegen sich aufbringen.

Simon antwortete auf Deutsch. »Entschuldigen Sie, dass ich einfach so in Ihren Garten eingedrungen bin. Sie sind bestimmt Max Huber. Wir wollten zu Ihnen, haben geklingelt, aber niemand hat uns aufgemacht. Wir dachten, dass Sie im Garten sein könnten. Ich wollte nachsehen, das Tor stand ja offen.«

»Und wer ist wir?« Der Mann – der wohl tatsächlich Max Huber war, jedenfalls widersprach er nicht – richtete immer noch das Gewehr auf ihn. »Und was wollen Sie von mir?«

»Ich bin mit Maresciallo Moretti hier. Sie wartet vor Ihrer Haustür. Wir sind wegen des Mordes an der jungen Nonne auf der Insel. Sie haben bestimmt davon gehört.«

Der Mann fixierte ihn noch einen Moment, nahm aber schließlich langsam das Gewehr herunter. Er schien ihm zu glauben. Simon hoffte, dass er ihm nicht vorzeitig eine Information preisgegeben hatte. Carla wäre *not amused.*

Aber Huber wusste ohnehin Bescheid. »Leonie? Wegen ihr sind Sie also hier?«, sagte er. »Von dem Mord weiß ich natürlich.« Sein Ton war immer noch schroff, er schulterte das Gewehr, drehte sich abrupt weg und kehrte Simon den Rücken zu. »Kommen Sie mit, dann schauen wir mal, was der Maresciallo vorne an der Haustür macht und lassen ihn auf dem unter zivilisierten Menschen üblichen Weg herein. Darf ich fragen, wer Sie sind?«

»Simon Strasser.«

»Und Sie sind auch Polizist?«

»Nein, aber so etwas Ähnliches. Ich unterstütze Maresciallo Moretti bei den Ermittlungen, weil die Ermordete eine Deutsche war.«

»Und Sie sind auch Deutscher?«

»Nicht ganz, aber doch, ja.«

Max Huber gab sich mit der kryptischen Antwort zufrieden, forderte Simon auf, ihm zu folgen und ging voraus zur Terrasse.

7

Selten hatte Simon so bequem gesessen. Die Ledersofas von Max Huber sahen sündhaft teuer aus, waren aber ohne Zweifel ihr Geld wert. Wie der Arbeitsraum der Äbtissin im Kloster war der große Wohnraum des Deutschen zum See hin verglast, und Simon konnte von seinem Platz aus beobachten, wie sich im Verlauf des Nachmittags nach und nach die Dämmerung über das Wasser legte, es erst silbrig, dann rosa, schließlich immer dunkler färbte. Zwei Motorboote fuhren in hohem Tempo über den See und kamen auf die Insel zu. Simon erkannte das der Carabinieri, das bestimmt wieder Stefano lenkte, das zweite musste das der Spurensicherung sein. Simon machte Carla ein Zeichen, aber sie hatte die beiden Boote schon bemerkt und nickte ihm zu.

Max Hubers riesiger und lichtdurchfluteter Wohnraum strahlte Luxus aus, aber auf den ersten Blick herrschte einfach Chaos. Der Terrakottaboden war übersät mit Kunstbänden und Zeitschriften, auf einem Sekretär stapelten sich Bücher, und vor Simon auf einem niedrigen Tisch standen ein paar Weingläser mit roten, etwas verkrusteten Resten und eine Schale mit Grissini, wahrscheinlich Überbleibsel des Vorabends. Mitten im Raum zog eine Skulptur aus grob gearbeiteter Bronze den Blick auf sich, ein Mann mit schmalen Gliedern, die Arme in die Höhe gestreckt, als wollte er einen Ball fangen. Die fließende Figur erinnerte an Giacometti, und womöglich stammte sie tatsächlich von ihm, dachte Simon. In einem offenen Kamin loderten ein paar Holzscheite vor sich hin, und an den Wänden hingen großformatige Bilder, Vögel in grellen Farben und kubistischen Formen; auch den Papagei aus dem Garten meinte Simon auf einem von ihnen wiederzuerkennen. Weiter hinten stand raumgreifend vor einer getäfelten Wand ein Billardtisch mit gedrechselten Holzfüßen, die bunten Bälle noch auf dem grünen Filz verteilt, als sei gerade eben eine Partie gespielt worden. Sonst sah Simon an den Wänden nur Bücher, Bücher, Bücher.

Huber war wie ausgewechselt, seit er Carla erblickt hatte. Erst in diesem Moment begriff er wohl, dass der Maresciallo eine Frau war, half ihr zuvorkommend aus der blauen Winterjacke, geleitete sie in den Wohnraum und verwickelte sie in seinem gebrochenen Italienisch in eine Plauderei. Dann servierte er Espresso und saß ihnen nun in einem asymmetrisch geschwungenen Sessel aus stahlgrauem Samt gegenüber.

Simon schwieg und beobachtete den Deutschen. Erst jetzt sah er, dass unter dessen rechtem Auge ein dunkler Schatten lag, es konnte auch ein blauer Fleck sein. Ohne seine Wachsjacke, in dunklem Hemd und maßgeschneidertem Jackett, wirkte er gar nicht mehr so massig. Wenig erinnerte an die robuste Person, die ihn im Garten mit einem Gewehr bedroht hatte. Galant war dieser Huber, dachte Simon, auch wenn das mal wieder so ein überholter Begriff war, der ihm da in den Sinn kam. Sein Italienisch war wirklich nicht sehr gut, immer wieder suchte er nach den richtigen Worten, was er jedoch mit seinem gewinnenden bayerischen Akzent geschickt überspielte.

Seine ganze Aufmerksamkeit galt Carla, die neben Simon auf dem Sofa nah am Kamin saß und inzwischen auch noch ihre Uniformjacke abgelegt hatte. Aber die Polizistin reagierte kühl auf Hubers routinierten Charme, für den sie generell nicht sehr empfänglich war. Vermutlich, spekulierte Simon, war das der Grund, warum er, der Uncharmante, ihr sympathisch war. Huber gegenüber wirkte sie jedenfalls fast abweisend, ging jetzt auf seine Plauderei nicht mehr ein, sondern kam wie stets ohne Umschweife zur Sache. »Sie leben hier auf der Insel, Signor Huber?«

»Nein, ich bin eigentlich in München zu Hause, aber ich verbringe hier am See so viel Zeit, wie es eben geht.«

»Sie wissen, was passiert ist und warum wir hier sind?«

»Ja, natürlich. Sie würden sich zwar wundern, was auf dieser winzigen Insel alles geschieht, wovon man nichts erfährt. Aber ja, selbstverständlich habe ich mitbekommen, dass Leonie ermordet worden ist.« Er rückte sich in seinem Sessel zurecht, schlug mit einer entschlossenen Bewegung die Beine übereinander, griff zu einem Zigarillo und hielt Carla und Simon die Packung hin. Als sie beide ablehnten, entzündete er seines und nahm einen tiefen Zug.

»Sie waren vorgestern mit ihr verabredet?«, fragte Carla.

»Ja, sie ist hier vorbeigekommen, um ein paar Bücher abzuholen. Wir haben noch einen Tee zusammen getrunken.«

»Wann war das?«

»Gegen 17 Uhr ist sie gekommen und wohl eine Stunde geblieben. Dann hatte sie es auf einmal sehr eilig, als ob sie noch eine Verabredung hätte.«

»Und was war mit den Büchern?«

»Die hat sie mitgenommen.«

»Und was haben Sie danach gemacht?«

»Ich war natürlich hier. So viele andere Möglichkeiten gibt es ja auf der Insel nicht. Die ist ja ziemlich übersichtlich.«

»War noch jemand bei Ihnen?«

»Nein.«

»Sie haben also für den Tatzeitpunkt kein Alibi?«

»Nein, habe ich nicht. Brauche ich aber auch nicht. Ich habe mit ihrem Tod nichts zu tun.«

»Welche Beziehung hatten Sie denn zu Leonie? Kannten Sie sie schon länger? Aus München?«

»Nein, wir sind uns erst hier begegnet. Leider. Hätte ich sie schon vorher kennengelernt, hätte ich ihr diesen Unsinn ausgeredet.«

»Welchen Unsinn?«

»Dass sie Nonne werden wollte.«

»Sie haben meine Frage noch nicht beantwortet.«

»Welche Beziehung ich zu ihr hatte? Welche Beziehung kann man schon zu einer Nonne haben? Ordensfrauen sind mit Gott verheiratet, ein Jammer, zumindest in ihrem Fall. Leonie war eine wirklich schöne Frau.«

»Aber sie war öfter bei Ihnen?«

»Ja, sie kam manchmal vorbei. Sie wissen ja wohl, dass das ein Schweigekloster ist, in dem sie hier auf der Insel zu Hause war. Und ich glaube, dass sie ganz froh war, mal mit jemandem sprechen zu können. Überhaupt und außerdem in ihrer Muttersprache. Und die Nonnen haben ihr wohl gewisse Freiheiten gelassen.«

»Was waren das für Bücher, die Sie Leonie für das Kloster übergeben haben? Waren die wertvoll?«

»Ja.«

»Wie wertvoll?«

»Es waren mittelalterliche Schriften. Drei Bände. Jeder davon dürfte einige Tausend Euro wert sein.«

»Wenn jemand davon wusste, hätte es sich also lohnen können, Leonie zu überfallen, um an die Bücher heranzukommen?«

»Ja. Aber es ist nicht so einfach, dafür einen Käufer zu finden. Das müssen Sie unter der Hand machen. Aber es gibt natürlich genauso wie bei Kunstwerken Liebhaber, die für so etwas viel Geld zahlen.«

»Wer wusste denn davon, dass Sie ihr die Bücher vorgestern übergeben haben?«

»Ich habe mit niemandem darüber gesprochen. Außer natürlich mit der Äbtissin. Wer sonst noch im Kloster davon wusste, keine Ahnung.«

»Und Sie schenken dem Kloster einfach mal so Bücher von so großem Wert? Warum? Sie machen nicht gerade den Eindruck eines sehr gläubigen Menschen ...«

»Das geht Sie nichts an.«

»Hatten Sie vielleicht eine Schuld zu begleichen?«

»Nein. Und wie gesagt, das geht Sie nichts an. Man muss allerdings nicht gläubig sein, um großen Respekt vor der Leistung dieser Äbtissin zu haben und davor, wie sie den kulturellen Schatz des Klosters pflegt.«

»Kommen wir zu Leonie zurück.« Carla strich sich sichtlich genervt eine Haarsträhne aus der Stirn. An den Mann war schwer heranzukommen. Zu Simons Überraschung fiel das sogar Carla schwer. »Leonie war mit einem Boot auf dem Wasser«, fuhr sie nun fort, »und es sieht so aus, dass das Ihres ist.«

»Ja, das hat mir Ihr Kollege schon am Telefon angedeutet. Ich konnte ihm bestätigen, dass es mein Boot ist.«

»Haben Sie es ihr überlassen?«

»Nein, ich hatte keine Ahnung. Natürlich hätte ich ihr das Boot gegeben. Aber doch nicht nachts und bei diesem Wetter.«

»Also könnte sie es sich einfach genommen haben?«

»Ich weiß es nicht. Aber wenn Sie sie damit gefunden haben, muss es wohl so gewesen sein. Oder der Mörder hat sie in das Boot verfrachtet, um die Leiche loszuwerden. Ich selbst habe es seit Jahren nicht benutzt. Ich habe ein anderes Boot, eine größere Motorjacht, in meinem Bootshaus. Das Ruderboot liegt schon seit Ewigkeiten an dem öffentlichen Strand nebenan, und es kann sich eigentlich jeder nehmen. Was Leonie manchmal getan hat. Ohne mich zu fragen. Für Spritztouren. Sie war keine perfekte Nonne. Da gab es noch ein wenig, sagen wir mal: Hoffnung.« Er lachte süffisant auf.

»Und das gefiel Ihnen?«

»Nein, verstehen Sie mich nicht falsch. Ich hatte kein solches Interesse an Leonie, und im Übrigen habe ich es nicht nötig, Frauen hinterherzulaufen.«

Da war zum ersten Mal ein abweisender, ja arroganter Ton in seiner Stimme, und Simon spürte an einer leichten Regung Carlas, dass sie das ebenfalls mit Unmut registrierte.

»Kann es dann nicht doch sein, dass sie Sie zurückgewiesen hat und Sie wollen es nur nicht zugeben? Ein stolzer Mann wie Sie …?«

»Nein, wir hatten nichts miteinander, und ich habe nicht versucht, sie zu verführen. Das meinten Sie ja wohl?«

»Sie sind jedenfalls der Letzte, der mit ihr vor ihrem Tod

zu tun hatte. Und sie war in Ihrem Boot unterwegs, tot oder lebendig. Sie haben außerdem für ihren Todeszeitpunkt kein Alibi. Es ist Ihnen wohl klar, dass Sie verdächtig sind, mit ihrem Tod etwas zu tun zu haben.« Carla sah Huber herausfordernd an. Der lächelte leise und schwieg. »Sie haben da ja eine Verletzung am Auge, Signor Huber. Woher haben Sie die?«

»Jetzt machen Sie mal einen Punkt. Ich habe mit Leonies Tod nichts zu tun.« Das war ernst. Max Huber hatte offenbar begriffen, dass etwas für ihn auf dem Spiel stand.

»Und die Verletzung?«

»Geht Sie eigentlich auch nichts an. Aber gut, ich kann einer schönen Frau leider nichts abschlagen. Ich habe mich im Garten an einem Ast gestoßen. Dass es da nicht sehr gepflegt, um nicht zu sagen ein bisschen wild zugeht, davon hat sich Ihr Kollege ja schon ohne mich ein Bild gemacht.«

»Ich muss Sie bitten, sich zu meiner Verfügung zu halten. Sie hatten ja nicht vor, in nächster Zeit nach München zu fahren oder sonst irgendwohin zu verreisen?«

»Nein, ich halte mich sehr gerne stets zu Ihrer Verfügung.« Da war wieder der amüsierte, leicht überhebliche Ton. Max Huber hatte sich gefangen.

»Was tun Sie eigentlich auf der Insel?«, fragte Carla.

Simon war erstaunt, dass sie jetzt noch diese Frage stellte. Das Gespräch hatte sich in den letzten Minuten zu einer handfesten Vernehmung entwickelt. Und nun stimmte sie doch noch einen Plauderton an. War das aufrichtige Neugier oder verfolgte sie einen Plan?

»*Carpe diem*«, sagte Huber.

»Und was haben Sie in München gemacht, auch *carpe diem*?«

»Nein. Den Tag genutzt habe ich da allerdings sehr wohl, nur nicht genossen. Unsere Familie hat dort in den Nachkriegsjahren ein Handelsunternehmen aufgebaut, ziemlich erfolgreich. Da bin ich nach dem Abitur eingestiegen, habe es später ganz von meinen Eltern übernommen, eine Weile geführt, dann in andere Hände gegeben und vor zehn Jahren ganz verkauft.«

Simon wurde ungeduldig. Um Carla zu signalisieren, dass sie langsam zum Ende kommen sollten, griff er zu seinem Espresso und trank ostentativ den letzten, kaum noch vorhandenen Schluck. Sein Blick fiel auf seine durch den Sturz im Garten etwas schmutzigen Finger, und da kam ihm eine Idee. Sollte Carla doch mit diesem verdächtigen Münchner noch eine Weile etwas plaudern. Er würde die Gelegenheit nutzen, um sich ein wenig bei ihm umzusehen. »Könnte ich mir bei Ihnen die Hände waschen?«, fragte er und streckte Max Huber, wie um dieses Anliegen zu unterstreichen, seine Handflächen entgegen.

»Ja, natürlich. Gleich um die Ecke ist ein Badezimmer.«

Simon passierte einen weiteren großen Raum, zu dem die Tür offen stand. In einer Ecke ein alter Holzschrank, sonst nur Staffeleien, ohne ersichtliche Ordnung und in großer Zahl. Es war ein Atelier. Huber malte offenbar, und wahrscheinlich stammten die Bilder in seinem Wohnraum von ihm. Simon lauschte. Der Mann war weiter in das Gespräch mit Carla vertieft. Er konnte es also wagen, machte einen schnellen Schritt in das Atelier und sah sich genauer um. Die Leinwände auf den Staffeleien waren alle großformatig, die meisten waren Ölgemälde, aber auch ein paar Aquarelle waren darunter.

Simon verstand nichts von Malerei, aber das hier sah nicht nach der Arbeit eines Amateurs aus, die leuchtenden Farben, die Komposition, die Mischung aus realistischer Darstellung und Abstraktion hatten eine Ausstrahlung, die ihn berührte. Es waren Vogelbilder, aber auch ein paar Landschaftsskizzen und Porträts. Ganz hinten im Raum entdeckte Simon an die Wand angelehnt das Bild einer Frau, die ihm bekannt vorkam. Er musste sich beeilen, sonst würde Huber womöglich Verdacht schöpfen. Mit schnellen Schritten war er bei dem Porträt. Eine schöne Frau, lange blonde Haare, dunkelgraue Augen, ein sinnlicher Mund. Leonie Hofmann. Simon hatte keinen Zweifel, es war ihr Porträt, ein sehr realistisches Bild, das ihm weniger gefiel als das, was er sonst auf den Staffeleien sah.

Er griff zu seinem Handy, machte ein Foto, verließ eilig das Atelier, ging noch schnell ins Bad, um sich die Hände zu waschen, damit Huber keinen Verdacht schöpfte. Etwas erregte seine Aufmerksamkeit. In dem ganz in hellem Marmor gefliesten großen Raum gab es zwei Badewannen, beide nebeneinander in den edlen Stein eingemauert, die eine etwas kürzer als die andere, darüber ein opulent gerahmter, riesiger Spiegel. Für wen war die zweite Wanne? Huber schien allein in dem Haus zu leben, von einer Frau an seiner Seite war bisher nicht die Rede gewesen. Er war zweifellos ein attraktiver Mann und wahrscheinlich kein Kind von Traurigkeit, dachte Simon und fragte sich im selben Moment, warum ihm bloß diese idiotische Redewendung einfiel.

Als er in den Wohnraum zurückkehrte, war Huber bereits aufgestanden und sah abwartend zu Carla, die vor ihm in ihrer Tasche kramte. »Signor Huber ist einverstanden, dass ich eine DNA-Probe nehme«, informierte sie Simon, während sie dem Deutschen schon den Wattestab in den Mund steckte.

Die Prozedur war schnell erledigt und Huber wandte sich nun zum ersten Mal doch Simon zu. »Gefällt Ihnen mein Haus?« Er lächelte ironisch. »Sie haben ja die Gelegenheit genutzt, sich auch dort ein wenig umzusehen, nicht wahr?«

»Ich konnte nicht widerstehen, einen Blick auf Ihre Bilder zu werfen«, versuchte Simon sich mit einer Schmeichelei aus der Affäre zu ziehen.

Carla warf ihm einen ihrer funkelnden Blicke zu, sagte aber nichts. War sie wütend oder nur erstaunt, oder lag gar Anerkennung für seinen eigenmächtigen Vorstoß darin? Es war bereits dunkel, als sie Hubers Haus verließen. Den Weg zurück zum Anlegesteg nahmen sie zunächst schweigend, aber auf halber Strecke, etwa in Höhe des Restaurants, in dem sie gegessen hatten, hielt Carla auf einmal inne und sah ihn erwartungsvoll an.

»Und?«

»Was und?«

»Haben Sie etwas entdeckt bei dem Schnösel?«

»Er hat die Nonne gemalt. Ich habe ein Foto von dem Porträt gemacht.«

»*Benissimo.* Manchmal sind Ihre Alleingänge ja doch für etwas gut, Simone.«

8

Stefano erwartete sie mit laufendem Motor am Anlegesteg. Er informierte Carla kurz, dass die Spurensicherung ihre Arbeit inzwischen erledigt hatte und schon wieder abgefahren war.

»Das scheint tatsächlich der Tatort zu sein«, sagte er, »jedenfalls sieht alles danach aus. Sie haben noch mehr Blutspuren gefunden, aber keine Tatwaffe. An dem Strand, da, wo auch das Boot von dem Huber lag, also das, mit dem die Nonne unterwegs war, liegt noch ein Boot. Das haben Sie bestimmt auch bemerkt, so ein buntes mit einem kleinen Außenborder. Und bei dem fehlt eines der beiden Holzruder. Das könnte die Tatwaffe gewesen sein, aber sie ist unauffindbar«, berichtete Stefano weiter.

»Und wem gehört das Boot?«, fragte Carla.

»Einem Priester, der hier um die Ecke neben dem Kloster wohnt. Padre Ferrante. Ich war schon bei ihm, ein netter älterer Herr. Er hat mir bestätigt, dass er das eine Ruder vermisst. Das sei ihm heute Morgen aufgefallen. Er selbst habe das Boot zum letzten Mal einen Tag vor dem Mord an Leonie benutzt. Da seien beide Ruder noch da gewesen, an der Halterung fixiert, wie immer, hat er gesagt.«

»Und am Abend des Mordes?«, fragte Carla.

»Da hat er es nicht benutzt. Er hat schon mittags das Schiffstaxi genommen, sagt er, um nach Pettenasco zu kommen, weil ja der Sturm vorhergesagt war. Der Padre hält da immer die Messe für die Nonnen. Und weil es so gestürmt hat, ist er gleich dageblieben, hat an der Abendvesper teilgenommen und dort auch übernachtet. Ich überprüfe das natürlich noch.«

»Und haben Sie schon gecheckt, wer alles an diesem Nachmittag auf der Insel war?«

»Ich habe mit den Kapitänen der Taxiboote gesprochen. Die haben gegen Mittag die letzten Besucher von der Insel nach Orta zurückgebracht. Französische Touristen. Die sind da noch im Hotel, wenn Sie wollen, kann ich die auch noch befragen. Aber später ist kein Boot mehr gefahren. Es ging ja nichts mehr, weil es so gestürmt hat. Von den Leuten, die auf der Insel ein Haus haben, war außer dem Deutschen wohl keiner da, das sagen jedenfalls die Leute von den Schiffstaxis.«

Stefano war sichtlich stolz auf seine Ermittlungsergebnisse und darauf, dass er alle Fragen seiner Chefin beantworten konnte. Auch der Bericht der Spurensicherung würde nicht lange auf sich warten lassen, ergänzte er noch, warf die Leine, gab Gas und nahm Kurs auf Omegna.

»Sollen wir Sie mit nach Omegna nehmen, Simone? Da steht doch Ihr Auto?«, fragte Carla.

Simon überlegte einen Moment. Es zog ihn jetzt schnell zu Luisa. Sein Versprechen, dass er bald zurück sein würde, hatte er nicht annähernd halten können. »Nein«, antwortete er schließlich, »setzen Sie mich bitte in Ronco ab. Ich komme dann schon irgendwie an mein Auto.«

Es war eine helle Vollmondnacht, aber Stefano fuhr dennoch langsam zurück, hielt sich an die eigenen Vorschriften.

Trotzdem hätten sie fast einen Schwan überfahren. Er war aus Holz, Teil einer Krippe, wie es sie überall rund um den See zur Weihnachtszeit gab. Simon hatte gerade einen vorweihnachtlichen Artikel in *Il Giorno* zu diesem Thema gelesen. Krippe oder Christbaum, war aus dem Text zu erfahren, das war ein Kampf zweier Linien. In Norditalien war er unentschieden ausgegangen, in friedlicher Koexistenz geendet. Der Süden war Krippenland, dort gehörte sie seit jeher unabdingbar zur Weihnachtstradition, war mal aus Holz, mal aus Styropor, aus Gips oder Plastik, oft bunt bemalt und manchmal sogar *vivente*. Dann war es ein Krippenspiel, das an den Weihnachtstagen aufgeführt wurde.

In Pettenasco auf der östlichen Seeseite hatte man in diesem Jahr eine *presepe sul lago* installiert, eine Wasserkrippe, mit Maria und Joseph und dem Jesuskind in einer kleinen Hütte, einer Palme, einem Engel, einem Kamel und den drei Königen, alles in weißen Schattenrissen auf einer Holzplattform, die von mehreren Schwänen umkreist war.

Einer der Vögel hatte sich offenbar selbstständig gemacht, war weit hinaus auf den See getrieben. Carla, die sich auf der Rückfahrt zu Simon ins Heck gesetzt hatte, machte Stefano ein Zeichen, damit er noch langsamer fuhr, fischte das hölzerne Tier mit ihrer rechten Hand aus dem See, nahm es an Bord.

»Ich kann mir eigentlich nicht vorstellen, dass jemand die Nonne überfallen hat, um an die Bücher heranzukommen«, wandte sie sich nachdenklich an Simon, nachdem das Boot wieder Fahrt aufgenommen hatte. »Es war ja niemand mehr auf der Insel, jedenfalls soweit Stefano das überprüfen konnte.«

»Ja, und außer der Äbtissin scheint auch gar niemand davon gewusst zu haben«, ergänzte Simon.

»Aber der Huber könnte tatsächlich unser Mann sein. Das halte ich für wahrscheinlicher, als dass jemand sie wegen der Bücher überfallen hat. Jedenfalls bin ich sehr gespannt, was die DNA-Probe von ihm ergibt und was die Spurensicherung herausgefunden hat. Ich schätze mal, wir werden fündig. Und dann werde ich mir einen Beschluss für eine Hausdurchsuchung bei diesem Huber holen.«

»Ich weiß nicht. Ich glaube nicht, dass er der Täter ist.«

»Ist das ein Bauchgefühl? Das wäre ja mal was ganz Neues bei Ihnen, Simone. Sonst zählen doch für Sie immer nur Fakten.«

»Und die sprechen gegen ihn. Trotzdem ...«

»Warten wir mal ab, was bei der Probe herauskommt, und dann sehen wir weiter. Inzwischen könnten Sie sich vielleicht noch anderweitig nützlich machen, ginge das?«

»Womit?«

»Mich interessiert, was unsere Nonne in München gemacht hat. Sie und auch ihre Mutter. Vielleicht können Sie da mal ein bisschen recherchieren. Ich habe nämlich auch ein Bauchgefühl und das sagt mir, dass es da einen Zusammenhang geben könnte.«

Sie hatten die Linie der gelben Bojen vor Ronco erreicht, Stefano drosselte den Motor, und sie fuhren sehr langsam auf das Ufer zu. Vom Wasser aus gesehen hätte man die den Hang hinaufwachsenden, eng beieinanderliegenden Häuser für ein Gebirgsdorf halten können, aber auf halber Höhe vor der angestrahlten Dorfkirche zauberte eine hohe Palme den Süden in das Ortsbild. An der Uferpromenade und der kleinen Piazza leuchteten gelb die Straßenlaternen, auch oben im Dorf gab es hier und da ein erleuchtetes Fenster, aber die Ferienhäuser in der ersten Reihe waren wie gewohnt alle dunkel; nur in Simons Haus brannte in allen Fenstern Licht.

»Haben Sie Besuch?«, fragte Carla erstaunt.

»Ja, Luisa ist da. Meine Freundin aus Frankfurt. Sie kennen sie ja.«

»Davon haben Sie mir gar nichts gesagt. Wenn ich das gewusst hätte, hätte ich Ihre Zeit nicht so strapaziert.«

»Ist schon in Ordnung«, antwortete Simon. Carla sah ihn von der Seite an, als ob sie erwartete, dass er noch mehr dazu sagte. Er dachte, dass von Strapaze keine Rede gewesen sein konnte, im Gegenteil, aber das behielt er für sich.

Im Grunde verstand er sich selbst nicht. Was war das mit Carla? War er verliebt in sie? Simon war kein *homme à femmes* wie dieser Max Huber, im Gegenteil, Affären interessierten ihn nicht, obwohl er durchaus hin und wieder die Gelegenheit dazu gehabt hätte.

Ihm fiel ein Gespräch mit Nicola ein. Als sie zuletzt bei ihm in Ronco noch einmal kurz zu Besuch war, um ein paar Sachen zu holen, vor gut drei Monaten, ihre Vorlesungen hatten gerade begonnen, hatte sie ihm von ihren ersten neuen Bekanntschaften in Turin erzählt, Leuten, die in der Nachbarwohnung lebten und die sie wohl faszinierend fand. »Die sind polyamor«, hatte sie gesagt, und er hatte nicht verstanden, was sie meinte und sie fragend angesehen.

»Monogam kennst du aber«, hatte sie lachend geantwortet, und als er nickte, dazugesetzt: »Das bist du und das sind die nicht.«

»Sie haben also Sex mit mehreren? Und das funktioniert?«

»Nein, sie lieben mehrere Menschen«, hatte Nicola erwidert und geseufzt, als ob er ohnehin zu beschränkt sei – und er interpretierte das als zu alt –, um das zu begreifen.

War er polyamor? Er mochte Carla, und er liebte Luisa. Nein, so einfach war es nicht, das wusste er.

Mit tuckerndem Motor legten sie am Steg an, Stefano fixierte das Polizeiboot mit einer Leine an einer Klampe und machte Simon ein Zeichen, der daraufhin aufsprang, sich kurz verabschiedete und eilig aus dem Boot stieg. »Ich schaue mal, was ich über Leonie und ihre Mutter herauskriege und melde mich dann wieder bei Ihnen«, sagte er noch. Carla nickte, und schnellen Schritts machte Simon sich auf den Weg über die Uferpromenade zu seinem Haus und zu Luisa. Nach ein paar Metern drehte er sich aber doch noch einmal zu Carla um. Sie saß noch im Boot, das noch immer tuckernd am Steg lag, und schaute ihm versonnen nach.

9

Luisa stand mitten in dem großen Wohnraum auf nur einem Bein, ihr Haar im Nacken zu einem Zopf zusammengebunden, unter sich eine Matte, das linke Bein nach hinten ausgestreckt und mit einer Hand an der Ferse, der rechte Arm ging nach vorne. Eigentlich musste sie das Geräusch des ankommenden Motorbootes gehört haben, aber sie verharrte in dieser Position, als ob sie Simon nicht bemerkte. Als er noch einen Schritt auf sie zumachte, hob sie doch den Kopf und sah ihn an. In ihrem Gesicht war dieses Strahlen, das er vom ersten Moment an ihr geliebt hatte und das ihm bis heute unter die Haut ging.

»Ciao, Simon, hast du den Mörder zur Strecke gebracht?«, fragte sie. Er lächelte, neigte sich vorsichtig zu ihr, um sie nicht aus dem Gleichgewicht zu bringen, und gab ihr einen Kuss auf das Haar.

»Und was bringst du hier zur Strecke?«

Luisa nahm nun doch das Bein herunter, küsste ihn auf den Mund. »Banause«, sagte sie. »Das ist Yoga. Das würde dir auch guttun. Das beruhigt ungemein. Und ist auch für reifere Herren geeignet.«

»Ich wüsste etwas anderes, was reifere Herren ungemein beruhigt. Und dafür ist diese Matte bestens geeignet …« Er griff mit einem Arm nach ihr und warf sie mit sanftem Schwung rücklings zu Boden.

»Das ist eine Yoga- und keine Judomatte und schon gar keine …«, protestierte Luisa noch, bevor er sie mit seinen Küssen am Sprechen hinderte und sie sich lustvoll seiner Umarmung hingab.

»Und machen wir jetzt noch den Sonnengruß?«, fragte Simon. Sie lagen verschwitzt und ermattet nah beieinander auf der Unterlage, und Luisa strich Simon mit der Hand sanft über den Nacken, fuhr ihm dann mit den Fingerspitzen über den nackten Rücken, so, dass es noch nicht wehtat, aber weiße Spuren auf seiner Haut hinterließ. »Betrüger«, sagte sie. »Du kennst dich also aus mit Yoga und tust so, als hättest du keine Ahnung davon.«

»Irrtum, ich habe wirklich keine Ahnung. Das mit dem Sonnengruß gehört inzwischen ja zur Allgemeinbildung. Alle Welt macht doch heutzutage Yoga.«

»Ich bin also alle Welt?«

Statt zu antworten, richtete Simon sich auf und küsste sie auf die Nase. »Ich habe Gymnastik jedenfalls immer gehasst«, sagte er.

»Von wegen Gymnastik«, protestierte Luisa. »Es stimmt also doch, du hast tatsächlich keine Ahnung. Yoga ist viel mehr als Gymnastik.«

»So wie Sex, meinst du?«

»Jedenfalls etwas ganz Spirituelles …«

»Spirituelles hatte ich heute eigentlich schon genug. Ich war ja mit Carla in dem Kloster auf der Insel.«

»In dem Kloster, in dem diese ermordete junge Frau Novizin war?«

»Ja.«

»Wie alt war die eigentlich?«

»Gerade mal zwanzig. Und eine wirklich schöne Frau.«

»Willst du damit sagen, schöne Frauen haben im Kloster nichts zu suchen?«

»Quatsch, natürlich nicht. Aber ich verstehe einfach nicht, warum so eine junge Frau ins Kloster geht, noch dazu in Klausur, sich also vollkommen von der Welt abschließt.«

»Ich schon.«

Simon sah Luisa forschend an. Etwas in ihrer Stimme ließ ihn aufmerken. Das hatte sie nicht einfach so dahingesagt.

»Als sechzehnjähriges Mädchen in einem kleinen Ort in Kalabrien«, fuhr Luisa in ernstem Ton fort, »in dem die *'Ndrangheta* die Gesetze und den Alltag diktiert, kann man schon auf die Idee kommen, dass die Welt für Frauen hinter den Mauern eines Klosters die bessere sein könnte.«

»Du hast aber doch nicht wirklich überlegt, in ein Kloster zu gehen?«

»Nein, nicht wirklich, aber ich fand das reizvoll, die Vorstellung von so einer friedlichen Gemeinschaft. Aber das waren natürlich Jungmädchenphantasien. Die Klosterwelt ist wahrscheinlich auch nicht viel friedfertiger als andere. Und wie man an deiner jungen Nonne sieht, bewahrt sie einen nicht einmal davor, ermordet zu werden.«

»Außerdem hast du eine Kleinigkeit vergessen. Ein bisschen Gottesglaube gehört wohl dazu, wenn man Nonne werden will.«

»Und wer sagt dir, dass ich den nicht habe?«

»Ach komm, Luisa, wir sind jetzt seit mehr als zehn Jahren zusammen, und du bist nicht einmal in der ganzen Zeit in der Kirche gewesen.«

»Erstens stimmt das nicht, und zweitens muss man dafür nicht in die Kirche gehen.«

»Also glaubst du an Gott?«

»Jedenfalls glaube ich, anders als du, dass unsere Welt aus mehr besteht als nur Materie und dass nicht nur der Zufall, sondern etwas Höheres, so etwas wie geistige Kräfte unser Leben bestimmen.«

»Da kann ich ja froh sein, dass du nicht tatsächlich Nonne geworden bist.«

Simon mixte zwei Gläser Spritz, verzierte sie mit gezuckerten Orangenscheiben, während Luisa noch ein Abendessen zubereitete, Cannelloni, gefüllt mit Spinat und Ricotta. Sie aßen schweigend, genossen die Pasta und das Gefühl von etwas Tiefem zwischen ihnen, das sie beide gerade gestreift hatte.

Nach dem Essen fiel Simon wieder sein Auto ein. Er blickte auf das Wasser hinaus. Alles war ruhig und die Nacht nicht besonders kalt, der Vollmond stand leuchtend über dem See. Er würde den Peugeot jetzt noch mit dem Boot in Omegna holen, beschloss er.

Luisa bestand zu seiner Überraschung darauf mitzukommen. »Wie willst du das sonst machen, das Boot dann in Omegna lassen?«, fragte sie. »Außerdem bin ich genau in der richtigen Stimmung für eine Vollmondpromenade mit meinem Liebsten über den See.«

Das Boot sprang mühelos an, und es wurde eine zwar doch kalte, aber wunderschöne Fahrt unter dem Sternenhimmel über den See, der in dieser Nacht nur ihnen gehörte, auf das leuchtende Omegna zu, zuletzt noch an dem weiß-rot strahlenden Christbaum vorbei. Am Hafen wärmten sie sich in einer vollbesetzten Bar auf, tranken noch zwei Espressi, dann drängte Simon zum Aufbruch und zückte die Autoschlüssel für Luisa.

»Wo denkst du hin?« Luisa lachte ihn an, zog dabei den Schal schon fester um den Hals und die Pudelmütze wieder über ihr volles Haar. »Ich nehme das Boot.« Sie drückte ihm einen Kuss auf die Nase und war schon zum Anlegesteg verschwunden.

Als Simon ins Haus kam, saß Luisa mit einem Buch am Kaminfeuer, als wäre sie gar nicht weg gewesen und empfing ihn mit einem strahlenden Lächeln. Nur ihr sanft geröteter Teint verriet noch etwas von der kalten Schiffstour, die sie hinter sich hatte.

»Da bist du aber ganz schön über den See gebrettert, oder?«, sagte er, während er schon zu einem Korkenzieher griff und eine Flasche Wein aufmachte.

»Ach was. Mit dem Boot ist man einfach schneller als mit dem Auto über diese endlose Kurvenstrecke durch die Hügel. Zumindest schneller als ein so bedächtiger älterer Fahrer wie du es bist …« Sie grinste.

Auch Simon lächelte, obwohl er Anspielungen auf sein Alter immer schlechter vertrug. Er warf ihr noch einen Kuss zu und zog sich dann mit einem Weinglas in sein Arbeitszimmer im ersten Stock zurück, setzte sich an den Computer und schrieb eine Mail. Auf der Fahrt zurück nach Ronco war ihm eingefallen, dass er vor Jahren einen guten Draht zu einem Journalisten gehabt hatte, der für ein Münchner Boulevardblatt schrieb. Tatsächlich fand er den Kontakt noch in seinem Adressbuch und hoffte, dass der Kollege die Zeitung in der Zwischenzeit nicht verlassen hatte. Von ihm würde er vielleicht mehr über die Vergangenheit von Leonie Hofmann und ihrer Mutter in München erfahren. Wenn eine Mutter spurlos verschwand und ein halbwüchsiges Kind zurückließ, konnte das durchaus ein Thema auf den Lokalseiten gewesen sein.

Während Simon die Nachricht formulierte, fiel sein Blick durch die verglasten Arkaden seines Arbeitszimmers auf die angestrahlte Insel in der Ferne. Was machten die Nonnen wohl um diese Zeit? Wenn sie vor vier Uhr morgens aufstanden, schliefen sie jetzt bestimmt. Was verbarg sich hinter den Klostermauern? Hatten die Ordensfrauen etwas mit Leonies Tod zu tun? Simon konnte sich das nicht vorstellen, doch die Begegnung mit der Äbtissin, ihre Verschlossenheit, hatte ihn misstrauisch gemacht. Aber wahrscheinlich hatte Carla recht und ihre Abschottung gehörte einfach zu dem klösterlichen Habitus.

Seine Gedanken gingen zurück zu dem Gespräch mit Luisa. Religion war bisher kein Thema zwischen ihnen gewesen. Er war überrascht und wunderte sich im Nachhinein, dass sie niemals darüber gesprochen hatten. Er selbst war nicht getauft, obwohl seine aus Italien stammende Mutter Katholikin war, wenn auch keine besonders engagierte. Aber sie liebte das feierliche katholische Zeremoniell und sie ging in Frankfurt regelmäßig zur Beichte. So war sie es gewohnt und sie fand das entlastend, sagte sie. Sein deutscher Vater hingegen war Atheist und ein Kirchenfeind, rational bis in die Haarspitzen. Den Wunsch der Mutter, die beiden Söhne katholisch zu taufen, hatte er strikt abgelehnt.

Allerdings hatte Simons Mutter ihrem Mann einen Kompromiss abhandeln können, der Simon endgültig den Glauben austrieb. Bei den seltenen Besuchen in Rimini, dem Ort, aus dem seine Mutter stammte, und wo die Eltern sich in den Nachkriegszeiten, als in Deutschland das Italienfieber ausgebrochen war, kennengelernt hatten, führten sie für die italienischen Verwandten eine katholische Komödie auf. Die beiden Jungs taten so, als seien sie getauft, gingen mit der Mutter in den Gottesdienst, bekreuzigten sich vor den Mahlzeiten, wenn sie am Familientisch mit der *nonna* saßen, der tiefgläubigen Großmutter. Da sie nicht viel verstanden von dem, was um sie herum geschah und gesprochen wurde, also dieses ganze Italien ohnehin für sie ein großes Theaterstück war, fiel die Verstellung kaum auf. Die Kirchenbesuche überstanden sie nur gequält, langweilten sich, träumten vom Meer und vom Fußballspielen am Strand, und Simon wurde es von dem üppig ausgebrachten Weihrauch stets übel.

Die Besuche in Rimini waren dann aber immer seltener geworden, und als Simons Mutter früh starb, hörten sie ganz auf. Seither hatte Simon nie mehr eine Kirche betreten. Auch der Vater war bald gestorben. Für seinen Sohn war er kein großes Vorbild gewesen, aber seinen vernunftbetonten Blick auf das Leben übernahm Simon doch. Nicht zuletzt war der Drang, die Dinge nüchtern zu betrachten, es auch gewesen, der aus ihm einen Journalisten gemacht hatte. Aber was Luisa gesagt hatte, ging ihm nach. Vielleicht hatte sie ja recht. Vielleicht gab es ja wirklich Kräfte, die mit den Kriterien der rationalen Welt, die mit Vernunft allein nicht zu erfassen waren.

Simon war müde. Er schickte die Mail an den Kollegen nach München los, fuhr seinen Computer herunter, zog sich schon in seinem Arbeitszimmer aus, putzte sich schnell noch die Zähne und ging ins Schlafzimmer, wo Luisa im Dunkeln in den Kissen lag. Er legte sich zu ihr, vorsichtig, um sie nicht zu wecken, aber sie war noch wach, zog ihn an sich, schlang ihre Beine um ihn und küsste ihn. »Ich bin auch froh, dass ich keine Nonne geworden bin«, sagte sie und zog ihn noch näher zu sich.

10

Am Hafen von Omegna drängten sich die Menschen. Es war Markttag, ein sonniger Vormittag, die Luft lau, fast schon frühlingshaft. Wie jeden Donnerstag hatten die Händler ihre Stände mit Haushaltswaren, Socken, Lederjacken und chinesischen Billigtextilien, Käse, Fisch und Gemüse unter den Platanen am linken Seeufer aufgeschlagen. Aber nicht dort war am meisten los, sondern auf der anderen Hafenseite, wo die Feuerwehr mit blinkendem Blaulicht ganz nah an das Wasser herangefahren war, daneben zwei Streifenwagen der Carabinieri, eine Ambulanz.

Dicht gedrängt standen die Neugierigen am Ufer. Es war ein Gewimmel und ein Palaver, Gerüchte machten die Runde, Handys wurden gezückt, Fotos geschossen. Die Carabinieri zogen Flatterbänder, drängten die Schaulustigen ein Stück zurück.

Simon ließ den Blick über die Menge schweifen, suchte Carla mit den Augen und entdeckte sie in der Nähe des Feuerwehrwagens. Er nahm Luisa bei der Hand und lief in ihre Richtung. Auch die Polizistin sah sie jetzt und winkte ihnen zu. Vor einer guten Dreiviertelstunde hatte sie Simon angerufen, als er gerade mit Luisa, die angekündigt hatte, ihm dringend etwas erzählen zu müssen, zu einem Spaziergang am Seeufer aufbrechen wollte.

»Simone, kommen Sie schnell nach Omegna«, hatte Carla gesagt. »Zum Hafen. Hier gibt es etwas zu sehen. Und bringen Sie doch Luisa mit.«

Auf der für Simons Verhältnisse diesmal schnellen Fahrt über die Hügel des Westufers nach Omegna wollte Luisa nicht heraus mit dem, was sie auf dem Herzen hatte, und Simon musste seine Neugier gleich doppelt zügeln. Mit Mühe fanden sie einen Parkplatz in der Nähe des Marktes, eilten zum Ufer und steckten nun in der Menge der Zuschauer am Hafen fest. Neben Simon stand ein junger Vater, der sich gerade zu seinem kleinen Sohn hinunterbeugte und mit ausgestrecktem Arm auf das linke, dort mit Büschen bewachsene Seeufer zeigte: *»Guarda tesoro, i sub!«* Es waren tatsächlich Taucher. In diesem Moment kamen sie wieder hoch an die Wasseroberfläche, nicht allzu weit vom Ufer entfernt, ein halbes Dutzend Männer in schwarzen Anzügen, die schweren Sauerstoffflaschen auf dem Rücken, die Köpfe in Masken gezwängt. Bedrohlich sah das aus; der Kleine schmiegte sich noch enger an seinen Vater.

Jemand tippte Simon von hinten auf die Schulter. Gianluca, in einer knapp sitzenden Lederjacke, die seine Leibesfülle noch betonte, und über dem leicht geröteten Gesicht wie immer die Reporterkappe. Zur Begrüßung schob er sie ein Stück aus der Stirn. »*Complimenti*, Simon, wie üblich findet man dich natürlich da, wo was los ist. Und wo die Edelfeder ist, ist Carla nicht weit.« Kaum hatte er den Satz beendet, entdeckte Gianluca Luisa an Simons Seite und biss sich auf die Zunge. »Und dazu noch die schönste Frau der Welt«, versuchte er sich eilig mit einem Kompliment aus der Affäre zu ziehen. Luisa brach in ihr herzliches, dunkles Lachen aus und gab ihm Küsse auf beide Wangen. Sie mochte Gianluca, der Lokalreporter bei *Il Giorno* war, der größten piemontesischen Zeitung mit Sitz in Turin. Simon und er hatten in den vergangenen Jahren einige Male beruflich miteinander zu tun gehabt und waren darüber Freunde geworden.

»Du irrst dich, ich habe keine Ahnung, was hier los ist«, sagte Simon. »Weißt du denn etwas?«

»Da liegt etwas unten im See. Mehr weiß ich auch noch nicht. Aber ich werde es natürlich herausbekommen. Und deshalb, *amici,* mache ich jetzt meinen Job und lasse euch allein. Vielleicht sehen wir uns später noch, wenn das Geheimnis gehoben ist.« Und schon war er wieder in der Menge der Schaulustigen verschwunden.

Simon und Luisa bahnten sich nun den Weg zu Carla, die ihnen Zeichen machte, dass sie zu ihr hinter die Absperrung kommen sollten. Stefano, der wieder das Flatterband hütete, hob es diesmal sofort und ließ sie passieren.

Carla gab Simon zur Begrüßung die Hand, und Luisa bekam ein paar Wangenküsse von ihr. »Sie kommen gerade noch rechtzeitig. Gleich geht es los. Ganz schönes Spektakel hier, die Leute von den Marktständen werden nicht begeistert sein, dass wir ihnen die Kundschaft wegschnappen.«

»Und was suchen Sie im See?« Luisa hatte die Frage gestellt.

»Da unten liegt etwas auf dem Grund, wohl schon seit langer Zeit. Wir wissen nicht was, vielleicht ein großer Kasten, es könnte aber auch ein Auto sein. Beziehungsweise das, was nach Jahren noch davon übrig geblieben ist.«

»Hat das etwas mit unserer Nonne zu tun?«, fragte Simon.

»Ja, so sieht es jedenfalls aus. Deshalb habe ich Sie angerufen. Ich habe mir schon gedacht, dass Sie das interessiert. Sie erinnern sich doch, dass die Äbtissin mir die paar Habseligkeiten von Leonie Hofmann überlassen hat. Da war dieser lose Zettel dabei.«

Sie griff in ihre Uniformjacke und zog ein Stück Papier aus einer Plastikhülle heraus, faltete es auseinander. »Diese Skizze hat sie oder jemand anderes vom See gemacht. Und sehen Sie, da ist ein Kreuz eingezeichnet an der Stelle, wo jetzt die Taucher mit ihrem Schiff sind.«

Simon warf einen Blick auf den Zettel. »Den muss sie irgendwo herausgetrennt haben«, sagte er. »Er ist an der Seite perforiert. Und das Papier ist ein bisschen speziell.«

»Ja, es könnte eine Seite aus einem Gesangbuch sein, die haben doch oft so einen Goldrand.«

»Und die Taucher sind sicher, dass da etwas in der Tiefe liegt?«

»Ja, erst ist nur einer runtergegangen und hat dieses große Etwas im Morast entdeckt. Jetzt holen sie es raus. Was immer es ist. Bald wissen wir ja mehr. Es kann nicht mehr lange dauern.«

Simon fiel ihr gemeinsamer Besuch bei Max Huber wieder ein und er fragte: »Haben Sie eigentlich schon die Ergebnisse von der Spurensicherung und der DNA-Probe?«

»Nein, ich warte noch darauf, das wird noch dauern. Die Grippe geht um, und viele Kollegen sind krank, auch im Labor liegen alle flach. Und ich muss mich jetzt erst mal um diesen Fund hier im See kümmern.«

Die Taucher schwammen nun wieder auf das Bergungsschiff zu, dessen riesiger Kran jetzt den nicht weit entfernten geschmückten Weihnachtsbaum noch überragte. Dort angekommen, kletterten sie hintereinander die Badeleiter hoch, stellten sich an Bord zu einem Kreis zusammen, fassten sich unter, lösten sich wieder voneinander. Einer machte dem Kranführer ein Zeichen. Der ließ die Kette rasselnd tiefer rauschen, bis sie fast das Wasser berührte, woraufhin die Männer, einer nach dem anderen, zurück in den See sprangen. Blasen stiegen auf, wo sie abtauchten, ein paar Wellen verliefen sich schnell wieder.

Die Minuten vergingen. Nichts passierte. Dann waren da plötzlich zwei Köpfe auf dem Wasser, wie große schwarze Bälle, Hände griffen nach der Kette, die beiden tauchten wieder ab. Die Schaulustigen ließen sich nun nicht mehr zurückdrängen, es wurden immer mehr. Auch Simon und Luisa waren von der aufgeregten Atmosphäre angesteckt, blickten gebannt auf das Geschehen.

Endlich kamen alle Taucher wieder hoch, kletterten nacheinander zurück an Bord, legten ihre Geräte ab, streiften die Gummikapuzen ihrer Anzüge vom Kopf. Jetzt erst erkannte Simon, dass auch zwei Frauen unter ihnen waren. Es wurde auf einmal sehr still. Die Kette setzte sich wieder in Bewegung, straffte sich, wurde über dem Wasser immer länger, der See schlug erneut Blasen. Erst war es nur ein Schimmer, rötlich, dann wurde etwas Metallisches sichtbar, wurde größer.

»*È una macchina!*« Der Ruf kam aus der Menge, von einem der Zuschauer. Er hatte recht. Es war ein Auto, einst rot gewesen, jetzt verblichen, verbeult und verrostet, voller Morast und gefangen in Stahlseilen, an denen braungrüne Pflanzenbüschel herabhingen wie Algen. In dicken Strömen lief das Wasser aus dem Wrack und tropfte an den langen Enden der Büschel ab. Noch ein Rasseln der Kette, ein Ruck, und das Auto war ganz heraus aus dem Wasser, hing schaukelnd an der Kette wie ein riesiger Fisch. Einer der Feuerwehrmänner zückte ein Fernglas, hielt es vor die Augen. »Da ist etwas drin«, sagte er.

Carla, die die ganze Zeit stumm neben Simon und Luisa gestanden und ebenfalls gespannt das Geschehen verfolgt hatte, setzte entschlossen ihre Uniformkappe auf, als ob sie mit dieser Geste wieder in ihre professionelle Rolle eines Maresciallo schlüpfte und sich für den Anblick wappnete, der ihr in Kürze bevorstand.

»Ich muss mich jetzt um die Taucher und das Wrack kümmern«, sagte sie. »Mal sehen, was mich da erwartet. Aber in einer Stunde in der *Piccolo Bar* auf einen Espresso?« Die Frage hatte sie an Luisa gerichtet.

»Ja, sehr gerne.«

»Wenn es doch nicht klappt, melde ich mich auf dem Handy.«

Auch in der Bar am Hafen herrschte Gedränge, und es war laut. Die Kellner eilten mit ihren Tabletts zwischen Theke und den vollbesetzen Tischen eilig hin und her, nahmen immer wieder neue Bestellungen auf. Die meisten der Gäste hatten die Bergung des Autos verfolgt, palaverten, gestikulierten und spekulierten jetzt in großer Runde, was mit dem Auto geschehen sein könnte und tranken dazu giftgrüne und orangerote Aperitivi, begleitet von Erdnüssen und Chips.

Simon und Luisa waren noch über den Markt geschlendert, bevor sie in der Bar einkehrten, hatten Obst, Gemüse und Käse eingekauft, und bei *Viganò*, dem wunderbaren Pastageschäft in Omegna, frische Tortellini, gefüllt mit Toma, dem piemontesischen Bergkäse. In der vollen Bar tranken sie an der Theke einen Espresso und hielten nach Carla Ausschau. Dann war vor wenigen Minuten ein Tisch frei geworden, an dem sie nun mit ihren gepackten Tüten saßen und auf ihre Getränke und die Polizistin warteten.

Gerade wollte Simon Luisa fragen, was sie ihm eigentlich zu erzählen hatte, als Carla unversehens an ihrem Tisch stand, sich einen Stuhl heranzog und zu ihnen setzte. »Es sind zwei Leichen in dem Auto. Und eine ist die Mutter«, sagte sie ohne Umschweife.

Luisa machte ein verständnisloses Gesicht, aber Simon wusste, wovon Carla sprach. »Von Leonie? In dem Auto?«

»Ja.«

»Sind Sie sicher?«

»Sie trägt das gleiche Amulett, das kann kein Zufall sein. Es ist zwar ziemlich mitgenommen, aber man erkennt doch noch, dass es ein Madonnenmedaillon ist und dass es das Gleiche wie das von Leonie ist, und es ist wohl auch die gleiche Gravur. Sie muss es also sein. Kein schöner Anblick. Seien Sie froh, dass Sie nicht dabei waren, Simone. Obwohl Sie das, wie ich Sie kenne, bestimmt trotzdem gerne gewesen wären.« Sie lächelte Luisa zu, wie einer Mitwisserin. Luisa lächelte zurück.

»Also gibt es außer ihr auch noch eine weitere Leiche?« Es war mehr eine Feststellung als eine Frage von Simon.

»Ja«, erwiderte Carla.

»Auch eine Frau?«

»Nein, eher ein Mann von der Statur her. Außerdem haben wir bei ihm eine Herrenarmbanduhr gefunden. Die ist wahrscheinlich an dem Tag stehengeblieben, als der Wagen im See gelandet ist.«

»Und wie kann das passiert sein?«

»Keine Ahnung. Die Straße ist an der Stelle ein paar Meter weg vom See, aber man kommt von dort schon heran an das Ufer, da gibt es ein paar versteckte Zufahrten. Und der See fällt dort sofort ganz steil ab. Die Strömung kann das Auto natürlich auch ein ganzes Stück weggetrieben haben. Vielleicht war es Selbstmord. Wir werden es sehen.«

»Und wann ist das passiert?«, fragte jetzt Luisa.

»So wie es aussieht, vor acht Jahren. Das müssen wir uns alles noch genauer ansehen. Das Auto ist allerdings vollkommen verschlammt und verrottet, und in welchem Zustand nach so langer Zeit im Wasser die Toten sind, können Sie sich ja denken ... Also mal abwarten, was die Gerichtsmedizin meint und was die kriminaltechnische Untersuchung ergibt.«

»Ich habe übrigens auch Neuigkeiten für Sie«, sagte Simon.

»Von meinem verschwundenen Kollegen?« Carla sah ihn erwartungsvoll an.

»Nein, das leider nicht. Über Leonie und ihre Mutter. Sie haben mich doch gebeten, da ein bisschen zu recherchieren. Ein deutscher Kollege hat mir ein paar Details über die beiden berichtet. Er arbeitet bei einem Boulevardblatt in München und hat damals über das Verschwinden von Marlene Hofmann berichtet.«

»Und? Was hat er gesagt?«

»Keiner hatte damals eine Idee, wo sie abgeblieben sein könnte. Es gab keine Angehörigen, die Eltern waren schon tot, der Vater von Leonie nicht bekannt, und Marlene hat ziemlich zurückgezogen mit ihrer Tochter gelebt.«

»Wovon?«

»Sie hat in München als Fremdsprachenkorrespondentin gearbeitet, bei einem großen Feinkostversand. Die Kleine, also Leonie, war erst zwölf Jahre alt, als ihre Mutter verschwunden ist, und sie ist dann bei Nonnen in einem katholischen Internat aufgewachsen. Marlene hat zwar sehr zurückgezogen gelebt, aber sie hatte immerhin eine gute Freundin. Auch mit der hat mein Kollege damals gesprochen.«

»Und was hat er herausgekriegt?«

»Marlene hat diese Freundin damals auch nicht eingeweiht. Aber sie hat Leonie für drei Tage zu ihr gegeben. Weil sie angeblich ins Krankenhaus musste, so hat sie das der Freundin erklärt. Als sie dann nicht zurückgekommen ist, hatte diese Freundin sofort den Gedanken, dass ihr etwas passiert sein musste. Denn Marlene hätte ihre Tochter niemals im Stich gelassen, davon war sie überzeugt. So der Kollege.«

»Und wie ist es dann weitergegangen?«

»Die Suche nach ihr ist schließlich eingestellt worden, und auch die Zeitung hat schnell das Interesse an dem Fall verloren.«

»Und niemand hatte eine Idee, was sie an diesen Tagen gemacht hat?«

»Nicht wirklich. Die Freundin meinte allerdings, dass da ein Mann im Spiel gewesen sein könnte. Marlene war zwar in dieser Hinsicht wohl sehr verschwiegen, aber sie hat anscheinend mal erwähnt, dass ihr jemand ziemlich nachgestiegen ist. Allerdings war der wohl noch sehr jung, meint die Freundin, und sie habe nicht den Eindruck gehabt, dass Marlene an ihm interessiert war, eher im Gegenteil. Übrigens war es auch nicht das erste Mal, dass Marlene ihr Leonie überlassen hat. Der Kollege hat mir außerdem auch Fotos von ihr geschickt. Marlene Hofmann sah ihrer Tochter Leonie zum Verwechseln ähnlich. Das müssen Sie sich mal ansehen. Eine schöner als die andere.«

Luisa und Carla tauschten einen Blick aus, wieder waren sie sich stillschweigend einig: Wenn schöne Frauen starben, schien das Simon besonders nahezugehen.

»Hat Ihr Kollege denn eine Idee, warum Marlene Hofmann niemanden ins Vertrauen gezogen hat?«, fragte Carla.

Simon schüttelte den Kopf. »Nein.«

»Und wie Leonie darauf gekommen ist, dass ihre Mutter hier am See sein könnte – hat er dazu etwas gesagt?«

»Nein. Wie gesagt, es ist ja schon lange her, und die Zeitung hat sich für die Geschichte nicht mehr interessiert. Ich habe auch noch mit der Äbtissin in dem bayerischen Kloster telefoniert, in das Leonie dann als Novizin eingetreten ist. Die ist ein ganz anderer Typ als unsere Managerin im Inselkloster, sehr warmherzig und fast mütterlich, aber was sie über Leonie gesagt hat, ähnelt doch sehr der Einschätzung der Äbtissin.«

»Inwiefern?«

»Zu frömmlerisch aus Verzweiflung sei sie gewesen, sagt sie. Und menschlich ein bisschen schwierig, so hat sie das ausgedrückt.«

»Und ist sie konkreter geworden?«

»Nein, da war sie auch verschwiegen. Nicht alle Nonnen seien gutherzige Menschen, hat sie nur noch hinzugefügt.«

»Und eine Erklärung, wie sie auf den Lago d'Orta gekommen ist, hat sie die?«

»Nein, auch nicht. Gab es denn nicht bei den Sachen von Leonie, die Sie sichergestellt haben, irgendeinen Hinweis, wie sie darauf gekommen ist, ihre Mutter hier zu finden?«

»Nein, gar nichts, nur diese Skizze vom See mit dem

Fundort des Autos. Aber irgendwoher muss sie ja diese Information bekommen haben. Wenn die Äbtissin nicht so zugeknöpft wäre, hätten wir von ihr vielleicht dazu etwas erfahren. Es kann ja gut sein, dass die Ordensschwestern auf der Insel mehr wissen.«

»Vielleicht kann ich mich da nützlich machen«, meldete sich jetzt Luisa zu Wort, die bisher das Gespräch aufmerksam, aber schweigend verfolgt hatte.

Carla und Simon sahen sie verblüfft an.

»Ich will dir das ja schon die ganze Zeit erzählen, Simon. Ich bin ab morgen für drei Tage in diesem Kloster.«

»Wie bitte? Wann ist dir das denn eingefallen?« Das war Simon. Carla blickte sie nur erstaunt an und blieb stumm.

»Gestern. Nachdem wir uns über das Kloster und die Nonnen unterhalten haben, Simon. Das hat irgend etwas in mir ausgelöst. Und dann habe ich heute früh einfach mal da angerufen und gefragt, ob das geht.«

»Und warum?«

»Das ist doch spannend, Simon. Ehrlich gesagt, hat es mich schon immer gereizt, mal ein Kloster von innen kennenzulernen. Zu sehen, wie das ist, völlig von allem abzuschalten und sich dem Schweigen zu überlassen. Ich bin gespannt, was das mit einem macht. Vorhin kam dann der Rückruf, dass ich morgen kommen kann. Wie gesagt, für drei Tage. Und vielleicht kommt mir ja irgendetwas zu Ohren, was euch interessiert ... Und während ich unter die Nonnen gehe, könnt ihr in Ruhe euren Mörder jagen.« Sie zog ihr Augenlid herunter: »Aber passt auf euch auf!«

War das doppeldeutig? Simon war sich nicht sicher.

11

So einen dichten Nebel hatte Simon selten erlebt. Die Sichtweite betrug maximal dreißig Meter. Manchmal lichtete er sich jedoch für einen Moment ein wenig, und in der Ferne tauchten dann schemenhaft die Konturen einsamer Gehöfte auf, um im nächsten Moment wieder von der weißen Masse verschluckt zu werden. Simon war mit Carla unterwegs auf der Autobahn in Richtung Genua nach Vercelli, und sie fuhren durch die weitläufige Ebene des Reisgebiets. Bei strahlendem Sonnenschein waren sie mit Simons Peugeot am See gestartet, hatten nach einer halben Stunde den Fluss Sesia überquert und waren hinter Ghemme, wo ein Rotwein herkam, den Simon liebte, in die kompakte Nebelwand hineingefahren.

Simon saß am Steuer, fuhr sehr langsam, orientierte sich an den Markierungen, die auf dieser Autostrada eigens für die hier sehr häufigen Nebeltage aufgebracht waren, und dachte darüber nach, dass er hier nicht gerne leben würde, zu platt, zu trüb im Winter, zu mückenreich im Sommer. Das Reisgebiet war kunstvoll von Kanälen und Schleusen durchzogen, mit denen der Risotto-Reis im Frühling bewässert wurde, und es war daher auch eine Brutstätte für Stechmücken, die eine solche Plage sein konnten, dass sie mit Helikoptern aus der Luft bekämpft werden mussten. Aber die Landschaft mit den weiten Reiswiesen und den einsam in ihrer Mitte gelegenen Reishöfen konnte an manchen Tagen, wenn Nebel und Dunst beinahe durchsichtig waren, sehr poetisch sein, und Vercelli sollte ein schönes Städtchen sein, in dem Simon noch nie war.

Luisa war jetzt schon den zweiten Tag im Kloster und hielt sich offenbar an das Schweigegebot, jedenfalls hatte Simon sie auf ihrem Handy trotz wiederholter Versuche nicht erreicht. Sie fehlte ihm. Ihr plötzlicher Ausflug ins Kloster hatte ihn überrumpelt, er war auf ihre Abwesenheit nicht eingestellt gewesen. Am Morgen war er früh aufgewacht, zu Lino in die Bar nach Pella gefahren, hatte sich dort seine *Frankfurter Nachrichten* geholt und sie gründlicher gelesen als sonst.

Der Tag zog sich dann zäh dahin, auch an seinen Schreibtisch konnte er sich nicht flüchten. Weil Weihnachtszeit war und Luisa sich bei ihm am See angekündigt hatte, hatte er keinen Auftrag vom *Schotter* angenommen, dem kleinen, unkonventionellen Frankfurter Wirtschaftsmagazin, für das er hin und wieder als freier Korrespondent arbeitete.

So kam es ihm gelegen, als Carla ihn am späten Vormittag anrief und fragte, ob er sie nach Vercelli zu einer Verabredung begleiten könnte. Unter ihren Kollegen hatte sie keinen Fahrer gefunden. Die am See umgehende Grippe war bis in das Revier in Omegna vorgedrungen, auch Stefano hatte es erwischt, der mit hohem Fieber im Bett lag. Allein und einhändig wollte Carla die Strecke nach Vercelli nicht zurücklegen. Simon sagte ihr sofort erfreut zu und ertappte sich bei dem Gedanken, dass, wenn es denn doch einen Hergott gab, der an diesem Tag offenbar auf seiner Seite war.

»Wohin fahren wir?«, fragte Simon.

»Zu Signora Barone. Das ist die Frau des Mannes, dessen Leiche wir in dem Auto aus dem See gefunden haben.«

»Und die Frau an seiner Seite war also tatsächlich die Mutter von Leonie Hofmann?«

»Ja.«

»Wie haben Sie denn so schnell herausbekommen, wer der Mann ist?«

»Die Techniker konnten das Nummernschild rekonstruieren, und außerdem stand der Mann auf der Vermisstenliste, genauso wie Marlene Hofmann. Er ist zwei Tage, nachdem das Auto im See gelandet ist, von seiner Frau in Vercelli als vermisst gemeldet worden. Das ist alles acht Jahre her, das Unglück ist an einem Wochenende im September passiert.«

»Es war also ein Unfall?«

»Das ist genau die Frage. Ob das damals wirklich ein Unfall war. Das kann natürlich sein. Die Straße verläuft da in der Gegend zum Teil ganz nah am Ufer entlang, und vielleicht waren sie zu sehr mit sich selbst beschäftigt und sind da vom Weg abgekommen … Es kann natürlich auch Selbstmord gewesen sein. Oder aber es war Gewalt im Spiel. Das Auto, das wir aus dem See gefischt haben, es war übrigens ein Panda, hat nämlich einen Heckschaden, nichts Großes, aber es könnte ins Wasser gestoßen oder geschoben worden sein. Vielleicht war der Schaden aber auch schon vorher da oder er ist durch den Aufprall entstanden. Ich hoffe, spätestens morgen bekomme ich dazu den Bericht. Jedenfalls sind die beiden in dem Auto ertrunken, das steht fest.«

»Und was ist damals passiert, was hatten die beiden miteinander zu tun?« Der Nebel war noch etwas dichter geworden, und Simon blickte angestrengt nach vorne, fuhr jetzt fast Schritttempo.

»Es ist eine delikate Geschichte. Vermute ich jedenfalls. Virgilio Barone hat seiner Frau gegenüber damals behauptet, dass er für zwei Tage allein auf eine Wandertour ins Val Grande gehen wolle. Tatsächlich hat er, wie es aussieht, eine heimliche Affäre mit Marlene Hofmann gehabt, und die beiden haben sich für ein Wochenende am See getroffen. Er ist an einem Freitag in Vercelli aufgebrochen, und am Samstag ist das Auto in den See gestürzt. Es war übrigens ein Firmenwagen, mit dem das heimliche Paar unterwegs war.«

»Firmenwagen?«

»Die Barones sind Reisproduzenten. Nicht die unbedeutendsten. Und nicht die schlechtesten. Ihr *Carnaroli* schmeckt köstlich, ein bisschen nach Nüssen. Sie kochen doch gern, Simone? Da müssten Sie die Marke eigentlich kennen.«

»Nein, jedenfalls nicht bewusst. Und was ist dann passiert?«

»Als Signor Barone von seiner vorgeblichen Wandertour nicht zurückkam, hat seine Frau ihn als vermisst gemeldet, und es wurde eine Riesensuchaktion gestartet, mit Hubschraubern und Hunden, allem Drum und Dran. Aber er ist natürlich nicht gefunden worden. Alle dachten damals, dass er sich im Val Grande verirrt hat und dort umgekommen ist. Das war ja auch plausibel, nicht wahr? Sie kennen ja das Gebiet, da haben Sie bei unserem letzten gemeinsamen Fall den ermordeten Schweizer gefunden.« Carla zwinkerte ihm ironisch zu, ihre grünen Augen blitzten. Das war damals nicht gerade ein Ruhmesblatt für Simon gewesen. Darauf spielte Carla an, ging aber zu seiner Erleichterung nicht weiter darauf ein, und da auch Simon nichts sagte, fuhr sie mit ihrem Bericht fort. »Dieses Val Grande ist ja wirklich eine Wildnis, ständig gehen da irgendwelche Leute verloren. Gottlob werden die meisten schnell wiedergefunden. Virgilio aber nicht, der lag schon eine ganze Weile tief unten im See, als noch nach ihm gesucht wurde.«

»Und woher kannten sich die beiden?«

»Wie Sie ja wissen, hat Marlene in München bei einem Feinkostversand als Fremdsprachenkorrespondentin gearbeitet. Ich vermute daher, dass die beiden sich darüber kennengelernt haben. Sie war damals Mitte dreißig, er gut zehn Jahre älter und wohl auch nicht ganz unattraktiv. Aber Genaueres hoffe ich von seiner Frau zu erfahren. Die war allerdings bis gestern ahnungslos, hielt ihren Mann noch immer für verschollen im Val Grande. Die Suche nach ihm hat man dann natürlich nach einiger Zeit eingestellt.«

»Haben Sie denn schon mit ihr gesprochen?«

»Nur kurz, heute Morgen am Telefon, als ich ihr meinen Besuch angekündigt habe. Aber die Carabinieri in Vercelli haben sie gestern schon darüber informiert, dass die Leiche ihres Mannes in dem Auto im See gefunden wurde. Übrigens kennen Sie die Signora Barone vielleicht, Simone.«

»Nein, nicht, dass ich wüsste. Woher sollte ich die kennen?«

»Marta Barone ist in San Maurizio am See aufgewachsen, und sie ist eine Longhi, einer ihrer Brüder ist Claudio Longhi. Den kennen Sie doch bestimmt?«

»Sie meinen den Besitzer der Armaturenfabrik in San Maurizio?«

»Ja.«

»Ja, den kenne ich. Leider. Und seinen Bruder, Davide, ebenfalls leider.«

Carla lachte. Sie schien sich über seine spontan geäußerte Aversion gegen die Brüder nicht zu wundern, vielleicht teilte sie diese sogar. Die Longhis waren Simons beste Feinde am See, vor allem mit Davide, der die lokale Tourismusorganisation managte, war Simon schon mehrfach aneinandergeraten, unter anderem wegen eines geplanten touristischen Resorts auf einem brachliegenden Grundstück am Seeufer, ein Projekt, gegen das sich Simon öffentlich in einem Kommentar in *Il Giorno* ausgesprochen hatte.

»Was geht das diesen Deutschen an«, hatte Davide Longhi in einem Leserbrief gewettert und sich bei der Chefredaktion beschwert, dass sie ihm, dem *tedesco*, auf ihren Seiten das Wort erteilte. Was in Zukunft wohl nicht mehr vorkommen werde, berichtete Gianluca, der das Ganze vermittelt hatte, ihm ein paar Tage später. Die Longhis hatten Einfluss. Die *rubinetteria* von Claudio Longhi stellte Luxusarmaturen für Bäder und Küchen her, florierte trotz der anhaltenden Wirtschaftskrise und der chinesischen Konkurrenz, und sie beschäftigte viele Leute in der Region. Die Longhis taten sich zudem gerne auch als Mäzene hervor. Sie hatten ein Sommerhaus auf der Insel und veranstalteten jedes Jahr Kunstevents in einem Nebengebäude des Klosters, im Sommer eine Fotoausstellung und zum Jahresende immer eine Werkschau junger italienischer Künstler, beide zum Thema Wasser. Es waren offenbar ambitionierte Events, deren Eröffnung stets ein gesellschaftliches Ereignis war, zu dem Simon aber natürlich noch nie eingeladen war.

Simon fuhr jetzt etwas schneller, hatte sich dicht an einen Lastwagen vor ihm gehängt und folgte dessen Rücklichtern. Wahrscheinlich war es auch die Erinnerung an die Auseinandersetzung mit Davide Longhi, die ihn immer noch aufbrachte, seinen Herzschlag beschleunigte und das Gaspedal stärker durchtreten ließ.

»Die Signora führt diese Armaturenfabrik in San Maurizio gemeinsam mit ihrem Bruder, also mit Claudio Longhi«, fuhr Carla fort, »das wissen die wenigsten, denn sie hält sich von der Öffentlichkeit eher fern. Aber sie scheint ein gutes Händchen fürs Geschäft zu haben. Sie werden sie ja gleich kennenlernen, es ist nicht mehr weit.«

12

Die *Tenuta Barone* lag ein paar Kilometer vor Vercelli und versank ebenfalls im Nebel. Simon nahm die lange Zufahrt zu dem Reishof, dessen Umrisse sich beim Näherkommen nach und nach unter den weißen Schleiern abzeichneten, ein zweistöckiges Vierkantgebäude mit einer breiten Front aus rotem Ziegelstein und etwas erhöhten Seitenflügeln. »Wenn Sie im Frühjahr hierherkommen und die Felder rundherum geflutet sind, sieht das aus wie ein Wasserschloss«, sagte Carla, als sie auf die mit Zinnen geschmückte Hofeinfahrt zufuhren.

»Sie waren schon mal hier?«

»Ja, wir haben hier Reis gekauft und das kleine Museum angeschaut.«

Simon verkniff sich die Frage, wer hinter dem »Wir« steckte. Aber das Museum interessierte ihn. »Was für ein Museum?«, wollte er wissen.

»Gehen Sie manchmal ins Kino?«

»Ja«, antwortete Simon mit Überzeugung, aber ohne den Sinn ihrer Frage zu verstehen. Er war ein ambitionierter Kinogänger, und das gehörte zu den Dingen, die ihm in seinem Leben am See am meisten fehlten, denn viele Filme, die er gerne gesehen hätte, kamen in den umliegenden Orten nicht auf die Leinwand.

»Kennen Sie den Film *Riso amaro*?«

»*Riso amaro, Bitterer Reis,* den Titel habe ich schon mal gehört, aber nein, gesehen habe ich den Film nicht.«

»Der ist aus den fünfziger Jahren, Schwarz-Weiß. Neorealismus sagt ihnen aber was?«

»Ja, natürlich. Aber was hat der Film mit dem Museum zu tun?«

»Er spielt hier im Reisgebiet, und er tut das, was auch das Museum tut: Er erzählt von den Reisarbeiterinnen, den *mondine.* Zugegeben, ziemlich melodramatisch. Ich schätze mal, der ist nichts für Sie, Simone.«

»*Mondine*? Hat das etwas mit Jäten zu tun?«

»*Complimenti,* Simone. Ihr Italienisch wird von Tag zu Tag immer noch besser.« Sie lächelte ihn an. »Die *mondine,* das waren Saisonarbeiterinnen. Die sind damals im späten Frühjahr immer für ein paar Wochen aus ganz Italien hierhergekommen, um das Unkraut in den Feldern zu pflücken. Eine harte Arbeit. Die standen den ganzen Tag im Wasser, immer gebückt, oft in der prallen Sonne und geplagt von Ungeziefer. Gut bezahlt war das natürlich auch nicht. Inzwischen ist der Reisanbau ja mechanisiert, und die *mondine* sind im Museum gelandet. Wenn Sie mögen, werfen wir nachher noch einen Blick da hinein, Sie werden sehen, es lohnt sich.«

Als Carla und Simon aus dem Auto stiegen, kam ihnen Marta Barone in dem weitläufigen Innenhof schon entgegen. Eine elegante Frau mit üppiger Figur in dunkelgrauem Kaschmirkleid und Perlenkette, was, wie Simon fand, beides eher nach Mailand passte als zu der rustikalen *Tenuta.* Ihr dunkelrotes Haar trug sie hochgesteckt, die Lippen in der gleichen Farbe geschminkt.

»*Le mie condoglianze,* mein Beileid, Signora Barone«, sagte Carla. »Es tut mir sehr leid, dass Sie nach so vielen Jahren eine so traurige Nachricht erhalten haben. Darf ich Ihnen Signor Strasser vorstellen? Meine Kollegen auf dem Revier in Omegna hat fast alle die Grippe erwischt, und Signor Strasser war so freundlich, mich hierher zu fahren.« Carla hob ihren verbundenen Arm ein wenig an: »Sie sehen ja, dass ich zurzeit leider ein bisschen behindert bin.«

»Ein Unfall?«

»Ja, ich war wohl zu schnell auf den Skiern unterwegs. Ich vermute, Sie haben nichts dagegen, wenn Signor Strasser bei unserem Gespräch dabei ist?«

»Folgen Sie mir«, antwortete Signora Barone, ohne auf die Frage nach Simon einzugehen. Sie wirkte resolut und sehr gefasst, hatte die unnahbare Ausstrahlung jener Menschen, dachte Simon, die es von Kindesbeinen an gewohnt waren, Haltung zu bewahren, auch angesichts großer Zumutungen. Sie führte sie in ein schlicht eingerichtetes Büro, wo sie an einem großen Holztisch auf nicht sehr bequemen Stühlen Platz nahmen. An den Wänden hingen ein paar historische Fotos von der *Tenuta* und den Arbeiterinnen in den Reisfeldern, Frauen mit breitkrempigen Strohhüten, in Sommerkleidern oder leichten Blusen und kurzen Hosen, mit nackten Beinen im Wasser. Das mussten die *mondine* sein, von denen Carla erzählt hatte. Eine Angestellte brachte unaufgefordert Mineralwasser und Espresso.

»Was kann ich für Sie tun?«, fragte Marta Barone in verbindlichem Geschäftston, als wäre Carla eine Kundin und nicht eine Polizistin, die sie wegen ihres ertrunkenen Mannes aufsuchte.

»Sie wissen ja, dass wir Ihren Mann gemeinsam mit einer

Frau aus Deutschland, einer gewissen Marlene Hofmann aus München, in dem im See untergegangenen Auto gefunden haben«, antwortete Carla, ebenfalls sehr höflich. »Bitte verzeihen Sie meine Indiskretion, Signora Barone, aber ich muss Sie fragen, ob Sie Frau Hofmann kannten und ob Sie mir sagen können, welcher Natur die Beziehung Ihres Mannes zu ihr war.« Carla kam stets sofort zur Sache, aber dass sie so unvermittelt einstieg, erstaunte sogar Simon, der sie in solchen Situationen inzwischen schon einige Male erlebt hatte.

»Das geht Sie eigentlich tatsächlich nichts an.«

»Ja, da haben Sie recht. Eigentlich. Aber wir haben die Tochter von Marlene Hofmann vor ein paar Tagen ermordet am See aufgefunden. Davon haben Sie bestimmt gehört. Diese junge Frau hat seit einiger Zeit nach ihrer Mutter gesucht, zuletzt bei uns am See. Es könnte da also einen Zusammenhang mit dem Unfall Ihres Mannes geben. Deshalb erlaube ich mir, Sie nach der Vorgeschichte und dem Verhältnis Ihres Mannes zu Signora Hofmann zu fragen. War sie seine Geliebte?«

»Ich verstehe, dass Sie das interessiert, aber Sie verstehen vielleicht auch, dass ich es vorziehe, Sie in dieser Angelegenheit Ihre eigenen Schlüsse ziehen zu lassen. Diese Frau Hofmann ist mir unbekannt, so viel kann ich Ihnen sagen. Und Ihre Vermutung halte ich für abwegig. Die Situation, in der sie und mein Mann aufgefunden wurden, mag zwar darauf hindeuten. Aber es kann sich selbstverständlich auch um ein Geschäftstreffen meines Mannes mit der Dame aus Deutschland gehandelt haben. Ich halte das sogar für wahrscheinlich. Sie hat ja für *Buongusto* gearbeitet, und an diese Firma in München haben wir unseren Reis geliefert. Ich vermute, Virgilio hat sie auf dem Weg ins Val Grande nur kurz getroffen, um etwas Geschäftliches mit ihr zu besprechen, und da ist es dann passiert, sie sind von der Straße abgekommen, womöglich weil er versucht hat, einem entgegenkommenden Auto auszuweichen. Der Lago d'Orta liegt ja von hier aus quasi auf dem Weg ins Val Grande.«

»Also ein Geschäftstreffen, das Ihr Mann Ihnen verheimlicht hat?«, fragte Carla zurück, und die Skepsis in ihrer Stimme war unüberhörbar. Simon fiel auf, dass sie die Signora mit der Information verschonte, dass das Auto erst einen Tag nach dem Aufbruch ihres Mannes aus Vercelli in den See gestürzt war. Das sprach gegen ein geschäftliches Treffen ihres Mannes auf dem Weg ins Val Grande und für das Rendezvous mit der Deutschen. War das Taktik oder nahm Carla nun doch Rücksicht auf die Gefühle einer verletzten und betrogenen Ehefrau?

»Sie irren, Signora Moretti.« Marta Barone war wütend, bemühte sich aber sichtlich, ihren Ton zu mäßigen und Contenance zu bewahren. »Mein Mann und ich, wir hatten keine Geheimnisse voreinander. Im Gegenteil, wir hatten sehr viel Vertrauen zueinander, da war es nicht nötig, uns über jeden Geschäftsvorgang auszutauschen. Ich habe meinem Mann vertraut und er mir. Und wir haben uns geliebt. Mehr möchte ich dazu nicht sagen.«

»Ich muss Sie noch fragen, wo Sie waren, als die Tochter von Marlene Hofmann ermordet wurde.«

»Warum wollen Sie das wissen?«

»Reine Routine.«

»Wann war das?«

»Vor drei Tagen, am Abend.«

»Ich bin die ganze Woche nicht ausgegangen, also war ich da auch zu Hause.«

»Allein?«

»Ja.«

»Haben Sie eigentlich keine Kinder?«

»Nein, Kinder waren uns leider nicht vergönnt.«

»Und Sie führen die Geschäfte allein, seitdem Ihr Mann nicht mehr da ist?«

»Nein, nicht ganz allein. Der ältere Bruder meines Mannes, Ugo, hat mir in den letzten Jahren sehr viel abgenommen. Er lebt schon lange nicht mehr mit seiner Frau zusammen und hat sich gemeinsam mit mir hier auf dem Hof um alles gekümmert. Wie Sie ja bestimmt wissen, leite ich auch noch zusätzlich die Armaturenfabrik unserer Familie in San Maurizio, zusammen mit meinem Bruder Claudio, da konnte ich Ugos Unterstützung für die *Tenuta* gut gebrauchen. Er hat sich aber inzwischen aus der Firma zurückgezogen und wir haben jetzt statt seiner einen neuen Geschäftsführer. Mein Schwager kümmert sich nun vor allem noch um unser kleines Museum. Das hat er noch zusammen mit meinem Neffen aufgebaut.«

»Ihr Neffe?«

»Ja, Angelo, Ugos Sohn, aber der lebt schon lange nicht mehr bei uns auf der *Tenuta*. Der wohnt in Borgomanero, betreibt da einen Weinhandel.«

»Noch eine andere Frage, Signora Barone. Ihr Mann war ja damals mit einem Ihrer Firmenwagen unterwegs, einem roten Panda. Hat er den öfter genommen?«

»Nein, eigentlich nicht. Normalerweise hat er immer den Mercedes genommen. Aber der Panda war ja viel geeigneter für eine Tour zum Val Grande, mit diesen sehr schmalen

Straßen, die da hochführen. Und dazu haben alle unsere Firmenwagen Vierradantrieb, was da oben auch nützlich sein kann.«

»Und Sie, wo waren Sie an dem Wochenende?«

»Das fragen Sie auch routinemäßig?«

»Ja.«

»Ich habe die Gelegenheit der Abwesenheit meines Mannes genutzt und über das Wochenende eine Freundin in Novara besucht.«

»Würden Sie mir bitte deren Namen nennen?«

»Elena Tosetti.«

»Also in Novara, und wo da genau?«

»Via Buonarroti 15.«

»Und als Sie aus Novara zurückkamen, war Ihr Mann nicht wie erwartet zu Hause?«

»Ja, so war es. Ich habe mir zunächst aber nichts dabei gedacht. Ich dachte, dass er seine Wanderung einfach um einen Tag verlängert hat. Das kam vor. Er war ein sehr spontaner Mensch.« Sie machte eine Pause. »Erst als er am nächsten Tag immer noch nicht wieder ...« Einen Moment glaubte Simon, dass sie in Tränen ausbrechen würde, aber dann fing sie sich schnell wieder und fuhr gefasst fort: »... zurück war und auch nicht angerufen hat, ist mir in den Sinn gekommen, dass ihm etwas passiert sein könnte. Dass er sich womöglich in dieser Wildnis da oben verirrt hat, und dann habe ich die Carabinieri informiert.«

»Wir haben festgestellt, dass der Firmenwagen, mit dem er unterwegs war, am Heck beschädigt ist. Wissen Sie, ob es diesen Schaden schon gab, als Ihr Mann das Auto genommen hat?«

»Also da bin ich wirklich überfragt. Es ist ja sehr lange her, und ich habe dieses Auto eigentlich nie gefahren. Vielleicht weiß mein Schwager das, es war Ugo, der sich immer um unseren Fuhrpark gekümmert hat.«

»Können wir denn mit ihm sprechen?«, fragte Carla.

»Ja, natürlich. Er wohnt auch hier auf dem Gelände, aber um diese Zeit ist er bestimmt im Museum. Ich führe Sie gerne zu ihm.«

13

Ugo Barone war ein großer, fast hünenhafter Mann, mit hellen klugen Augen, grauem Haarkranz und Vollbart. Er musste mindestens zehn Jahre älter sein als sein toter Bruder. Anders als seine Schwägerin war er leger gekleidet, in Arbeitshosen und dickem Wollpullover, der ihm fast bis zu den Knien reichte. Simon fand ihn sofort sympathisch.

Sie standen im ehemaligen Schlafraum der Saisonarbeiterinnen zusammen, einem Herzstück des Museums. Es war ein langgestreckter Saal unter einem Spitzdach mit rund vierzig schmalen Holzbetten, auf einem grauen Steinboden nebeneinander aufgereiht. In der äußersten Ecke des Raums ein Tisch mit offenen Weinflaschen und ein paar Gläsern, darüber an Haken befestigt blecherne Kochtöpfe, an den Wänden bunte Sommerkleider und auf den Betten Strohhüte mit breiten Krempen – Sonnenschutz und unverzichtbares Accessoire der *mondine.* Alles so inszeniert, als seien die Frauen eben gerade zum Unkrautjäten in die Reisfelder aufgebrochen.

»Wir versuchen zu zeigen, wie man auf der *Tenuta* früher gelebt und gearbeitet hat«, erläuterte Barone jetzt im Ton eines Museumsführers. »Heute passiert beim Reisanbau kaum noch etwas in Handarbeit, und wir sind nur noch wenige Leute hier auf der *Tenuta.* Aber früher haben hier Hunderte gearbeitet. Der Hof war im Grunde ein richtiges kleines Dorf. Mit einer Kapelle, einem Lebensmittelladen, einer Schule und sogar einem Friedhof. Und in dem Saal, in dem wir jetzt sind, waren die Saisonarbeiterinnen untergebracht, immer von April bis in den Frühsommer. Wussten Sie eigentlich«, die Frage richtete er an Simon, »dass *Bella Ciao*, das berühmte Partisanenlied, seinen Ursprung bei den Frauen in den Reisfeldern hat?«

»Nein, das wusste ich nicht. Dass die trotz der harten Arbeit zum Singen aufgelegt waren, ist ja ehrlich gesagt auch ein bisschen verwunderlich.«

»Im Gegenteil«, sagte Barone lächelnd, und Carla nickte zustimmend, wenn sie auch langsam etwas ungehalten wirkte, wie Simon bemerkte. Im Schlafraum der *mondine* war es kalt, und sie wollte bestimmt endlich zur Sache kommen. Sie trat von einem Bein aufs andere, unterbrach schließlich Barones Erläuterungen und wandte sich an Marta: »Das ist alles sehr interessant, aber dürfte ich Sie jetzt bitten, Signora, uns mit Ihrem Schwager allein zu lassen?«

»Was soll das? Wir haben keine Geheimnisse voreinander.« Signora Barone war erneut aufgebracht und bemühte sich jetzt nicht mehr, ihren Ton zu mäßigen.

»Lass es gut sein, Marta«, sagte Ugo und strich ihr beschwichtigend über den Arm. »Du hast dir doch nichts vorzuwerfen. Und wenn die Signora Moretti das so will, dann tun wir ihr doch den Gefallen.«

Marta Barone sah ihren Schwager mit einem Ausdruck von Missbilligung an, als hätte sie erwartet, in dieser Situation mehr Unterstützung von ihm zu erfahren. Dann drehte sie sich brüsk auf dem Absatz um, eilte mit energischen Schritten aus dem Raum und verschwand in den Hof.

»Ich melde mich wieder bei Ihnen, wenn es etwas Neues gibt. Das verspreche ich Ihnen«, rief Carla ihr noch versöhnlich hinterher.

»Sie müssen Verständnis haben. Sie wirkt so resolut«, sagte ihr Schwager, »aber das Ganze nimmt sie doch sehr mit. Sie hat ihren Mann sehr geliebt und ist jetzt ziemlich rüde aus ihrer Lebenslüge aufgeweckt worden.«

»Lebenslüge? Das hört sich so an, als wüssten Sie mehr?« Carlas Frage klang mehr wie eine Feststellung.

»Ja, das kann man wohl so sagen. Aber ich habe es nicht über das Herz gebracht, meiner Schwägerin die Wahrheit zu sagen. Dass er eine Geliebte hatte und mit der unterwegs war. Ich war überzeugt, dass sie mit der Vorstellung, dass ihm ein Unglück passiert ist, besser leben könnte.«

Carla funkelte ihn an. Sie hatte nun die Bestätigung für ihre Vermutung, aber es war unübersehbar, dass sie Barones Schweigen gegenüber seiner Schwägerin verurteilte.

»Kannten Sie denn seine Geliebte? Marlene Hofmann?«, fragte sie.

»Nein, ich kannte sie nicht. Aber ein Foto von ihr hat Virgilio mir mal gezeigt. Eine schöne Frau, ohne Zweifel. Ich habe trotzdem versucht, ihm diese Geschichte auszureden. Aber er war verrückt nach ihr. Obwohl sie wohl eigentlich gar nicht zu ihm gepasst hat. Sie war eine sehr fromme Person, so hat er sie mir jedenfalls beschrieben. Er eher nicht, er war der lebenslustige Typ, immer gut gelaunt und allen Genüssen sehr zugetan. Es ist ihm nicht schwergefallen, Frauen für sich einzunehmen.«

»Heißt das, er hat immer schon Affären mit anderen Frauen gehabt?«

»So war es wohl.« Ugo machte eine Pause, strich sich nachdenklich über den Bart. Simon meinte, einen Hauch von Missfallen bei ihm herauszuhören. Oder schwang da eher Eifersucht des etwas schwermütig wirkenden Mannes auf seinen leichtlebigen Bruder mit?

»Ich habe mir damals eigentlich nicht vorstellen können«, fuhr Ugo Barone fort, »dass er Marta wegen dieser Deutschen verlässt. Aber es heißt ja immer, Gegensätze ziehen sich an.«

»Und was haben Sie gedacht, als er nicht wiederkam?«

»Ich war erst mal ziemlich perplex. Dann habe ich gedacht, dass er vielleicht wirklich mit ihr über alle Berge ist. Das soll ja vorkommen, dass Männer sagen, sie gehen Zigaretten holen und tatsächlich machen sie sich mit einer anderen Frau aus dem Staub. Das war ihm auch zuzutrauen. Ich sagte ja schon, er war ein sehr lebenslustiger Mensch. Aber es hat mich schon gewundert, dass er alles einfach so hinter sich lässt, seine Frau, die *Tenuta*. Kinder gab es ja keine, das dürfte es ihm leichter gemacht haben. Habe ich damals gedacht.«

»So wie Sie ihn beschreiben, halten Sie es wohl für ausgeschlossen, dass es Selbstmord war?«

»Vollkommen ausgeschlossen.«

»Wie war denn Ihr Verhältnis zu Ihrem Bruder?«

»Wir haben uns eigentlich gut verstanden. Wie gesagt, wir waren ja sehr verschieden und sind uns eigentlich nie in die Quere gekommen. Auch geschäftlich lief es gut, da gab es keinen Anlass für Konflikte.«

»Und Sie haben die ganzen letzten Jahre geglaubt, dass er noch lebt, irgendwo anders, zusammen mit dieser Marlene?«

»Natürlich sind mir mit der Zeit manchmal doch Zweifel gekommen, ja. Irgendwie hatte ich erwartet, dass ich mal ein Lebenszeichen von ihm erhalte. Und als dann nie etwas kam, habe ich schon überlegt, ob ihm nicht vielleicht doch etwas zugestoßen ist.«

»Und Ihre Schwägerin haben Sie stets in dem Glauben gelassen …?« Carla konnte es immer noch nicht fassen.

»Ja«, unterbrach Ugo sie, ebenfalls etwas ungehalten. »Ich dachte eben, das ist besser so für sie. War es eigentlich auch. Wenn nun nicht doch noch alles herausgekommen wäre.«

Simon hielt sich aus dem Gespräch heraus, registrierte aber Carlas Unmut. Sie hatte eine sehr moralische Seite, das wusste er inzwischen, aber meistens ließ sie in ihrer professionellen Art ihr Gegenüber nichts davon spüren. Jetzt hatte sie sich wohl selbst dabei ertappt, jedenfalls wechselte sie das Thema und kehrte zu einem sehr nüchternen Ton zurück: »Was war eigentlich mit dem Auto, das Ihr Bruder benutzt hat? Ihre Schwägerin sagt, Sie haben sich um den Fuhrpark der *Tenuta* gekümmert?«

»Ja, das stimmt. Virgilio hat damals einen von den kleinen Firmenwagen genommen. Vielleicht wollte er damit noch glaubhafter machen, dass er vorhatte, ins Val Grande zu fahren. Damit Marta keinen Verdacht schöpfte. Denn dafür wäre das kleine Auto ja viel geeigneter gewesen als sein Mercedes.«

»Kann es sein, dass das Auto einen Heckschaden hatte?«

»Warum fragen Sie das?«

»Es hat jetzt einen. Und ich frage mich, ob der schon da war, als Ihr Bruder damals von hier gestartet ist.«

»Sie vermuten also, dass jemand Virgilio in den See befördert haben könnte? Und daher der Heckschaden?« Ugo war nicht auf den Kopf gefallen und hatte sofort begriffen, worauf sie hinauswollte.

»Ich vermute gar nichts. Ich sammle nur Fakten. Also, wie war das mit dem Schaden?«

»Kann sein, dass der da war, kann nicht sein. Wahrscheinlich war er schon da. Die Firmenwagen müssen hier auf dem Hof und im Feld einiges aushalten. Da passiert immer mal was. Und wir reparieren nicht jeden Kratzer, jedenfalls nicht sofort.«

Simon blickte hinaus auf den Hof, der jetzt vollkommen verlassen dalag, kein Mensch war dort aufgetaucht, seit sie auf der *Tenuta* angekommen waren. Aber zur Erntezeit im Herbst, überlegte Simon, ging es hier bestimmt etwas umtriebiger zu, auch wenn die Reisproduktion inzwischen weitgehend mechanisiert war, und was Ugo Barone sagte, schien ihm plausibel.

»Noch mal zurück zu Ihrer Schwägerin«, setzte Carla ihre Befragung fort, »Sie sind also ganz sicher, dass sie von der Geliebten nichts gewusst hat?«

»Hundert Prozent.«

»Und hat sich Virgilio vielleicht Feinde gemacht? Privat oder unter Konkurrenten im Reisgeschäft?«

»Nein, er war ja ein sehr umgänglicher Typ. Ich glaube, Sie sind auf einem Irrweg, wenn Sie denken, dass er umgebracht wurde. Es muss ein Unglück gewesen sein, davon bin ich überzeugt.«

»Nur noch eine Frage, Signor Barone. Reine Routine. Wo waren Sie an dem Wochenende, als Ihr Bruder mit dem Wagen in den See gestürzt ist?«

»Oje, das ist lange her. Aber doch, ich erinnere mich.

Marta war ja weg, bei ihrer Freundin in Novara, da habe ich mich das ganze Wochenende um den Hof gekümmert. Einer musste das ja tun.«

»Und an dem Abend, als die Tochter von Marlene Hofmann ermordet wurde? Davon wissen Sie ja wohl?«

»Ja, aber wann war das genau?«

»Vor drei Tagen.«

»Da war ich auch hier, wir hatten den ganzen Tag eine Gruppe Amerikaner zu Besuch, die die *Tenuta* besichtigen wollten. Die habe ich überall herumgeführt, im Museum und auf dem Hof, und zum Schluss, gegen Abend, gab es natürlich noch ein Risotto-Menü. Komisch, dass Sie das fragen. Aber das ist ja wohl Ihr Job.«

Simon wendete den Peugeot, und als sie aus dem Hof der *Tenuta* herausfuhren, sah er, dass Signora Barone aus dem Büro herausgekommen war und ihnen nachschaute. Er machte Carla darauf aufmerksam. »Wir hätten uns vielleicht doch noch mal von ihr verabschieden sollen«, sagte er.

»Sie wird es verkraften. Obwohl man sich manchmal wundert, wie angreifbar äußerlich so stark wirkende Frauen doch sein können.« Carlas ohnehin tiefe Stimme war bei diesem Satz noch etwas tiefer gerutscht, und Simon hatte einen Moment lang den Eindruck, dass sie auch von sich selbst sprach.

Sie fuhren nicht direkt zurück zum See, sondern machten noch einen Abstecher ins nebelverhangene Vercelli, kehrten dort an der schönen Piazza in einer Bar ein, aßen mit Büffelmozzarella, Tomaten und Schinken gefüllte Piadine und tranken hinterher noch einen Espresso. Vercelli war wirklich ein nettes Städtchen, stellte Simon fest. Er nahm sich vor, bei schönerem Wetter noch einmal dorthin zurückzukehren.

Jetzt waren sie wieder auf der Autobahn zurück unterwegs, nach wie vor in dichtem Nebel. »Dieser Barone ist ein komischer Typ«, sagte Carla nachdenklich. »Dass man das aushalten kann, mit jemandem so eng zusammenzuleben und ihn ständig zu belügen.«

»Sie meinen, das ist eine Todsünde? Sie sind also doch katholischer, als Sie behaupten?«

»Ach was, Simone. Blödsinn. Im Übrigen ist das keine Todsünde, sondern nur das achte Gebot. Nein, aber ich finde das einfach nicht anständig, seine Schwägerin so zu belügen. Auch noch über eine so lange Zeit.«

Simon warf ihr einen schnellen Blick zu. Sie schien etwas angespannt und trommelte mit ihrer gesunden Hand auf ihr Bein.

»Aber es war doch eine Notlüge«, sagte er. »Er hat ja in gewisser Weise recht. Wenn die Affäre ihres Mannes jetzt nicht doch noch herausgekommen wäre, hätte sie damit besser gelebt als mit der Wahrheit.«

»Das sehe ich anders. Mit der Wahrheit lebt man immer besser. Aber egal. Im Übrigen spielen uns die beiden vielleicht einfach eine Komödie vor. Oder einer von beiden.«

»Glauben Sie? Ich finde, die haben sehr aufrichtig gewirkt, beide. Und auch nicht unsympathisch, der Schwager jedenfalls.«

Sie passierten gerade wieder die Sesia, und kaum lag die Brücke hinter ihnen, waren sie mit einem Schlag aus dem Nebel heraus. Der Anblick war überwältigend. Vor ihnen die weißen Spitzen der Alpenkette unter einem tiefroten

Abendhimmel, mittendrin der gewaltige, schneebedeckte Monte Rosa. Es war nicht nur schön, es war magisch, es streifte Simons Seele, und er dachte, dass Luisa tatsächlich recht haben könnte damit, dass da doch mehr war, was diese Welt zusammenhielt, als nur schiere Materie. In diesem Moment klingelte sein Handy.

»Simon?« Das war Luisa. Sie klang verzweifelt. »Ich bin hier eingeschlossen. Ich glaube, jemand ist hinter mir her. Wo bist du? Ich glaube, ich brauche Hilfe. Kannst du kommen?«

»Ich bin im Auto, unterwegs zum See. Was ist passiert?«

Aber es kam keine Antwort mehr. Die Verbindung war abgebrochen.

14

Sie fuhren in hohem Tempo nach Orta, um dort ein Schiffstaxi zu nehmen. So würden sie am schnellsten auf die Insel kommen. Simon versuchte noch mehrmals, Luisa auf dem Handy zurückzurufen, aber sie meldete sich nicht, es schien abgeschaltet zu sein. Er war beunruhigt, sein Herz schlug mal wieder heftig, zu heftig, aber er schenkte dem keine Beachtung. Er hatte Angst um Luisa, und das hatte jetzt Priorität vor allem anderen.

Als sie in Orta San Giulio ankamen, war es dunkel geworden und die Piazza ausgestorben, die Cafés und Pizzerien leer; viele hatten um diese Zeit im Dezember ohnehin geschlossen. Am leicht bewölkten Nachthimmel leuchteten hier und da ein paar Sterne, und hinter einer weißen Wolke schob sich langsam der Mond hervor, warf Strahlen in Bündeln auf den See wie ein Scheinwerfer.

Unter den Arkaden des alten Rathauses standen plaudernd und rauchend zwei Kapitäne der Taxiboote. Carla eilte zu ihnen, während Simon schon ungeduldig am Anlegesteg auf die Abfahrt wartete. Fünf Minuten später waren sie auf der Insel.

Sie meldeten sich an der Klosterpforte, und kurz darauf öffnete ihnen eine Novizin, die sie jedoch ohne weitere Erklärung im Eingang stehen ließen, um zum Büro der Äbtissin zu eilen. Sie kannten ja den Weg. Carla klopfte an, drückte gleichzeitig schon die Türklinke herunter und trat ein, Simon hinter sich, ohne eine Antwort abzuwarten. Die Äbtissin saß an ihrem Schreibtisch, ihre elegante Brille auf der Nase und hob erstaunt den Kopf.

»Signora Moretti? Sie haben sich wohl nicht angemeldet?«

»Nein, haben wir nicht. Wir suchen Luisa …«. Carla blickte fragend zu Simon.

»Fontana«, sagte Simon.

»Luisa Fontana. Wissen Sie, wo sie ist?«

»Die junge Frau, die zurzeit mit uns für ein paar Tage das Klosterleben teilt? Sie wird in ihrer Zelle sein. Um diese Zeit ist Gebetsstunde. Und in Kürze dann Nachtruhe.«

»Nein, ist sie nicht. Sie hat uns angerufen. Sie ist irgendwo eingeschlossen, braucht Hilfe.«

»Erzählen Sie keinen Unsinn, Signora Moretti. Sie sind doch eine kluge Frau. Wir leben zwar in Klausur, aber wir schließen niemanden ein. Schon gar keinen Gast des Klosters. Was haben Sie eigentlich mit ihr zu tun?«

»Sie ist die Lebensgefährtin von Signor Strasser. Aber bitte, Madre, ich erkläre Ihnen gerne später alles, aber lassen Sie uns schnell nach ihr sehen. Ihr Anruf klang beunruhigend.«

»Sie schicken uns also Ihre Freundin *undercover* ins Kloster, Signor Strasser?« Die Äbtissin erhob sich bei diesen Worten und raffte ihr schwarzes Ordenskleid. Sie klang etwas ungehalten, aber auch ein wenig amüsiert. »Dann machen wir uns mal auf die Suche nach ihr.« Mit schnellen Schritten verließ sie das Büro. Carla und Simon folgten ihr.

In der *foresteria*, dem Gebäudeteil des Klosters, der hinter dem Kreuzgang lag und in dem es seine Gäste unterbrachte, war niemand; auch Luisas spartanisches Zimmer war leer, das schmale Bett ungemacht, ihre Handtasche lag in der Ecke, eine Jacke hing lose über dem Stuhl.

»Das ist in der Tat seltsam, dass sie um diese Zeit nicht hier ist«, sagte die Äbtissin. »Aber vielleicht ist sie in der Bibliothek. Sie hat mich heute Mittag um den Schlüssel dafür gebeten, und ich habe ihn ihr gegeben. Als ich noch nicht wusste, dass sie eine Spionin ist.« Sie lächelte wieder. »Also schauen wir mal nach, ob sie dort ist. Folgen Sie mir.«

Von der *foresteria* zur Bibliothek waren es nur ein paar Schritte durch einen langen, weiß getünchten Gang, dessen hohe Fenster auf den Klostergarten hinausgingen. Vor einer schweren Holztür blieb die Äbtissin stehen, griff in ihre Kutte, zog einen Schlüsselbund hervor, wollte die Tür damit öffnen, stellte aber fest, dass sie nicht abgeschlossen war. »Dann muss Ihre Freundin wohl noch hier sein. Eigentlich ist die Bibliothek immer verschlossen.« Sie war erstaunt, wenn nicht irritiert, während Simons Herz jetzt bis zum Hals schlug. Das alles waren keine guten Zeichen. Wo war Luisa?

Sie traten ein und kamen in einen holzgetäfelten Saal, längs an den Wänden auf beiden Seiten antike Vitrinen, die hoch bis an die mit Fresken bemalte Kuppeldecke reichten und über und über befüllt waren mit Büchern, die meisten voluminös und in dunkles Leder gebunden, viele mit Goldgravuren auf den Buchrücken.

Simon kam alles hier uralt vor. Die Ausstrahlung war eher akademisch als religiös und erinnerte ihn an die Bibliothek und den gediegenen Leseraum der Pariser Sorbonne, die er als Student vor langer Zeit einmal aufgesucht hatte. Aber im Augenblick hatte er keinen Sinn für die prachtvollen Bücher und auch nicht für die Schönheit des Saals mit seinem

Marmorboden aus hellen und dunklen Mosaiksteinen. Er suchte den langgestreckten Raum mit den Augen ab. Er war leer, nirgendwo war etwas zu sehen, was auf Luisas Anwesenheit hindeutete. Aber dann entdeckte Carla unter einem der Arbeitstische in der Ecke einen giftgrünen Seidenschal und hielt ihn in die Höhe. Simon erkannte ihn sofort; sein Herz machte einen Sprung, ein kalter Schrecken durchfuhr ihn. Luisa war hier gewesen, aber wo war sie jetzt?

Die Äbtissin hatte inzwischen begonnen, nacheinander Türen zwischen den Vitrinen zu öffnen, die Simon auf den ersten Blick in der holzgetäfelten Wand gar nicht bemerkt hatte. Er blieb der Oberin auf den Fersen, warf wie sie schnelle Blicke in die schmalen Räume, die sich dahinter verbargen und wo sich noch mehr Bücher türmten. Die letzte Tür, an der sie nun angelangt waren, war, anders als die übrigen, verschlossen. Die Oberin legte ein Ohr an das schwere Holz, Simon tat es ihr nach. Sein Herz machte einen Sprung. Da war ein Klopfen und Rufen, sehr leise, abgedämpft durch das schwere Holz, aber unverkennbar war das Luisas Stimme. Er trommelte mit den Fäusten gegen die Tür, rief ihren Namen.

»Simon, ich bin hier!«, kam es sehr leise zurück.

Die Oberin sagte nichts, griff zu ihrem Bund, suchte nach dem passenden Schlüssel und betätigte zugleich einen Schalter neben der Tür, womit sie Luisa hoffentlich Licht verschaffte, vermutete Simon. »Diese Tür hat anders als die anderen keinen Griff, und wenn sie ins Schloss fällt, kann man sie nur mit einem Schlüssel öffnen«, erklärte sie Simon, dabei immer noch auf der Suche nach dem richtigen Schlüssel. »Sie muss hinter Ihrer Freundin zugefallen sein. Ich frage mich allerdings, wie sie da hineingekommen ist.«

Simon hörte ihr ungeduldig zu; das dauerte ihm alles viel

zu lange. Luisa gab jetzt keinen Laut mehr von sich. Simons Atem ging heftig, sein Herz schlug immer noch pochend. Am liebsten hätte er die Tür mit Gewalt aufgerissen oder der Äbtissin den Schlüsselbund aus der Hand genommen. Endlich fand sie den richtigen Schlüssel, öffnete.

Luisa. Nur einen Meter entfernt. Sie kam auf ihn zu, und er öffnete automatisch seine Arme. Es schien ihr nichts passiert zu sein. Sie fielen sich um den Hals. Ein Stein fiel Simon vom Herzen, als er sie in den Armen hielt, denn sie war offensichtlich tatsächlich unversehrt. Mit Tränen in den Augen löste sie sich von Simon, umarmte jetzt auch Carla ungestüm, hatte sich aber schnell wieder im Griff und entschuldigte sich etwas verlegen bei der Polizistin für ihren Überschwang.

Bevor sie oder Simon noch etwas sagen konnten, ergriff die Äbtissin schon das Wort: »Wie sind Sie denn bloß da hineingekommen, Signora Fontana?«

»Die Tür stand offen. Ich bin da hineingegangen, habe mich ein wenig umgesehen, und dann ist sie hinter mir zugefallen. Ich habe aber vorher noch Schritte gehört. Jemand muss die Tür hinter mir zugeschlagen haben.«

»Das haben Sie sich bestimmt eingebildet«, sagte die Äbtissin in dem bestimmten Ton, den sie wahrscheinlich auch gegenüber ihren Novizinnen anschlug. »So ein Rückzug in die Stille richtet eine Menge mit einem an, es kommen verborgene Ängste hoch. Manche unserer Gäste träumen da schon mal schlecht, oder man meint, Dinge zu sehen und zu hören, die es nicht gibt. Aber das geht schon nach wenigen Tagen vorüber, und Frieden kehrt ein. Sie werden das noch erleben.«

»Nein«, sagte Luisa, »ich habe jetzt genug.« Sie griff nach Simons Hand, der sie fest drückte und ihr zunickte.

Die Äbtissin schaute sie erstaunt an.

»Ich will hier weg. Können wir bitte nach Hause fahren, Simon?«

Das Schiffstaxi wartete noch am Kai auf sie, der Kapitän stand rauchend daneben auf dem Steg, warf aber seine halb gerauchte Zigarette in den See, als er sie kommen sah und half ihnen über einen Behelfssteg ins Boot. Sie gingen unter Deck, setzten sich auf zwei gegenüberliegende Bänke in das leere Boot, Luisa eng an Simon geschmiegt, Carla auf ihrer Bank allein, und alle drei nach dem überstandenen Schrecken in sich gekehrt und schweigsam. Simon fühlte sich unbehaglich, die Nähe zu dritt in dem abgedunkelten Schiffsbauch bedrückte ihn, trotz der Erleichterung, Luisa heil wiedergefunden zu haben, und er war froh, als der Kapitän endlich die Leinen löste, den Motor anwarf und sie über das dunkle Wasser nach Orta zurückfuhr, in das nun doch ein bisschen Leben eingekehrt war.

Die Weinbar an der Piazza hatte geöffnet, war voll mit Gästen, die Gläser vor sich hatten, plauderten, lachten, sich zuprosteten. Das warme Licht und die gesellige Stimmung waren verlockend. Simon und Luisa beschlossen, dort einzukehren. Carla verabschiedete sich jedoch hastig von ihnen. »Aber Sie sind doch mit mir gefahren und haben kein Auto«, fragte Simon. »Wie kommen Sie denn zurück? Sollen wir Sie nicht noch nach Hause fahren?«

»Nein, kein Problem«, antwortete sie, »ich nehme mir ein Taxi. Danke und gute Nacht, Simone.«

»*Buona notte*«, sagte er noch, als sie sich schon mit

einem Gruß zu Luisa abwandte. Simon hätte gerne noch etwas mehr gesagt, etwas Warmherziges, aber es kam ihm nicht über die Lippen, weil es in dieser Situation irgendwie falsch geklungen hätte.

Sie suchten sich einen freien Tisch in einer ruhigen Ecke des Lokals, bestellten eine Flasche Barolo, dazu Käse, geräucherten Schinken und Speck aus dem Val Vigezzo. Simon musterte Luisa genau, sie hatte den Schrecken noch nicht verdaut, das spürte er. Sie war ruhig, viel ruhiger als sonst.

»*Salute,* amore.« Er prostete ihr zu.

»*Salute,* Simon. Und danke fürs Retten.« Luisa lächelte, und Simons Sorge um sie lichtete sich etwas. Sie war robust, das wusste er, und es würde nicht allzu lange dauern, bis sie über das Erlebnis lachen konnte.

»Was war denn eigentlich mit deinem Handy? Warum habe ich dich nicht mehr erreicht?«, fragte er.

»Es hatte keinen Saft mehr, sorry, der war plötzlich weg, als ich da im Dunkeln saß. Im Kloster habe ich es nicht aufgeladen, ich wollte es ja eigentlich gar nicht benutzen.«

»Und was ist nun also passiert? Und wie lang warst du eigentlich da drin eingeschlossen? Ich hatte wirklich Angst um dich.«

Sie lächelte ihn an und drückte seine Hand. »Ehrlich gesagt, keine Ahnung. Meine Uhr hatte ich auch nicht mit. Es kam mir aber ewig vor. Wahrscheinlich war es nicht viel mehr als eine halbe Stunde. Ich bin jedenfalls froh, dass ihr so schnell gekommen seid.«

»Und du glaubst wirklich, dass dich jemand eingesperrt hat?«

»Ich weiß es nicht Simon, es hat sich so angefühlt. Aber

womöglich hat die Äbtissin recht, die Tür ist doch einfach zugefallen, und meine Phantasie ist mit mir durchgegangen. Das wäre ja auch kein Wunder, denn diese Klosteratmosphäre kann einen wirklich ganz schön mitnehmen. Es ist kalt, und diese Stille ist ziemlich gewöhnungsbedürftig. Aber eine spannende Erfahrung ist es in jedem Fall.«

»Und was genau ist daran so spannend?«

»Die Atmosphäre ist einzigartig. Und toll ist vor allem, wie die Nonnen singen, in so einem ganz speziellen hohen Ton. Da kann man schon eine Gänsehaut kriegen, nicht nur von der Kälte. Ich jedenfalls.« Luisa strahlte Simon an, spießte mit Schwung ein Stück Käse auf, war schon wieder fast ganz die Alte. »Und die Pasta hat übrigens auch geschmeckt. Und der Wein.« Sie griff zu ihrem Glas, prostete Simon zu und trank einen großen Schluck. »*Salute amore.* Meinen Job habe ich übrigens auch erledigt.«

Simon sah sie fragend an. Er wusste nicht, was sie damit meinte.

»Sag bloß, du hast das vergessen. Ich habe doch ausnahmsweise auch mal Spürnase gespielt.«

Sofort packte Simon die Neugier. In der Aufregung um Luisa hatte er tatsächlich nicht mehr an ihre Ankündigung gedacht, sich unter den Nonnen umzuhören. »Und du hast also etwas herausgekriegt?«

»Ich habe jedenfalls mein Bestes gegeben. Die Äbtissin ist übrigens wirklich eine imponierende Person. Die Nonnen verehren sie, und ich verstehe das gut. Die wirkt ja sehr unnahbar, aber sie ist für diese Frauen ohne Wenn und Aber da. Und sie geht geradezu zart mit ihnen um. Das müsstest du mal erleben, das ist toll. Auch wenn du ewiger Skeptiker dir das nicht vorstellen kannst.« Sie griff zum Schinken, schob sich eine Scheibe in den Mund. »Mmh, der ist phantastisch, Simon. Hast du den schon probiert?«

»Ja, stimmt, der ist wirklich gut«, sagte er kurz angebunden. Simon wurde langsam ungeduldig, wollte endlich hören, was Luisa im Kloster erfahren hatte. Ihr machte es sichtlich Spaß, ihn auf die Folter zu spannen. »Und was hast du denn nun rausgekriegt?«

»*Piano, piano*«, antwortete sie und ließ auf den Schinken noch einen Schluck Wein folgen. »Also, um diese Leonie hat sich die Äbtissin wohl auch sehr gekümmert.«

»Das heißt?«

»Leonie hatte offenbar einen schweren Stand bei den anderen Nonnen. Sie scheint wirklich eine schwierige Person gewesen zu sein. Was da war, weiß ich nicht genau. Die haben ja nicht so viel mit mir geredet, dürfen sie ja auch eigentlich nicht.«

»Aber du weißt schon etwas?«

»Wenn du jetzt nicht zugreifst, Simon, esse ich den ganzen Schinken auf.«

»Ach komm, Luisa, nun sag schon.«

»Also gut, aber du bist selbst schuld.« Sie spießte eine weitere Scheibe Schinken mit der Gabel auf. »Mit einer Nonne, auch einer Novizin, hat Leonie wohl auf Kriegsfuß gestanden. Zwischen denen muss es richtig gekracht haben. Und daraufhin hat die Äbtissin diese andere junge Frau weggeschickt, und zwar erst vor kurzem. Suor Maria heißt die. Sie ist jetzt in dem Ursulinenkloster in Varallo, also nicht so weit weg von hier.« Luisa griff zu der leeren Flasche Barolo, hob sie etwas an und warf Simon einen auffordernden Blick zu. »Bestellst du uns noch eine?«

»Bist du sicher?«

»Ich habe noch mehr Geheimnisse für dich gelüftet, und wenn du die hören willst, musst du schon meine Zunge lösen.«

Simon lächelte und machte dem Kellner ein Zeichen. Die zweite Flasche kam schnell, und Simon goss den Wein schwungvoll in Luisas Glas. »Also?«

Sie griff in ihre Handtasche, holte zwei Umschläge heraus, öffnete den einen betont langsam, als wollte sie Simon noch weiter auf die Folter spannen. »Das hier habe ich in der Bibliothek gefunden. Bevor ich eingesperrt war. Oder wurde. Ich weiß es ja nicht. Der Umschlag war in einem der Sekretäre, in so einer Art Geheimfach. So einen ähnlichen hatte ich früher auch mal, auch mit so einem Fach. Und Leonie hat sich ja um die Bibliothek gekümmert. Deshalb hatte ich die Idee mit dem Versteck, habe nachgeschaut und bin tatsächlich fündig geworden.« Sie schob Simon eine Ansichtskarte und ein loses, mit der Hand beschriebenes Papier zu.

»Was ist das?«

»Das ist wohl beides von Leonie. Zumindest die Karte wird euch weiterhelfen. Die ist aus Italien an ihre Mutter gegangen. Das andere, dieses Papier, ist ein bisschen rätselhaft.«

Simon nahm die Ansichtskarte und schaute sie genauer an. Es war das übliche Motiv, die Isola San Giulio unter einem wolkenlosen Himmel in strahlendem Sonnenschein. Er drehte die Karte um. Mit der Hand hatte jemand ein paar Zeilen geschrieben, auf Italienisch, in einer eleganten Schrift, aber nicht sehr leserlich. Simon blickte auf die Adresse, an die die Karte gegangen war. Marlene Hofmann, Gudrunstraße 8, München. Der Poststempel war verwischt, die Zahl sah aber aus wie 2012. Er ahnte, was er da in Händen hielt, sein Herz schlug schneller.

»Soll ich dir vorlesen, was auf der Karte steht? Ich habe sie schon entziffert«, fragte Luisa.

Simon reichte ihr die Karte zurück, und sie las ihm den kurzen italienischen Text vor. *»Marlene, amore, ich vermisse dich, du fehlst mir, alles in mir sehnt sich nach dir, mein Herz, meine Seele, meine Haut. Komm bitte schnell. In Liebe und mit heißen Küssen, dein Virgilio.«*

Simon lehnte sich zurück. »Das erklärt, wie Leonie auf den Lago d'Orta gekommen ist. Virgilio, das ist Virgilio Barone. Sie muss seine Karte in den Unterlagen ihrer Mutter gefunden haben, und da war ihr klar, wohin die damals aufgebrochen ist. Und von wo sie dann nicht mehr zurückgekommen ist.«

»Ja, das glaube ich auch. Wahrscheinlich hat man ihr die Karte zusammen mit den Sachen ihrer Mutter ausgehändigt, als sie volljährig wurde. Und das hat sie auf die Idee gebracht, hier nach ihr zu suchen.«

»Und was ist mit dieser Seite?«

»Lies einfach mal. Der Text ist auf Deutsch.«

Simon nahm das Blatt in die Hand. Es war in einer gestochenen, dabei fast ein wenig kindlichen Handschrift beschrieben. Er griff in seine Jackentasche, zog eine Brille daraus hervor und versuchte, das ganz selbstverständlich aussehen zu lassen.

»Wow.« Luisa reagierte prompt. »Seit wann brauchst du eine Brille? Die ist aber stylish, macht dich richtig jung.«

»Biest«, sagte Simon und prostete ihr zu. Er überflog die Zeilen, dann las er sie leise vor.

Oh mein Herr, lass mich nicht im Stich. Ich habe Angst. Es ist eine tödliche Pest, die mich bedroht. Ich erhebe meine Augen zu dir, Herr, hilf du mir aus meiner Schwachheit auf. Ich bete zu dir, dem Allmächtigen, tief verzweifelt in meinem Herzen, ich ertrage es nicht, bin dem nicht gewachsen, bin verzagt und schwach. Der Aufgabe, die du mir stellst, ist zu groß für mich, ich bin voller Furcht. Hilf mir auf aus dem gewaltsamen Zustand, erlöse mich, erhöre mein Gebet, zeige mir den richtigen Weg. Ich sehne mich nach Küssen aus Seinem göttlichen Mund. Schenke mir deine Gnade. Fleischlich gesinnt sein ist der Tod, und geistlich gesinnt sein ist Leben und Friede. Jesus Christus, nimm mich mit, gib mir Mut, das Böse zu überwinden. Ich möchte in den Himmel kommen, dorthin, wo meine Mutter ist, aber ich verzage und bin nicht bei dir, mein Gott, bin furchtsam. Jesus Christus, rette mich, schütze mich, hilf mir, meine Mutter wiederzufinden und mit ihr die Güte und die Barmherzigkeit und den Heiligen Geist.

Simon setzte die Brille wieder ab und rieb sich die Nase, ein untrügliches Zeichen für Unbehagen. »Arme Leonie«, sagte er. »Ich verstehe zwar nur die Hälfte, aber das hört sich sehr gequält an. Verstehst du das?«

»Nein, auch höchstens die Hälfte. Man kann natürlich eine Menge hineininterpretieren … Vielleicht sollten wir mal mit dieser Novizin sprechen, mit der sie verfeindet war, dieser Suor Maria. Es könnte ja sein, dass der Streit zwischen den beiden etwas mit dem zu tun hat, was sie da aufgeschrieben hat.«

»Und wie sollen wir an die herankommen?«

Luisa schob ihm den zweiten Umschlag zu. »Das hier hat mir eine andere Novizin aus dem Kloster mitgegeben. Die war mit dieser Suor Maria, die jetzt in Varallo ist, befreundet, und der Brief ist für sie.«

»Und warum hat sie dir den gegeben?«

»Sie wollte den nicht mit der Klosterpost schicken und hat mich gebeten, ihn ihr zukommen zu lassen. Es wäre doch keine schlechte Idee, wenn wir ihr den persönlich überbringen, was meinst du, *amore*? Fahren wir morgen nach Varallo?«

»Schon wieder Kloster? Ich dachte, du hast genug davon?«

»Mit dir zusammen gehe ich überall hin, sogar noch einmal ins Kloster.« Luisa griff zum Barolo, wollte sich noch ein Glas eingießen, aber es kamen nur noch ein paar Tropfen, auch die zweite Flasche war leer.

15

Es war der Tag vor Weihnachten. Simon wachte früh mit schwerem Kopf auf, während Luisa noch tief und fest schlief und sicher nicht so bald wach werden würde. Er machte sich einen Cappuccino, und noch im Bademantel wählte er Carlas Nummer, um ihr kurz zu berichten, was Luisa im Kloster herausbekommen hatte.

Carla, schon auf dem Revier in Omegna, reagierte munter auf Simons Anruf. Er war erleichtert. Auf den Vorabend, die etwas eigenartige Situation zu dritt, kamen sie nicht mehr zu sprechen, waren wie immer schnell bei der Sache. Simon las ihr den Text auf der Ansichtskarte vor, die Virgilio an Marlene geschrieben hatte.

Carla atmete hörbar erleichtert auf. »Dann wissen wir jetzt ja endlich, was die junge Nonne an den See getrieben hat«, stellte sie zufrieden fest.

Stockend übersetzte ihr Simon dann noch den Text von Leonie. Die inbrünstige Sprache war ihm fremd. Als er am Ende angelangt war, schwieg Carla eine Weile. »Ziemlich kryptisch«, sagte sie schließlich. »Aber *Küsse aus einem göttlichen Mund* ... Wenn da nicht dieser Max Huber seine Hände im Spiel gehabt hat. Heben Sie den Zettel bitte gut auf, Simone, und geben Sie ihn mir bei nächster Gelegenheit, am besten mit einer Übersetzung. Das könnte ein Beweisstück sein.«

Sie schien sich auf den Münchner einzuschießen, dachte Simon. Mit irgendetwas hatte er sie gegen sich aufgebracht, denn sonst war sie vorsichtiger und sachlicher, ließ sich nicht so schnell zu möglicherweise voreiligen Verdächtigungen hinreißen, aber er widersprach ihr nicht.

Im Schlafzimmer tat sich noch immer nichts, und um sein Kopfweh zu vertreiben, stellte Simon sich unter die heiße Dusche, ließ minutenlang das Wasser über sich laufen, und tatsächlich wurde der Druck langsam weniger. Schließlich seifte er sich noch üppig ein, fuhr sich dabei prüfend über den schaumigen Bauch. Im letzten Jahr hatte er etwas zugelegt. Aber er fühlte sich wohl in seinem Körper und, wie die meisten Menschen, jünger, als er war, zumindest, wenn sein Herz nicht gerade verrückt spielte, was es viel seltener tat, seit er in Ronco lebte. Aber an diesem Morgen war in ihm etwas Dunkles, das ihm im Nacken saß oder auf der Seele lag, wo genau, wusste er nicht, und auch nicht, woher es kam und was es war. Der Beginn einer Depression oder das momenthafte schmerzliche Bewusstsein für die Endlichkeit seines Lebens?

Er musste an ein Stillleben denken, das im Frankfurter Städel hing, ein überreifer, leuchtend gelbroter Apfel, von Insekten umschwirrt. Das Gemälde hatte ihn nicht losgelassen, er hatte lange davorgestanden, obwohl er es abstoßend fand und bei seinem Anblick einen ähnlichen Zugriff der Vergänglichkeit auf sich verspürt hatte wie an diesem Morgen unter der Dusche. Zur Hölle damit, fluchte er, legte mit einem festen Griff den Hebel um, und der kalte Strahl der Brause ergoss sich über ihn. Es war zurzeit einfach zu viel Religion um ihn herum, sagte er sich, und dann betrieb

Luisa noch dazu jeden Tag inbrünstig Yogaübungen. Kein Wunder, dass das alles einen Schatten auf seine nüchterne Seele warf. Und heute stand auch noch ein heiliger Berg auf dem Programm.

Nach Varallo führte eine schöne Passstrecke, über die Simon vom Lago d'Orta normalerweise eine knappe Stunde unterwegs war. Aber Luisa saß jetzt am Steuer und trieb den alten Peugeot mit hoher Geschwindigkeit um die Kurven, bis dem verkaterten Simon flau wurde und sie seiner Bitte nachgab, das Tempo doch etwas zu drosseln. Dennoch waren sie schon nach einer knappen Dreiviertelstunde am Ziel, einem umtriebigen Städtchen an der wilden Sesia, die sich vom Monte Rosa kommend ein breites Bett mit riesigen, blank gewaschenen Steinen gegraben hatte. Simon liebte Varallo, wo man wunderbar flanieren, in kleinen Geschäften einkaufen und auf einen Espresso einkehren konnte. Jetzt, kurz vor Weihnachten, waren auch in Varallo alle festlichen Ingredienzien versammelt: Christbaum, Eisbahn, Krippe, mit Sternen geschmückte Leuchtgirlanden in den Straßen, und das alles passte wie gemalt in die Kulisse dieses mittelalterlichen Handels- und Pilgerstädtchens. Hoch über dem Fluss schwebte seit Jahrhunderten der *Sacro Monte* und zog mit seinem biblischen Bilderkino nicht nur Christen, sondern Kulturinteressierte aus der ganzen Welt an. Er war einer der Höhepunkte kirchlicher Kunst in Italien und zugleich ein Augenschmaus für Ungläubige wie Simon.

Im Zwischenland von Italien und der Schweiz gab es viele heilige Berge, aber der *Sacro Monte* von Varallo war in Simons Augen der schönste. Vierundvierzig Kapellen lagen in sattem Grün verstreut auf dem Berg, eine katholische Bastion, einst gegen die protestantischen Reformatoren aus dem Norden errichtet. In ihrem Inneren spielten sich bunte, plastische Bibelszenen ab, mit lebensgroßen Ziegen, Eseln und Pferden, mit Handwerkern, Bauern und rosigen Jesusfiguren, auf die man wie durch ein Schlüsselloch blickte. Es erinnerte Simon an eine Guckkastenbühne. »Mich erinnert das eher an eine Peepshow«, hatte dagegen Tommaso bei einem gemeinsamen Besuch vor ein paar Monaten lakonisch bemerkt. Aber sie waren sich doch einig gewesen, dass die prallen Inszenierungen in der bilderarmen mittelalterlichen Welt zweifellos eine enorme Ausstrahlung auf die Menschen gehabt haben mussten.

Es war Sonntag, aber so kurz vor Weihnachten fand ausnahmsweise noch ein Markt in Varallo statt, und überall waren Leute mit großen Einkaufstaschen unterwegs, strebten zu den Verkaufsständen, verharrten hier und da in Plaudereien mit Bekannten, und in den Straßen der Stadt staute sich der Verkehr. Luisa, die sich am Vormittag bei der Abfahrt in Ronco, ohne ein Wort darüber zu verlieren, ans Steuer des Peugeot gesetzt hatte, parkte den Wagen schließlich am Stadtrand, und sie nahmen die Kabinenbahn, angeblich die steilste in Europa, hoch auf den heiligen Berg. An diesem Dezembertag lag er in gleißendem Sonnenlicht, und als sie mit der Gondel oben ankamen, die Kabine verließen, fanden sie sich ganz allein auf dem Klosterberg wieder.

Anders als bei seinen bisherigen Besuchen hatte Simon keinen Blick für die Kapellen und die wunderschöne Basilika, und auch Luisa wollte sofort zum Kloster und die junge Novizin kennenlernen.

»Meinst du, die lassen uns überhaupt zu ihr?«, fragte Simon.

»Ja, das werden sie. Ich habe natürlich vorher angerufen.«

»Wann?«

»Heute Morgen, bevor wir losgefahren sind. Das sind im Übrigen Ursulinen, und die sind nicht in Klausur, bei denen geht es ohnehin nicht so strikt zu. Die Oberin erwartet uns. Und mein Vorschlag ist, wir gehen dann mit der Novizin in die Bar gleich nebenan, die in dem schönen Albergo, wo wir auch beim letzten Mal waren.«

»Du glaubst, das geht?«

»Ich hoffe jedenfalls, dass das geht. Da kriegen wir nämlich bestimmt auch einen Espresso. Den könnte ich gut gebrauchen.«

»*Complimenti*, Luisa. Wirklich perfekt vorbereitet unser Besuch. Vielleicht überlasse ich dir am besten die ganze Recherche«, sagte er und lächelte sie an.

»Von mir aus schon, aber Carla wäre sicher enttäuscht.«

Das war eine Spitze, die Simon geflissentlich überging.

An der Klosterpforte dauerte es keine fünf Minuten, bis die Oberin auftauchte, in ihrer Begleitung Suor Maria. Sie war eine rundliche Person mit einem freundlichen Gesicht, in schwarzer Kutte und dem weißen Schleier der Novizinnen, und sie wirkte etwas verschüchtert. Jung sah sie aus und gutmütig, fand Simon, und er konnte sich bei ihrem Anblick nicht recht vorstellen, dass man mit dieser jungen Frau in Streit geraten konnte. Aber wie immer traute er seinem ersten Eindruck nicht, allzu häufig hatte er in seinem Reporterleben die aberwitzigsten menschlichen Überraschungen erlebt.

»Sie haben einen Brief für mich?«, fragte Suor Maria mit leiser Stimme.

»Ja, das haben wir, deshalb sind wir ja hergekommen«, antwortete Luisa mit einem warmherzigen Lächeln und drückte ihr den Umschlag in die Hand. »Aber vielleicht haben Sie ja noch einen Moment Zeit für uns, Suor Maria? Auf einen Espresso in dem Albergo nebenan?«

Die Novizin schaute fragend zu der Oberin. »Haben Sie denn ein bestimmtes Anliegen?«, gab die ein wenig misstrauisch zurück.

»Nein, eigentlich nicht«, antwortete Luisa. »Ehrlich gesagt, sind wir einfach ein bisschen neugierig. Und wo wir nun schon mal hier sind …«

»So oft hat man ja nicht die Gelegenheit, eine Nonne zu treffen und etwas über das Klosterleben zu erfahren«, ergänzte Simon.

Die Oberin wandte sich an die Novizin. »Willst du denn die beiden begleiten?«

»Ja, schon«, Suor Maria nickte und richtete sich wieder an Luisa. »Nur bin ich ja noch nicht lange hier. Vielleicht würden Sie besser mit einer älteren Nonne sprechen.«

»Das passt schon«, sagte Luisa und blickte wieder zur Oberin. »Wenn Sie das erlauben?«

»Ja, gehen Sie mit Gott, aber bringen Sie sie mir bitte in einer halben Stunde wieder.«

Das Albergo war eine ehemalige Pilgerunterkunft, aber alles andere als spartanisch. Verglaste, mit milchig-weißen Jugendstilornamenten verzierte Arkaden im Erdgeschoss, in der Bar eine mit Fresken bemalte Decke, gestützt auf elegant geschwungene Säulen, alles in pastellen Ocker- und

Rottönen. Um die Ecke war der Park, in dem die Kapellen und die weiße Basilika lagen, ein lichtes, strahlendes Ensemble, davor wuchsen ein paar Palmen sehr hoch in den Himmel. Simon, Luisa und die Nonne waren an diesem Dezembervormittag die einzigen Gäste in der Bar; alle drei hatten sie Espresso und Brioches bestellt.

»Sie sind also Novizin?«, begann Luisa das Gespräch in einem ernsten und sehr warmen Ton.

»Ja, im zweiten Jahr. Ich wollte immer schon ins Kloster, schon als kleines Mädchen.«

»Ach ja?«

»Ich hatte eine Tante, die Nonne war, und die war mein Vorbild.«

»Und gab es denn dann noch einen Auslöser dafür?«, fragte Luisa, und Simon spürte, dass ihre Neugier keineswegs vorgetäuscht war.

»Das ist eine Sehnsucht, die ist in einem drin, das kann man schwer erklären. Meine Eltern haben versucht, sie mir auszutreiben, aber die haben schließlich resigniert. Mein Wille war zu stark.« Die Novizin sprach nicht mehr so leise, sie hatte schnell Vertrauen zu Luisa gefasst. Kein Wunder, dachte Simon, denn schon oft genug hatte er erlebt, wie mühelos Luisa Menschen nahekam.

»Und Sie haben nie Zweifel?«, mischte Simon sich nun ein, auch er trotz der Skepsis in seiner Frage so zugewandt wie er nur konnte.

»Nein, nicht wirklich. Ich bin glücklich hier. Früher war ich sehr schüchtern, erst im Kloster hat sich der Knoten gelöst. Ich bin gern in der Gemeinschaft. Es ist schön, in diesem Rhythmus des Klosters zu leben. Aber natürlich ist es nicht immer einfach.«

»Und deshalb sind Sie jetzt hier und haben das Kloster gewechselt?«

»Woher wissen Sie das?«

Simon und Luisa tauschten einen Blick.

»Entschuldigen Sie, wir wollen Ihnen nicht zu nahe treten. Aber Ihre Freundin, die mir den Brief für Sie gegeben hat … das ist doch eine Freundin?«, sagte Luisa.

»Ja.«

»Sie hat mir gesagt, dass Sie von der Insel wegwollten.«

»Eigentlich wollte ich nicht weg. Das hat die Äbtissin so entschieden. Aber sie hat es gut gemeint, und inzwischen denke ich, dass es richtig war.« Sie machte eine Pause, knetete ihre Finger, drehte an einem silbernen Ring an ihrer Hand. Luisa und Simon schwiegen. Die junge Frau würde nur weitersprechen, wenn man nicht in sie drang, das spürten sie beide. »Ich hatte Ärger mit einer anderen Nonne«, fuhr Suor Maria schließlich fort, »auch einer Novizin. Die ist aus Deutschland zu uns gekommen und war erst seit ein paar Monaten bei uns. Und jetzt ist sie tot.«

»Sie meinen die junge Frau, die vor ein paar Tagen ermordet am Seeufer aufgefunden wurde?«, fragte Simon betont beiläufig.

»Ja, die meine ich. Es ist schrecklich, dass das passiert ist. Ich mochte sie nicht, aber so einen grausamen Tod hätte ich ihr niemals gewünscht. Das kann auch der Herrgott nicht gewollt haben.«

»Und wer dann?«, fragte Simon und legte sehr viel Mitgefühl in seine Stimme. Es sollte sich nicht nach einer Ermittlungsfrage anhören. »Haben Sie eine Idee, wer ihren Tod gewollt haben könnte?«

»Nein, wie gesagt, ich mochte sie nicht, und besonders

beliebt war sie im Kloster bei niemandem. Aber sonst wusste ich nichts von ihr. Es hieß, dass sie zu uns an den Lago d'Orta gekommen ist, um nach ihrer Mutter zu suchen.«

»Und warum war sie unbeliebt?«

»Warum wollen Sie das eigentlich alles wissen? Ich dachte, Sie wollen von mir etwas über das Klosterleben erfahren? Was wollen Sie denn nun eigentlich wirklich von mir?«

Die Novizin war nicht auf den Kopf gefallen und hatte bemerkt, dass sie ausgefragt wurde. Simon suchte nach einem Ausweg und griff zu einer Notlüge. »Verzeihen Sie, Sie haben vollkommen recht. Ich hätte mich gleich richtig bei Ihnen vorstellen müssen. Aber ich wollte Sie nicht verschrecken. In Wahrheit bin ich nämlich aus einem bestimmten Grund aus München hierhergekommen. Meine Tochter war eine Freundin dieser ermordeten Nonne. Und in Deutschland habe ich mich zusammen mit meiner Frau immer ein bisschen um das Mädchen gekümmert. Sie hatte ja keine Familie. Als ich dann von ihrer Ermordung gehört habe, habe ich mich gleich auf den Weg gemacht. Und meine Bekannte« – er wies auf Luisa – »begleitet mich jetzt hier in Italien zu meiner Unterstützung.« Simon vermied es, Luisa in die Augen zu blicken, die seine Lüge bestimmt nicht guthieß.

»Sie sind also aus Deutschland?«, fragte Suor Maria zurück.

»Ja.«

»Ich habe mir schon so etwas gedacht, weil Ihr Italienisch ein bisschen komisch klingt.«

Das saß, aber es war Simon im Moment egal. »Also warum war sie unbeliebt? Das wollten Sie uns doch gerade erzählen«, nahm er einen erneuten Anlauf.

»Sie hätten mir gleich sagen sollen, dass Sie wegen ihr

hier sind.« Suor Maria zögerte, ob sie sich weiter auf dieses Gespräch einlassen sollte, aber schließlich siegte ihr Mitteilungsbedürfnis. »Sie war nicht echt. Also sie war schon sehr fromm, aber ich habe es ihr trotzdem irgendwie nicht ganz abgenommen. Es war alles ein bisschen dick aufgetragen bei ihr. Wenn Sie sie aus Deutschland kennen, wissen Sie ja, dass sie wunderschön war. Also viele Nonnen sind schön, vor allem die alten Nonnen, aber sie hat ihre Schönheit nicht als Gottesgeschenk genommen. Sie hat sie benutzt, mit ihr gespielt. Ehrlich gesagt, war sie ein ziemliches Biest.«

»Und wofür hat sie ihre Schönheit benutzt?«

»Sie hat den Männern auf der Insel den Kopf verdreht. Nicht, weil sie etwas von ihnen wollte, einfach nur, weil es ihr Spaß gemacht hat.«

»Männern, nicht einem Mann? So viele gibt es doch da gar nicht?«, griff Luisa wieder in das Gespräch ein.

»Na ja, es gibt da einen Nachbarn, auch ein Deutscher. Der hat viel Geld, und mit dem hatte sie zu tun. Und dann gibt es noch den Priester, Padre Ferrante, der lebt in dem kleinen Haus neben dem Kloster. Er feiert jeden Tag die Gottesdienste für die Nonnen in Pettenasco. Dafür fährt er immer mit seinem kleinen Boot über den See, fast bei jedem Wetter. Ein ganz lieber, älterer Herr.«

Das musste der Priester sein, von dem Stefano berichtet hatte, dem das Boot am Strand gehörte, bei dem ein Ruder fehlte, fiel Simon sofort ein. »Und was hatte Suor Teresa mit dem Priester zu tun?«

»Keine Ahnung. Sie war oft bei ihm. Die Äbtissin hat ihr ziemlich viel Freiheit gelassen. Jedenfalls durfte sie auch mal raus aus dem Kloster. Und der Padre war irgendwie anders, seit sie da war. Früher hat er sich für mich interessiert, wir haben viel miteinander gesprochen. Er hat das mit dem Schweigegebot von uns nicht so streng genommen … Und verstehen Sie mich bitte nicht falsch. Wir haben über religiöse Themen gesprochen, die Dreifaltigkeit und die Auferstehung, auch über Wunder. Das hat uns beide interessiert. Manchmal haben wir auch zusammen in der Bibel gelesen. Aber wie gesagt, das hat dann nach und nach so gut wie aufgehört, als Suor Teresa zu uns kam. Er kam dann nur noch viel seltener zu uns ins Kloster.«

»Jetzt sagen Sie mal ganz ehrlich«, sagte Luisa in einem vertraulichen Ton, wie Frauen ihn bei intimen Themen untereinander anschlugen, »glauben Sie, dass sie mit einem dieser beiden Männer etwas hatte? Oder mit beiden?«

»Nein, eigentlich nicht. Sie war wirklich fromm und wollte unbedingt Nonne werden. So etwas hätte sie, glaube ich, nicht getan. Sie hat aber trotzdem ihre Reize spielen lassen, das hat ihr wohl Spaß gemacht. Ich fand das nicht in Ordnung und habe mich ziemlich mit ihr gestritten. Der Äbtissin hat das natürlich gar nicht gefallen, noch dazu, wo wir ja eigentlich schweigen sollen … Aber ich will auch gar nicht mehr dazu sagen. Jetzt ist sie tot, und ich hoffe, sie findet ihren Seelenfrieden. Ich habe jeden Tag für sie gebetet, seit ich von dem Mord an ihr gehört habe.«

»Fühlen Sie sich denn schuldig?«

»Nein. Nur wäre das ja vielleicht nicht passiert, wenn die Äbtissin nach unserem Streit sie weggeschickt hätte und nicht mich. Aber Gottes Willen muss man akzeptieren, auch wenn uns der nicht immer unmittelbar einsichtig ist. Es hat aber eben doch alles einen höheren Sinn. Man muss nur Vertrauen haben, dass er immer das Richtige für uns tut.«

Alle am Tisch schwiegen. In die Stille hinein klingelte Simons Handy. Er sah auf das Display. Carla.

»Entschuldigen Sie«, sagte Simon an Suor Maria gewandt, »da muss ich kurz rangehen.«

»*Salve*, Simone. Wo sind Sie?«

»In Varallo.«

»Auf dem Pilgerpfad? Ich denke, Sie glauben an nichts?«

»Ich bin auf anderen Pfaden. Aber davon später. Was gibt es?«

»Ich habe den Bericht der Spurensicherung und das Ergebnis der DNA-Probe. Es gibt tatsächlich Spuren von dem Deutschen an der Kutte von Leonie. Und die Stelle am Eingang zu seinem Garten war definitiv der Tatort. Das beides erhärtet natürlich den Verdacht gegen ihn. Ich habe jetzt einen richterlichen Beschluss für eine Hausdurchsuchung bei ihm. Heute noch. Kommen Sie? Der Huber spricht ja nicht gut Italienisch, da könnte ich Sie wieder gut gebrauchen. Ich habe diesmal auch einen offiziellen Auftrag für Sie. Natürlich nur, wenn Sie nichts anderes vorhaben«, setzte sie nach einer Pause noch hinzu.

»Ist schon in Ordnung, ich komme. Wo treffen wir uns?«

»Die Zeit ist ein bisschen knapp. Können Sie direkt auf die Insel kommen? Mit Ihrem Boot? Um 15 Uhr? Und bringen Sie bitte den Zettel und die Ansichtskarte von Leonie mit.«

Simon sagte zu, steckte sein Handy ein und griff zur zweiten Notlüge dieses Tages. Schon im Aufstehen sagte er: »Entschuldigen Sie, Suor Maria, ich muss los. Das war ein Anruf, auf den ich gewartet habe. Es geht um die Überführung von Suor Teresa. Ich würde sie gerne nach Hause bringen, also nach Deutschland. Und deshalb muss ich jetzt leider sofort zurück an den See.«

»Ich wusste gar nicht, dass du so gut lügen kannst«, sagte Luisa auf dem Weg zurück nach Ronco, als sie die kleine Straße zum Passo della Colma hochkurvten.

»Jahrelanges Training.«

»Dann werde ich mich in Zukunft wohl vorsehen müssen.«

»Das waren ja nur Notlügen.« Simon lenkte das Auto gemächlich um die nächste Serpentine herum. »Jedenfalls wissen wir nun, dass diese Novizin Leonie wohl kaum umgebracht hat.«

»Nein, die hatten einen Zickenkrieg«, sagte Luisa, »und da war Eifersucht im Spiel. Aber eine Mörderin ist Maria wohl kaum, das sehe ich auch so. Diese beiden Männer allerdings vielleicht schon. Also einer von ihnen. Nur welcher?«

»Im Moment sieht alles nach dem Münchner aus, diesem Max Huber, der auf der Insel lebt. Mal sehen, was nachher bei der Hausdurchsuchung bei ihm herauskommt. Carla ist, glaube ich, schon ziemlich überzeugt von seiner Schuld. Ich weniger, aber das ist nur ein Bauchgefühl.«

»Bauchgefühl? Seit wann hast du denn so etwas? Einen Bauch ja, der ist unübersehbar, aber Gefühl?«

So ähnlich hatte auch Carla reagiert, erinnerte sich Simon, und allmählich wunderte er sich über den Gleichklang der beiden Frauen, die doch eigentlich so verschieden waren. »Ich finde diesen Priester jedenfalls interessant«, erwiderte er, Luisas Bemerkung bewusst übergehend. »Den würde ich mir gerne mal vornehmen. Allerdings hat der, anders als Max Huber, ein Alibi.«

»Aber der passt dir natürlich besser ins Konzept als dieser Unternehmer. Die katholische Kirche ist für dich ja ohnehin ein Haufen von Kinderschändern, Sexbesessenen und Heuchlern.«

»Na ja, nicht ganz, du übertreibst natürlich, aber ein bisschen ist da ja auch was dran. Und ich bin, anders als du behauptest, vorbehaltlos und neugierig. Übrigens auch nicht gefühllos, auch das solltest du eigentlich wissen, *amore.*« Er strich ihr mit den Fingern sanft über das Knie. Luisa legte ihre Hand auf seine, und Simon fuhr einhändig weiter bis zur nächsten Serpentine. Dann ergriff er das Lenkrad wieder mit beiden Händen, nahm die Kurve und knüpfte erneut an das Gespräch an: »In dem Text, den Leonie geschrieben hat, stand doch etwas von Küssen aus einem göttlichen Mund. Vielleicht hat Carla recht und das ist nicht metaphorisch zu verstehen, sondern Leonie hat da ganz irdisch von einem Mann gesprochen. Das könnte dann tatsächlich der Huber sein. Oder eben der Priester. Der hat ihr womöglich nachgestellt. Dieser Padre redet mit diesen jungen Frauen über Dreifaltigkeit und Auferstehung und Wunder und hat dabei ganz anderes im Sinn …«

»Das kann man so sehen, stimmt. Ist aber nicht zwingend. Und wenn es so war, war sie vielleicht sogar einverstanden oder zumindest in Versuchung. Der Text hat sich jedenfalls nicht so angehört, als ob sie sich gegen einen lüsternen Mann wehrt, sondern eher so, als ob sie mit sich selbst kämpft.«

»Trotzdem könnte er ihr zu nahegetreten sein, und sie hat sich das nicht gefallen lassen …«

»Ja sicher, kann sein, kann aber auch nicht sein. Das ist alles Spekulation und die ist sonst doch nicht dein Ding. Du weißt ja gar nichts über diesen Mann, noch nicht mal, wie alt er ist. Wer weiß, ob der nicht schon jenseits von Gut und Böse ist. Außerdem hast du doch gesagt, dass er ein Alibi hat …«

Die Passhöhe lag hinter ihnen, und es ging nun langsam bergab, Serpentine für Serpentine, auf Pella zu. Luisa hatte ihren Satz noch nicht beendet, als hinter einer weiteren Kurve mit einem Schlag der See vor ihnen lag, fast in seiner gesamten Länge und in tausend Schattierungen, hier tiefblau, dort flaschengrün, überall schillernd, und die Insel in seiner Mitte, wie ein aus einem Modellbaukasten entnommener Baustein, unter einem blauen Himmel und von der Sonne hell erleuchtet. Überall zogen der leichte Wind und Unterwasserströmungen Muster auf die Oberfläche des Sees, Linien, Netze und Kreise, scheinbar zufällig bewegten sie sich aufeinander zu und voneinander weg, und doch wirkte es auf Simon wie ein geplantes Zusammenspiel, von einer schöpferischen Hand gesteuert. Ganz im Süden war der See noch dunkler und von Schaumkämmen weiß getupft. Wie so oft wehte dort ein heftigerer Wind als im Norden, wo jetzt über dem Alpenkamm dicke graue Wolken hingen, die ihren Schatten schon auf Omegna warfen und schnell näher kamen.

Simon war einen Moment wie geblendet. Kam ihm deshalb ganz plötzlich ein Einfall? Er nahm den Fuß vom Gas, hielt abrupt an und parkte den Wagen in einer Ausbuchtung am Straßenrand.

»Was ist denn jetzt los?«, Luisa schaute ihn erstaunt an. »Machen wir jetzt ein Selfie? Oder Picknick mit Seeblick?«

»Keine schlechte Idee. Ist doch einmalig die Aussicht von hier oben, oder? Aber nein, mir ist nur gerade etwas aufgefallen. Hast du den Ring gesehen, den die Novizin am Finger trägt?«

»Ja, klar, sie hat ja dauernd damit gespielt und daran herumgedreht. Und was ist damit?«

»Der muss von Leonie sein. Die ganze Zeit habe ich gedacht, dass der mir bekannt vorkommt. Jetzt ist es mir mit einem Mal eingefallen. Das ist ein Ring, den die Nonnen in dem bayerischen Kloster, in dem Leonie war, alle tragen. Als Zeichen ihrer Verbundenheit mit Gott. Darauf bin ich bei meiner Recherche im Internet gestoßen. Davon gab es auf der Website des Klosters auch eine Abbildung.«

»Das ist wirklich komisch. So verfeindet wie die waren, wird sie den bestimmt nicht von Leonie bekommen haben.«

»Nein, wohl kaum. Womöglich hat sie uns doch eine Komödie vorgespielt und wir sind darauf reingefallen?«

»Dann sag ich dir auch noch etwas, was mir aufgefallen ist. Sie hat einen blauen Fleck am Hals. Den habe ich bemerkt, als ihr der Schleier mal bei einer heftigen Bewegung ein Stück weggerutscht ist. Vielleicht war das, was sich zwischen den beiden Novizinnen abgespielt hat, ja doch mehr als ein Zickenkrieg?«

16

Als Simon mit seinem Boot auf der Insel am Steg ankam, waren Carla und die Spurensicherung schon da. Neben deren Schiffen lag noch ein drittes, das aussah wie das von Tommaso. Aber was hatte sein Freund hier zu suchen? Vermutlich war es doch nicht seins, sagte sich Simon, nur der gleiche Typ. Er vertäute sein Motorboot neben den anderen und eilte über den Inselrundweg zum Haus Max Hubers.

Die Wolken aus dem Norden waren über dem See und der Insel angekommen, nur ganz im Süden gab es noch einen schmalen Streifen blauen Himmel, und es war kälter geworden. Eine fahle, runde Sonne, von Wolken verschleiert, stand, einem Vollmond ähnlich, am grauen Himmel, und vor ein paar Minuten hatte es begonnen, ganz leicht zu schneien, kleine Flocken, die in der Luft herumwirbelten und schmolzen, wenn sie auf den Boden trafen. Wie das Treiben in einer Schneekugel sah das aus, dachte Simon. Er schaute über das Wasser nach Norden auf die Alpenkette, wo die Wolken sich zu düsteren Ungetümen ballten und noch mehr Schnee ankündigten. Simon war etwas beunruhigt. Das würde wahrscheinlich eine ungemütliche Fahrt im Dunkeln über das Wasser zurück nach Ronco geben.

Ein Mann und eine Frau in weißen Schutzanzügen waren in Max Hubers Garten emsig beschäftigt, und Simon fragte sich, ob der Papagei wohl immer noch auf seinem Baum saß und auch ihre Arbeit mit seinem Krächzen begleitete. Wie viel Kälte hielt so ein Vogel eigentlich aus? Ob der auch bei winterlichen Temperaturen und wenn es schneite, draußen war? Simon nahm sich vor, Nicola danach zu fragen, vermutete aber, dass seine Ziehtochter in ihrem ersten Semester Tiermedizin darauf keine Antwort wusste. Doch allein der Gedanke an Nicola tat ihm gut.

Carla erwartete ihn an Hubers Haustür, hatte ihn wahrscheinlich über den See kommen sehen, und winkte ihn herein. Der Münchner saß in einem eleganten Tweedanzug in seinem Samtsessel, und ihm gegenüber, dort wo Simon und Carla bei ihrem letzten Besuch in diesem Haus Platz genommen hatten, saß tatsächlich Tommaso, wie immer ganz in Schwarz gekleidet. Was machte er hier? War er Hubers Rechtsanwalt? Danach sah es fast aus. Simon war verunsichert, wusste nicht, wie er den Freund, der hier vermutlich ebenfalls in offizieller Mission war, begrüßen sollte. Tommaso blinzelte ihm zu, und Simon verstand sofort die Botschaft. Besser war es, sich in dieser Situation nicht als Freunde zu erkennen zu geben.

Max Huber blieb ebenfalls ganz entspannt in seinem Sessel sitzen und begrüßte Simon mit einem kaum wahrnehmbaren Kopfnicken. Er schien die Hausdurchsuchung mit Gelassenheit über sich ergehen zu lassen. Im Inneren des Hauses war sie anscheinend bereits abgeschlossen, nur noch ein paar offene Schubladen zeugten von dem, was hier vor sich gegangen war.

Simon nahm Carla beiseite und steckte ihr einen Umschlag zu. Sie ergriff ihn wortlos, holte die darin befindliche

Ansichtskarte von Virgilio Barone und den Text von Leonie mit der Übersetzung heraus, warf einen schnellen Blick darauf, nickte Simon zu. Dann setzte sie sich in einen Sessel, Huber direkt gegenüber, die Uniformjacke zugeknöpft und ihre schlanken Beine übereinandergeschlagen. »Wo Signor Strasser nun auch da ist, können wir ja mit unserer Unterhaltung beginnen, Signor Huber«, sagte sie. »Wir versuchen es auf Italienisch, aber wenn Sie etwas nicht verstehen oder lieber auf Deutsch antworten, dann ist Signor Strasser behilflich. Ich habe ihn dafür extra kommen lassen. Hier habe ich auch einen offiziellen Auftrag für ihn«, bei den letzten Worten ging ihr Blick fragend in Richtung von Tommaso, ob er das Dokument sehen wolle, aber der schüttelte den Kopf.

»Sie waren der Letzte, Signor Huber«, begann sie dann die Befragung, »der Leonie Hofmann gesehen hat, und wir haben DNA-Spuren von Ihnen an der Kutte der Toten gefunden. Außerdem wurde sie zweifelsfrei vor Ihrer Gartenpforte ermordet, und sie war in Ihrem Boot auf dem See, wahrscheinlich schon tot. Sie haben außerdem kein Alibi für den Todeszeitpunkt, das alles macht Sie verdächtig, Signor Huber.«

»Er hat vielleicht kein Alibi, aber auch kein Motiv«, sagte Tommaso trocken.

»Wir sind im Besitz einer Notiz der Novizin, aus der hervorgeht, dass sie sich bedrängt gefühlt hat. Ich habe Grund zu der Annahme, dass Sie der Mann sind, von dem da die Rede ist. Sie sind ihr zu nahegetreten, und sie hat sich gewehrt. Es ist zu Handgreiflichkeiten gekommen, und Sie haben sie erschlagen. Von diesen Tätlichkeiten rührt wohl auch Ihre Verletzung unter dem Auge. Vielleicht ist sie auch nur unglücklich gefallen, jedenfalls haben Sie ihren Tod verursacht.«

»Das ist eine gewagte Theorie, Signora Moretti«, ergriff Tommaso erneut das Wort. »Ich konnte bisher zwar nur einen schnellen Blick in die Akte und in den Obduktionsbericht werfen, aber die blauen Flecke an ihrem Körper sind höchstwahrscheinlich schon älteren Datums. Leonie Hofmann ist außerdem außerhalb des Hauses erschlagen worden. Wenn mein Mandant ihr mit Gewalt zu nahe kommen wollte, hätte er doch wohl das Haus nicht mit ihr verlassen. Das alles spricht eher dafür, dass ihr da draußen jemand aufgelauert hat. Vielleicht ging es um die wertvollen Bücher, die mein Mandant ihr kurz vor ihrem Tod übergeben hat. Das ist eine Spur, die Sie, scheint mir, sehr vernachlässigt haben.«

»Sie haben uns außerdem angelogen, Signor Huber«, fuhr Carla ungerührt von Tommasos Einwand mit ihren Anschuldigungen fort. Der saß weiter stumm in seinem Sessel und schien nach wie vor nicht besonders beunruhigt zu sein. »Die Mutter von Leonie Hofmann hat in Ihrer Münchner Firma gearbeitet. Sie müssen sie also gekannt haben, haben das aber abgestritten. Warum?«

Simon horchte auf, das war eine neue Information, darauf war er selbst nicht gekommen. Sofort ärgerte er sich, dass ihm dieses wichtige Detail bei seiner Recherche über das Leben von Marlene Hofmann entgangen war.

»Sie müssen dazu nichts sagen.« Tommaso reagierte schnell und resolut.

»Weil Sie das nichts angeht, habe ich das nicht erwähnt, Signora Moretti«, erwiderte Huber entgegen dem Rat seines Anwalts. »Das ist meine Privatsache.«

»Sie sind immerhin in einen Mord verwickelt, da ist das keineswegs Privatsache. Sie kannten also Marlene Hofmann?«

»Ja, ich kannte sie, aber nur vom Namen her. Sie war eine Angestellte, hat bei uns als Fremdsprachenkorrespondentin im Export gearbeitet. Mehr weiß ich nicht über sie.«

»Sie hat ja ziemlich lange in Ihrer Firma gearbeitet, und als sie verschwunden ist, stand das sogar in der Zeitung. Und das soll Ihnen alles entgangen sein?«

»Damals, als sie verschwunden ist, war ich gar nicht in München. Ich hatte den Betrieb schon verkauft und habe mir eine zweijährige Auszeit in Mexiko gegönnt, wenn Sie erlauben, Maresciallo.«

Ein leichtes Zucken durchfuhr Carla, als der Name des südamerikanischen Landes fiel, in das ihr vermisster Kollege angeblich verschwunden war. Was wahrscheinlich nur Simon bemerkte. Sie hatte sich aber sofort wieder im Griff. »Und wussten Sie, dass Ihre ehemalige Angestellte Leonies Mutter war?«

»Sie müssen auch dazu nichts sagen«, wiederholte Tommaso, versuchte aber nicht, den Deutschen an einer Aussage zu hindern. Er musste davon überzeugt sein, dass Huber in keinem Fall etwas mit dem Mord zu tun hatte und eine Aussage sich für ihn daher nur positiv auswirken konnte, dachte Simon.

»Nein, das wusste ich natürlich nicht. Wie sollte ich auch. Ich habe mich, wie gesagt, an diese Marlene Hofmann überhaupt nicht erinnert.«

»Leonie sah ihrer Mutter aber sehr ähnlich.«

»Hören Sie, das ist ja jetzt mehr als ein Jahrzehnt her, dass es noch meine Firma war, in der Marlene Hofmann gearbeitet hat. Und ich hatte persönlich nie mit ihr zu tun. Also keine Ahnung, wie die ausgesehen hat.«

»Sie war aber wie ihre Tochter eine sehr schöne Frau, und

ich kann mir daher kaum vorstellen, dass sie Ihrem Blick entgangen ist.« Carlas grüne Augen blitzten.

»Wir hatten mehr als zweihundert Angestellte, und darunter waren einige schöne Frauen. Übrigens auch einige schöne Männer. Ich hatte nicht mit allen ein Verhältnis.« Da war wieder der überhebliche Ton, den Simon schon von dem Deutschen kannte. Der schlug sich im Übrigen gut mit seinem beschränkten Italienisch, in jeder Hinsicht, fand Simon. Als Übersetzer war er bisher jedenfalls erneut nicht gefragt.

In diesem Moment betrat die Frau von der Spurensicherung den Raum, die Kapuze schon vom Kopf gezogen, in ihren Händen in durchsichtige Plastikfolie verpackt drei in Leder gebundene Bücher, die alt, schwer und wertvoll aussahen. Alle schauten zu ihr und warteten auf eine Erklärung.

»Wir sind fast durch, Maresciallo«, sagte sie an Carla gewandt, »und die Bücher hier haben wir unter ein paar Büschen im Garten gefunden. Es sah so aus, als ob sich jemand Mühe gegeben hätte, sie zu verstecken. Wir haben das natürlich fotografiert.«

Carla konnte sich ein triumphierendes Lächeln nicht verkneifen. Sie blickte zu Huber. »Sind das die Bücher, die Sie Leonie Hofmann gegeben haben?«

»Er sagt gar nichts mehr«, schnitt Tommaso ihr das Wort ab. Aber Max Huber hatte schon genickt.

»Es sind also Ihre Bücher, Signor Huber«, insistierte Carla. »Sie haben Leonie umgebracht und die Bücher dann in Ihrem Garten versteckt.«

»Was für ein Quatsch, jetzt denken Sie doch mal logisch.« Tommaso war aufgebracht. »Warum sollte er denn so etwas getan haben? Seine eigenen Bücher verstecken? In seinem

Garten? Das macht doch überhaupt keinen Sinn. Damit hätte er den Verdacht doch erst recht auf sich gelenkt.«

Simon gab Tommaso innerlich recht, aber Carla war von ihrer Fährte nicht abzubringen, anscheinend fest davon überzeugt, dass sie in Max Huber den Täter vor sich hatte. Und sie schien außerdem zu vermuten, dass er auch irgendwie in den Tod von Leonies Mutter verwickelt war.

»Ich muss Sie leider bitten, mit mir auf das Revier in Omegna zu kommen, Signor Huber«, sagte sie. »Sie sind verdächtig, Leonie Hofmann umgebracht zu haben. Ihr Anwalt kann Sie gerne begleiten. Auch Signor Strasser kann hoffentlich mit uns kommen?«

Simon nickte, stand auf, und Tommaso erhob sich ebenfalls kopfschüttelnd. Er wandte sich an Max Huber, der noch ganz ruhig in seinem Sessel saß und keine Anstalten machte, sich zu erheben. »Sie werden der Aufforderung des Maresciallo Folge leisten müssen, Signor Huber, aber machen Sie sich keine Sorgen, Sie sind da bald wieder raus.«

17

Die Rückkehr im Dunkeln mit dem Boot von Omegna nach Ronco war bitterkalt, es schneite heftig, der Fahrtwind fuhr Simon in die Kleider und peitschte ihm die Flocken ins Gesicht, die wie kleine, eisige Geschosse auf seine Haut prallten.

Auf dem Polizeirevier war alles sehr schnell gegangen, Carla hatte Max Huber nach der Vernehmung und dem Protokoll vorläufig festgesetzt, und der Deutsche ließ die Prozedur über sich ergehen wie jemand, der die Gewissheit hatte, dass sie keinen Bestand haben würde. Auch Simon war überzeugt, dass Carla auf einer falschen Fährte war.

Zum ersten Mal, seit sie Seite an Seite in diesem Fall unterwegs waren, hatte sich zwischen ihnen ein kleiner Riss aufgetan, ein Hauch von Uneinigkeit, und als Simon das Revier verließ, ein paar Minuten, nachdem auch Tommaso gegangen war, verabschiedeten sie sich für ihre Verhältnisse kühl voneinander.

Simon war nun ganz allein auf dem See unterwegs, die Sicht in der mondlosen Nacht und im dichten Schneetreiben schlecht. Nur die rot-grünen Positionsleuchten warfen ein mattes Licht auf das Wasser und ins Innere des Bootes. Simon fror, zog seinen Wollschal fester und höher, aber das nützte nicht viel. Auf einmal gab es am Metallboden des Bootes einen Schlag. Simon nahm sofort das Gas zurück, schaute besorgt nach unten, aber es war nichts passiert. Wahrscheinlich war er auf einen im See treibenden Ast getroffen. Simon drehte das Gas wieder auf, fuhr aber jetzt noch langsamer und versuchte, seine Gedanken erneut auf Max Huber zu richten, um sich so von der Kälte abzulenken. Tommaso hatte seiner Meinung nach recht. Dass man die Bücher in Hubers Garten gefunden hatte, sah auch Simon eher als Entlastung denn als ein Indiz für dessen Schuld. Auch wenn damit eine Spur, die zu einem anderen Täter hätte führen können, der die wertvollen Bücher entwendet und die Novizin deshalb überfallen hatte, obsolet war. Trotzdem. Dieser Deutsche mochte arrogant sein, aber er war intelligent. Zu intelligent, um sich durch ein so törichtes Verhalten selbst zu belasten.

Aber warum insistierte die sonst so menschenkluge Carla auf ihm als Täter? Huber war zweifellos ein *homme à femmes*, selbstgewiss, ein wenig überheblich und mit gut geschmiertem Charme ausgestattet. Hatte das Carla so gegen ihn eingenommen, dass sie nicht mit ihrem gewohnten kühlen Verstand auf den Tathergang und die Fakten sah?

Endlich tauchten vor Simon im Schneetreiben schemenhaft die Lichter von Ronco auf. Langsam hielt er auf den Strand neben seinem Haus zu. Das Dorf lag unter einer dichten Schneedecke, die die Dächer bereits zentimeterhoch bedeckte; die Blätter der Palmen beugten sich unter der weißen Last. Hier und da waren ein paar Fenster erleuchtet, und das gelbe Licht der alten Straßenlaternen fiel in die verschneiten Gassen und auf die Uferpromenade. Das alles verströmte einen Winterzauber, den Simon wohl wahrnahm, für den er aber im Moment nicht empfänglich war. Er wollte nur schnell zu Luisa und ins Warme kommen, vertäute hastig und mit klammen Fingern das Boot am Strand, versank dabei in seinen Halbschuhen bis zu den Knöcheln im Schnee und hatte im Nu nasse Füße.

Schon vor der Haustür wehte ihm Zimtduft entgegen. Luisa backte Plätzchen, wahrscheinlich Zimtsterne und Vanillekipferl, vermutete Simon. Die produzierte sie jedes Jahr in großen Mengen nach deutschen Originalrezepten, um sie dann zu verschenken und gerne auch an ihre Verwandten in Kalabrien zu verschicken, die angeblich nicht genug davon bekommen konnten. Mit dem Duft stieg unvermittelt die Erinnerung an die Weihnachtsabende der Familie Strasser in Simon hoch, an die mit Kerzen, Lametta und Silberkugeln geschmückte Blautanne und den immergleichen Rauschgoldengel auf ihrer Spitze, an das endlose Warten aufs Christkind, wie eine Sendung im Fernsehen hieß, die den beiden Kindern die Zeit bis zur Bescherung überbrückte und an das Glöckchen, das endlich erklang, worauf sich die Tür zum Wohnzimmer mit dem brennenden Baum und den Geschenken öffnete. Hinterher gab es Frankfurter Würstchen, dazu Limonade und für die Eltern Bier und Schnaps, und zum Nachtisch plünderten die Brüder den großen Teller mit Zimtsternen, Lebkuchen und Marzipan, und Simon, aus Angst, sein Bruder könnte mehr davon abbekommen, verschlang sie in so großer Menge, dass es ihm regelmäßig schlecht davon wurde.

Zimtsterne aß Simon immer noch gern, ansonsten konnte er Weihnachten nicht leiden. Diese ganze *Gefühlsduselei*, wie er das nannte. Dass die Heiligen Abende bei Strassers eine Inszenierung waren, die seine einander entfremdeten Eltern für die Söhne in Szene setzten, so wie es üblich war in Deutschland und weil es sich so gehörte, spürte Simon zwar schon als Kind, begriff es aber erst als Jugendlicher. Es ähnelte der Komödie, die sie mit den noch kleinen, angeblich katholisch getauften Söhnen einst für die Familie in Rimini aufgeführt hatten. Eigentlich mochte sein kühler Vater den Heiligen Abend nicht und überstand das ganze *Brimborium* nur mit viel Bier.

Simons Mutter indessen war zwar fasziniert von dem sentimentalen deutschen Zeremoniell, sehnte sich aber gleichzeitig nach dem ausgelassenen und lärmenden Familienfest und dem opulenten Gelage, als das sie *Natale* in ihrer italienischen Großfamilie erlebt hatte. Ihrem Wunsch, wenigstens zu diesem Anlass mit ihr und den Kindern an die Adria zu fahren und dort mit der Verwandtschaft, den vielen Tanten und Onkeln, den Neffen und Cousins zu feiern, verweigerte sich Simons Vater beharrlich. Er schien mit der Italienerin, die er geheiratet hatte, seinen Bedarf an Italien ein für alle Mal gedeckt zu haben. Simon vermutete, dass sein Vater seiner Frau damit unwissentlich sogar eine Enttäuschung ersparte, denn auch das italienische Weihnachten war wahrscheinlich nicht mehr das, das seine Mutter als Kind und noch als junge Frau erlebt hatte und voller Verklärung erinnerte.

Was Weihnachten anging, schlug Simon eher nach seinem Vater, der ihm doch eigentlich kein Vorbild war. Er weigerte sich beharrlich, einen Weihnachtsbaum zu kaufen, hasste die tiefrot blühenden Christsterne, butterige Stollen und brennende Kerzen. Dass *Gefühlsduselei* auch ein Begriff aus dem väterlichen Wortschatz war, mit dem der spröde Mann seine begeisterungsfähige und impulsive Frau bei jeder Gelegenheit buchstäblich zur Vernunft gerufen hatte, war Simon dabei durchaus bewusst. Er nahm es in Kauf. Nur mit Nico war Simon, als sie klein war, ein paar Mal von seiner strengen Linie abgewichen, hatte sogar den Weihnachtsmann gespielt, und es hatte ihm richtig Spaß gemacht. Aber das war lange her.

Luisa hingegen liebte Weihnachten, das deutsche und das italienische, und sie nahm sich aus ihrer Sicht das Beste von beidem, eigentlich alles. Aus Süditalien hatte sie eine kleine Krippe aus Holzfiguren mit nach Deutschland gebracht, die sie in ihrer Frankfurter Wohnung alljährlich im Dezember aufstellte. Selbstverständlich gab es bei ihr aber auch einen Adventskranz, den man in Italien gar nicht kannte und den sie ganz nach Vorschrift, Sonntag für Sonntag, Kerze für Kerze, entzündete. Nur auf die geschmückte Tanne und die blühenden Weihnachtssterne verzichtete sie, Simon zuliebe. Aber sie vergötterte deutsche Weihnachtsplätzchen, und zum Espresso gab es bei ihr Stollen, aber auch das italienische Pendant, den Panettone. Simon verschmähte beides. Mit der Zeit setzte Luisa jedoch sogar durch, dass sie sich mit Kleinigkeiten beschenkten, allerdings wie in Italien erst am Morgen des ersten Feiertags, und mittags lud sie dann gerne zu einem ausgelassenen italienischen Menü, mit vielen Gängen, viel Wein und in großer Runde.

Als Simon, von Luisa noch unbemerkt, ins Haus kam, schob sie gerade ein Blech mit Vanillekipferln in den Ofen, schloss die Herdklappe, klopfte das Mehl von ihrer Schürze und strich sich die Haare aus dem leicht erhitzten Gesicht. Die fertigen Zimtsterne kühlten auf einem anderen Blech und verströmten das Aroma, das Simon schon vor der Haustür in die Nase gestiegen war. Luisa griff jetzt zum Nudelholz, um den nächsten Teig auszurollen, als sie Simon auf einmal doch bemerkte. Sie blickte zu ihm, dann auf die Holzrolle in ihrer Hand, brach in ihr lautes, tiefes Lachen aus, und auch Simon musste lachen. Dann stürzte sie auf ihn zu, schlang die Arme um ihn und küsste ihn. »Puh, du bist ganz nass und kalt«, sagte sie. »Du musst in die Badewanne.«

»Ich weiß etwas Besseres.«

»Yoga?«

»Ja, so etwas Ähnliches.«

Sie saßen in ihren Bademänteln am Tisch, tranken Wein und aßen Zimtsterne. »Du musst aber noch ein paar für morgen übrig lassen«, sagte Luisa.

»Morgen? Ist da etwas Besonderes?«

»Tu nicht so ignorant. Das ist die reine Koketterie.«

»Ich werde ein gutes Buch lesen, ein bisschen Musik hören. Und noch ein paar von deinen Zimtsternen essen. Die sind köstlich.«

»Nein, wirst du nicht. Wir machen morgen Abend ein Weihnachtsmenü. Und wir haben einen Gast. Tommaso. Er kocht mit mir zusammen.«

»Tommaso kommt?«

»Ja, ich habe ihn eingeladen. Das geht doch in Ordnung, oder? Wir können auch Carla noch fragen …« Luisa grinste.

»Natürlich geht das in Ordnung. Er hat mir nur nichts davon gesagt, deshalb bin ich erstaunt.«

»Du hast mit ihm gesprochen? Wann?«

»Eben gerade. Er ist der Anwalt von dem Münchner, bei dem ich mit Carla vorhin bei der Hausdurchsuchung war.«

»Ach komm, Tommaso ist sein Anwalt? Wie klein die Welt ist … Und wie war es denn eigentlich bei der Begegnung mit diesem Huber? Was ist nun mit ihm? Warum braucht der überhaupt einen Anwalt? Meinst du, er ist der Täter?«

»Carla scheint davon ziemlich überzeugt zu sein. Ich weniger. Jedenfalls hat Carla ihn zur Vernehmung mit auf das Revier nach Omegna genommen. Ich musste auch mit, zum Übersetzen. Und Tommaso war natürlich auch dabei. Irgendwoher kennt dieser Huber Tommaso und hat ihn sich als Anwalt genommen. Sie haben ein Protokoll gemacht, und Carla hat den Huber erst einmal dabehalten. Ich schätze aber, Tommaso holt ihn bald wieder raus.«

»Der ist als Anwalt jedenfalls keine schlechte Wahl. Aber hatte er sich nicht zur Ruhe gesetzt?«

»Ja, eigentlich, aber seine Zulassung hat er noch nicht abgegeben. Und dass ihm das Nichtstun nicht sehr behagt, weißt du ja wohl besser als ich …« Simon sah Luisa an, aber sie überhörte seine Spitze. »Jedenfalls hat er deshalb wahrscheinlich gerne zugegriffen«, fuhr Simon fort. »Der Huber muss ihn wie gesagt irgendwoher kennen und hat ihn angerufen.«

»Und du glaubst, deine Carla irrt sich?«

»Sie ist nicht meine Carla.« Simon tippte Luisa zärtlich mit einem Finger auf die Nasenspitze. Sie lachte wieder und schob sich noch einen Zimtstern in den Mund. »Und ich weiß nicht, ob sie sich irrt«, fuhr Simon fort. »Es spricht eine Menge gegen ihn. Er hat sie als Letzter gesehen, weil er ihr ein paar Bücher für das Kloster geben wollte. Die haben sie heute versteckt bei ihm im Garten gefunden. Es gibt Spuren von ihm an ihrer Kutte. Sie ist vor seinem Haus umgebracht und mit seinem Boot aufgefunden worden.«

»Stimmt, das ist schon eine Menge. Aber warum sollte er seine eigenen Bücher in seinem eigenen Garten verstecken?«

»Eben. Das hat auch Tommaso gefragt. Das ist eine große Schwachstelle in Carlas Argumentation. Und ein Motiv ist bei ihm auch nicht zu erkennen. Aber die Bücher könnten schon als Indiz gegen ihn gewertet werden, und außerdem hat er Carla angelogen. Das ist immer schlecht. Als Tommaso das mitbekommen hat, war er, glaube ich, doch ein bisschen beunruhigt.«

»Angelogen?«

»Ja, angelogen. Er hat ja bei unserer ersten Begegnung mit ihm behauptet, die Mutter von Leonie nicht zu kennen. Carla hat aber inzwischen herausgekriegt, dass sie früher in seiner Firma gearbeitet hat. Bis sie verschwunden ist. Er muss sie also gekannt haben. Er hat das dann auch zugegeben.«

»Und warum hat er gelogen? Was glaubst du?«

»Keine Ahnung, er sagt, dass er sich unter den vielen Angestellten in seiner Firma nicht an sie erinnert hat. Aber das ist schon ein bisschen seltsam, sie hat ja mehr als zehn Jahre da gearbeitet.«

Sie schwiegen beide. Luisa nahm ihr Glas, trank einen Schluck Wein, schob noch einen Zimtstern hinterher, schien nachzudenken. Dann richtete sie sich mit einem Ruck auf. »Hör mal, Simon, vielleicht ist das eine verrückte Idee. Aber könnte Leonie nicht seine Tochter sein?«

18

Tommaso kam mit einer Flasche Prosecco, einem Schal für Luisa und einer aufblasbaren Plastiktanne. »Wenn ich schon einen deutschen Heiligen Abend mit euch feiere, will ich wenigstens unter einem Tannenbaum sitzen«, kommentierte er sein Mitbringsel, während er es angestrengt aufblies. Er hatte sich mit schwarzem Kaschmirpullover und Seidentuch in Schale geworfen und einen ganzen Sack voller Zutaten für das Menü mitgebracht, die er, als der Plastikbaum in voller Größe stand und sich auch noch als beleuchtet herausstellte, nach und nach auf dem Tisch ausbreitete, nicht, ohne sie zu kommentieren. »Hier, die getrockneten Steinpilze hat meine Schwester im Herbst im Monferrato gesammelt. Die sind für deinen Risotto, Luisa. Ihr könnt sie übrigens beruhigt essen. Ihr kennt meine Schwester ja nicht, aber die ist eine Tochter aus gutem Hause und anders als bei mir ist alles, was sie macht, daher grundsolide. Bei Pilzen ist das durchaus von Vorteil, manchmal sogar lebensrettend, sonst allerdings eine ziemlich langweilige Angelegenheit.«

Tommaso packte noch ein ganzes Sortiment an Antipasti aus, die Luisa einzeln begutachtete und begeistert kommentierte.

»Und was für Ungetüme verstecken sich da drin?« Simon zeigte auf ein dickes, in eine Art Butterpapier eingeschlagenes Paket.

»Bistecche alla fiorentina. Das wird der Hauptgang. Die kommen auf den Grill. Dazu brauche ich nur noch Olivenöl, Butter und Pfeffer. Den Rosmarin habe ich auch mitgebracht.« Er nahm die drei riesigen Kalbfleischstücke an kräftigen Knochen aus der Verpackung. »Ich hoffe, die überfordern eure Küchenausrüstung nicht?«

Luisa griff zu einem der Bistecche und hob es in die Höhe, als ob sie es in der Hand wiegen würde. »Das kriegen wir doch hin, oder, Simon?«

»Ja, aber gut, dass Nico erst an Silvester kommt. Die würde sich mit Grausen abwenden.«

»Wieso das?«, fragte Tommaso.

»Weißt du das nicht? Nicola ist jetzt Vegetarierin. Das ist sie schon geworden, noch bevor sie die erste Vorlesung in ihrem Tiermedizinstudium gehört hat«, sagte Simon.

»Oh mio Dio, das war zu befürchten. Alles, was deine Nicola macht, macht sie gründlich. Darin ist sie so deutsch wie du, Simon. Und ihr Hund, der arme Buffon, kriegt der auch nur noch Gemüse?«

Tommaso nahm den Prosecco in die Hand, entkorkte ihn und goss ihn schwungvoll in drei Gläser, so geübt, dass der Schaum direkt unter dem Rand stehenblieb. »Worauf trinken wir?«

»Auf dich, *avvocato*«, sagte Luisa und streckte ihm ihr Glas entgegen.

»Simon hat mich also schon verraten?«

»Ja, klar!«

»Woher kennst du diesen Max Huber eigentlich?«, fragte Simon, dem es gut passte, dass er so schnell Gelegenheit bekam, seine Neugier zu stillen.

»Da will man gemütlich Weihnachten mit euch feiern,

und schon nimmt mich der Spürhund ins Verhör«, protestierte Tommaso nicht nur zum Schein, *gemütlich* hatte er auf Deutsch gesagt. »Aber gut, wenn du es genau wissen willst«, fuhr er fort, »dieser Huber hat mal ein Verhältnis mit meiner Schwester gehabt. Daher kennt er mich.«

»Der Tochter aus gutem Hause?«

»Ich habe nur die eine.«

»Waren sie zusammen Pilze sammeln?«

»Ich glaube, die haben noch etwas anderes zusammen gemacht. Aber schon nach ein paar Monaten war Schluss.«

»Und du hast ihn bei ihr kennengelernt?«

»Ja, sie hat ihn mir mal vorgestellt, ganz am Anfang. Ein grässlicher Abend.«

»So grässlich kann es nicht gewesen sein, wenn er dich jetzt als Anwalt an seine Seite holt.«

»Ihm ist wahrscheinlich nichts Besseres eingefallen. Aber er hat ja Glück. In seinem Fall kann man nicht so viel falsch machen, noch nicht einmal ich. Ich verspreche dir, dass ich den bald wieder draußen habe.«

»Ich glaube auch, dass Carla sich da festgebissen hat, auch wenn die Indizien bisher gegen ihn sprechen«, erwiderte Simon. »Wir müssen natürlich beide diskret mit unseren Informationen umgehen, aber trotzdem: Es gibt da ein paar Dinge, die dich interessieren könnten.«

»Ehrlich gesagt, will ich wirklich lieber nichts davon hören. Denn wenn ich das richtig sehe, Simon, stehen wir in dieser Angelegenheit auf zwei verschiedenen Seiten. Außerdem, und auch wenn ich mich wiederhole: Ich bin gekommen, um mit euch einen friedlichen Weihnachtsabend zu verbringen. Und darauf bestehe ich.« Tommaso prostete Simon zu. *»Auguri!«*

»Wieso auf zwei verschiedenen Seiten?« Simon ließ nicht locker. »Ich bin Journalist und kein Polizist. Und wie du glaube ich, dass Carla sich verrennt. Und meine Informationen könnten dir vielleicht tatsächlich nützlich sein. Beziehungsweise der Wahrheitheitsfindung dienen ... Um die geht es doch, oder?«

»Okay, ich kapituliere. Aber mach es bitte kurz.«

»Luisa und ich hatten eine interessante Begegnung. Mit einer Novizin, die bis vor kurzem noch im Inselkloster war. Die stand mit Leonie auf Kriegsfuß. Und jetzt ist sie im Kloster in Varallo, von der Äbtissin sozusagen dahin zwangsversetzt. Und dort haben Luisa und ich sie besucht.«

Tommaso sah zu Luisa, die inzwischen begonnen hatte, den Risotto vorzubereiten, dabei war, die Zwiebeln klein zu schneiden. Tränen liefen ihr über das Gesicht. »Brauchst du Trost, *cara*?«, fragte er.

»Nein, eine Küchenmaschine täte es eher.«

»Schade.«

Simon musste lachen, ließ sich aber durch dieses Geplänkel nicht von seinem Thema abbringen. »Diese Novizin ist eine nette junge Frau und macht alles andere als den Eindruck einer Schwerverbrecherin. Vermutlich ist sie das auch nicht. Aber sie trägt seltsamerweise einen Ring von Leonie am Finger, und ich frage mich, woher sie den hat. Außerdem hat sie blaue Flecken, wie Leonie, also ist es zwischen den beiden Frauen womöglich weit weniger friedlich zugegangen, als man das bei Nonnen vermuten würde.«

»Weiß Carla das?«

»Ja, ich habe es ihr gesagt, und sie will dem nachgehen.« Simon machte eine Pause.

»War's das?«, fragte Tommaso und griff wieder zu seinem Glas.

»Nein, es gibt noch etwas. Die Novizin hat uns außerdem von einem Priester erzählt. Du kennst ihn vielleicht, er lebt auch auf der Insel.«

»Padre Ferrante?«

»Ja. Mit dem hatte Leonie offenbar viel zu tun. Es könnte also sein, denke ich, dass nicht dein Mandant, der Huber, sondern der Padre der Mann mit dem göttlichen Mund ist. Du hast ja diesen bizarren Text von ihr in den Akten gelesen, oder?«

»Ja, Carla hat ihn mir zur Ansicht gegeben.«

»Dann weißt du ja, wovon ich rede. Vielleicht spricht sie ja wirklich von jemandem, der ihr zu nahe gekommen ist?«

»Aber Padre Ferrante? Kann ich mir nicht vorstellen«, sagte Tommaso. »Das ist ein Harmloser. Die gibt es sogar bei Priestern. Außerdem hat er ein Alibi. Der war ja an dem Tag bei den Nonnen in Pettenasco, und zwar auch zu dem Zeitpunkt, als der Mord geschehen ist. Aber wenn du es nicht lassen kannst, geh dem doch trotzdem mal nach. Vielleicht findest du ja tatsächlich etwas Interessantes heraus. Bei dir muss man ja auf alles gefasst sein.«

»Bin schon dabei. Ich habe heute mit Gianluca telefoniert.«

»Mit dem Journalisten von *Il Giorno*?«

»Ja, und der erinnert sich dunkel, dass sie mal etwas über den Padre gebracht haben. Das ist aber wohl schon eine ganze Weile her. Ich schaue jedenfalls morgen mit ihm zusammen ins Archiv.«

»*Bravo*. Dann können wir jetzt endlich Weihnachten feiern?«

»Nein, es gibt noch etwas. Das ist allerdings nicht auf meinem Mist gewachsen, das ist ein Gedanke, den Luisa hatte.« Simon blickte zu Luisa, die jetzt mit einem Holzlöffel den Risotto beständig in einer großen Pfanne rührte, während sie mit der anderen Hand in kurzen Abständen Fleischbrühe zugoss.

»Dann kann es nur eine gute Idee sein.« Tommaso sah Luisa neugierig an.

»Keine Ahnung, ob es das ist«, sagte sie und rührte weiter in der Pfanne. »Wenn dieser Huber behauptet, die Mutter von Leonie nicht gekannt zu haben, hat er ja vielleicht einen Grund dafür. Und der Vater von Leonie ist doch unbekannt …«

»Wow.« Tommaso leerte sein Glas in einem Zug. »Das ist wirklich eine gute Idee. Zeitlich käme das hin. Und wenn sie tatsächlich seine Tochter ist, fällt Carlas Theorie von der versuchten Verführung jedenfalls erst recht in sich zusammen …«

»Sofern Max Huber tatsächlich ihr Vater ist und sofern er und Leonie das überhaupt wussten …«, wandte Luisa ein.

»Du bist ja auch eine Spürnase, Luisa«, sagte Tommaso, »das wusste ich gar nicht.«

»Und ich habe jetzt auch noch eine Idee«, Simon griff zu seinem iPad. »Als ich mit Carla bei dem Huber war, habe ich da in seinem Atelier ein Frauenporträt gesehen, das er gemalt hat.«

»Das Porträt von Leonie, das bei ihm im Atelier stand?«, fragte Tommaso.

»Ja.«

»Das hat Carla heute bei ihm sichergestellt. Schon bevor du gekommen bist. Und was ist damit?«

»Vielleicht ist sie das gar nicht.«

»Sondern?«, fragte Luisa.

»Ihre Mutter. Also Marlene«, antwortete Simon. »Das Bild passt nämlich eigentlich nicht zu dem, was er sonst inzwischen so malt. Es könnte also schon älter sein. Und die sahen sich doch so ähnlich. Ich habe es fotografiert. Hier ist es.« Alle drei beugten sich über Simons iPad. »Da unten ist eine Jahreszahl, leider kaum zu entziffern.« Simon setzte seine Brille auf, machte das Foto auf dem iPad größer.

»Wow«, entfuhr es Tommaso erneut. »Das muss tatsächlich Marlene sein, nicht Leonie. Die Zahl sieht aus wie 1998. Die 19 am Anfang ist jedenfalls klar zu erkennen.«

»Ja, stimmt«, sagte Simon. »Warum bloß hat der Huber nicht zugegeben, dass er mehr mit Marlene Hofmann zu tun hatte? Das zumindest scheint ja jetzt festzustehen.«

»Keine Ahnung. Ich werde ihn fragen. Er ist ja immerhin mein Mandant. Aber jetzt habe ich wirklich genug davon.« Tommaso nahm sich eine Olive, das Letzte, was noch von den köstlichen Antipasti übrig geblieben war. »Jetzt, *cari amici*, will ich wirklich nichts mehr von Max Huber hören und endlich Weihnachten mit euch feiern. *Auguri*!« Er prostete ihnen zu und trank sein Glas mit einem Zug leer.

Luisas Steinpilz-Risotto, genau siebzehn Minuten gerührt und mit Weißwein, Butter und Parmigiano veredelt, war sämig und körnig zugleich, ganz wie er sein sollte.

»Mmh, che buono, Luisa, tesoro«, sagte Tommaso, dabei einen Finger in die Wange bohrend. »Du hast dich mal wieder selbst übertroffen. Keiner kriegt den Risotto so gut hin wie du.«

»*Grazie per i complimenti.* Aber abgesehen von deinen tollen Steinpilzen liegt das auch am Reis, den hat Simon von der *Tenuta Barone* mitgebracht.«

»Da war der Spürhund auch?«

»Ja, klar«, sagte Simon.

»Das heißt, du hast die Signora Barone kennengelernt?«

Simon nickte.

»Das ist eine Freundin meiner Schwester«, sagte Tommaso. »Auch eine Tochter aus gutem Hause und genauso langweilig.«

»Und reich. Und ziemlich mitgenommen vom Tod ihres Mannes«, ergänzte Simon.

»Aber ihr Risotto-Reis ist wirklich köstlich, das muss man ihr lassen, oder?«, unterbrach Luisa und nahm sich noch eine Portion.

»Ja, da hast du recht, wie immer«, stimmte Tommaso ihr zu. »Und bitte, Simon, fang nicht schon wieder mit den Mordgeschichten an. Lasst uns doch bitte beim schönen Thema Risotto bleiben. Eigentlich wollte ich nämlich heute dazu nicht Steinpilze, sondern Krebse mitbringen.«

»Krebse?«, fragten Simon und Luisa wie aus einem Mund.

»Ja, *gamberi americani,* frisch gefischt aus dem Lago d'Orta. Das hat leider nicht mehr geklappt. Aber beim nächsten Mal ...«

»Wie kommst du denn auf die? Hast du ein neues Rezept, das du ausprobieren willst?«, fragte Simon.

»Ich koche nie nach Rezept.« Tommaso hörte sich beleidigt an, und es sah nicht gespielt aus. »Aber ich habe gerade erfahren, dass es eine gute Tat ist, diese Krebse aus dem See zu essen und das hätte doch hervorragend zu einem Weihnachtsmenü gepasst ...«

»Ich komme ehrlich nicht ganz mit, Tommaso. Wovon redest du? Meinst du die roten Krebse, die sich in letzter Zeit so rapide im See vermehren?«

»Genau die.«

»Das ist aber ein gutes Zeichen, spricht für die Wasserqualität«, sagte Simon.

»Ach, Simon«, seufzte Tommaso, »manchmal bist du doch erstaunlich naiv ... Also, diese netten Tiere gehören«, fuhr er in bewusst schulmeisterlichem Ton fort, »wie ich schon erwähnte, zur Gattung des *gambero americano*, und das ist kein amerikanischer Freund, sondern das, was Experten einen Bioinvasor nennen und ich einen Imperialisten. Der hat im See keine Feinde und frisst alles weg, was er nur kriegen kann. Aber schmecken soll er sehr gut, und wenn ich sonst schon nichts mehr retten kann, dann rette ich jetzt eben den Lago d'Orta und setze den *gambero americano* auf die Speisekarte.« Tommaso hob sein Weinglas. *»Salute«*, sagte er. *»Buon Natale.* Und Tod dem amerikanischen Imperialismus!«

»Und jetzt gehen wir in die Kirche«, sagte Luisa.

»Nein.« Simon und Tommaso schauten sich amüsiert an. Auch das war wie aus einem Mund gekommen.

»Doch. Auf die Insel. In die Messe. Zu den Nonnen.«

»Und die Bistecche?«, protestierte Tommaso noch schwach.

»Gibt es nachher. Es ist zehn Uhr. Wir müssen los. In einer halben Stunde fährt das Schiff von Pella auf die Insel.«

19

Simons Handy klingelte. Er ging nicht dran. Es klingelte erneut. Luisa drehte sich von ihm im Bett weg, stöhnte leise und zog sich die Decke über den Kopf. Erst nach Mitternacht waren Simon, Luisa und Tommaso durch die sternenklare Nacht und eine helle Winterlandschaft über die vollkommen verschneite Straße, die noch keine Räumfahrzeuge gesehen hatte, nach Ronco zurückgekehrt. Die Messe in der Basilika auf der Insel hatte Simon etwas gelangweilt überstanden, obwohl die Nonnen wirklich beeindruckend gesungen hatten. Dazu ein bunt gemischtes Publikum in den Kirchenbänken, wie man es anderen Ortes kaum mehr erlebte. Das musste er der Kirche lassen, dachte Simon, in den Gottesdiensten kam man noch über alle sozialen und kulturellen Unterschiede hinweg zu einer ungewöhnlichen Gemeinschaft zusammen. Wenn es auch hier Schranken gab, und die gab es sicher, waren sie sehr subtil. Am Ende hatten sich alle die Hände geschüttelt und einander Frieden gewünscht, der Rubinetteria-Besitzer dem Arbeitslosen, die Hausfrau der Ärztin. Am aufregendsten bei dieser nächtlichen Messe aber war ein Vorfall mit einem der vier Priester gewesen, die gemeinsam den weihnachtlichen Gottesdienst zelebrierten.

Die Episode hatte sich kurz vor Beginn der Messe ereignet. Der Padre, den Tommaso für Simon als Padre Ferrante identifizierte, trug ein Schwert über seinem weißen Messegewand, vermutlich weil er in dieser Nacht die Rolle eines Ordners hatte, jedenfalls verhielt er sich so, lief die Reihen ab, nahm die Gemeinde in den Blick, als prüfe er, ob alles seinen korrekten Gang nahm. Auf einmal wurde es hinten im Kirchenschiff unruhig. Ein untersetzter Mann sprang auf und ging den Padre lauthals an: *»È un luogo di pace!«* Ein Schwert, fand der aufgebrachte Mann, habe an diesem Ort des Friedens nichts zu suchen.

»Weißt du, was da los ist?«, wandte sich Simon an Tommaso neben ihm auf der Bank. »Was soll dieses Schwert? Der Mann hat doch recht, das ist ja wirklich ein bisschen seltsam, oder?«

»Ich weiß auch nicht, was der Padre mit dem Schwert will«, antwortete Tommaso leise, »aber vielleicht symbolisiert es ja das Schwert des heiligen San Giulio.«

»Der, nach dem die Insel benannt ist?«

»Ja, der hat sie doch mit dem Schwert von Schlangen befreit, das ist sozusagen der Gründungsmythos der Insel.«

»Das kann nicht sein«, flüsterte Luisa ihnen zu. »Der hat die Schlangen nicht mit einem Schwert vertrieben, sondern mit einem Stock. Das sieht man auf allen Abbildungen von ihm. Ich vermute eher, das Schwert symbolisiert die Wehrhaftigkeit des Christentums. Denkt doch mal an den Erzengel Luzifer, wie der den Satan mit seinem Flammenschwert aus dem Himmel vertrieben hat.«

Simon hatte keine Ahnung, wovon Luisa sprach, aber Tommaso fand Luisas Argument wohl überzeugend und nickte zustimmend.

»Ich habe aber eigentlich gedacht, dass hier das Fest des Friedens gefeiert wird«, wandte Simon noch schwach ein.

»Ja, aber der will eben auch verteidigt werden«, zischte Tommaso ihm zu.

Die ganze Kirche war inzwischen von einer gewissen Unruhe erfasst worden. Die Messebesucher in den vorderen Reihen, die zuvor noch geduldig auf den Beginn des Gottesdienstes gewartet hatten, sich allenfalls murmelnd unterhielten, drehten sich um, verfolgten den ungewöhnlichen Zwischenfall, bis der Padre den Störer sanft aus der Basilika hinauskomplimentierte.

Danach war alles wieder in geordneten Bahnen verlaufen, die Messe begann und hielt keine weiteren Überraschungen bereit. Simon fühlte sich in die Vergangenheit zurückversetzt. Die einzelnen Rituale der katholischen Zeremonie waren ihm noch erstaunlich vertraut, auch als zum Ende hin der Weihrauch genauso üppig geschwenkt wurde wie früher bei den Gottesdiensten in Rimini. Und wie damals war es Simon einen Augenblick schlecht davon geworden, aber vielleicht bildete er sich das auch nur ein, als Reminiszenz an die gequälten Kirchenbesuche seiner Kindheit.

In Ronco zurück, hatte Tommaso darauf bestanden, noch die Bistecche zu servieren, und in der Tat waren sie köstlich. Simon genoss diesen Weihnachtsabend diesmal doch mehr, als er im Vorfeld vermutet hätte. Noch bis tief in die Nacht saßen sie etwas betrunken am Kaminfeuer neben der strahlenden Plastiktanne und hörten Songs von Sinatra in unziemlicher Lautstärke, bis ein Taxi kam, das Tommaso durch den Schnee und die helle Nacht zurück nach Orta San Giulio brachte und Simon und Luisa todmüde ins Bett fielen.

Als es zum dritten Mal klingelte, griff Simon schließlich doch zu seinem Handy. Es war Gianluca, der schon seit einer halben Stunde in Borgomanero auf ihn wartete. Simon schaute auf die Uhr. Halb zwölf, so tief in den Vormittag hatte er schon lange nicht mehr geschlafen.

»Ciao, Simon«, begrüßte Gianluca ihn, »langsam wirst du wirklich zum Vollblutitaliener. Von deinen deutschen Tugenden ist jedenfalls offenbar nichts mehr übrig …«

»Sorry, es ist sehr spät geworden, und ich habe verschlafen. Ist es okay, wenn ich trotzdem noch bei dir vorbeikomme?«

»Ja, ewig habe ich zwar nicht Zeit, aber komm vorbei, das Weihnachtsessen fällt bei mir ohnehin aus. Ich habe heute Feiertagsdienst, leider, aber meiner Figur bekommt das wahrscheinlich gut.«

Dem konnte Simon nur zustimmen. Gianluca war ein großer Esser, liebte Pasta in allen Variationen, und er war, obwohl viel jünger als Simon, erheblich beleibter. Seitdem er einmal ein paar Wochen in Bayern verbracht hatte, mochte er auch deftige deutsche Küche. Schweinshaxe, Bratkartoffeln und Bratwürste zählten zu seinen Lieblingsgerichten, und hin und wieder nötigte er Simon, etwas davon für ihn zuzubereiten. Mit seinen Essgewohnheiten gehörte Gianluca zweifellos zu dem Personenkreis, an den in Italien vor Weihnachten regelmäßig Warnungen ergingen, es mit der Völlerei beim *pranzo di Natale* nicht zu übertreiben.

»Ich habe schon ein bisschen vorgearbeitet, was diesen Padre Ferrante betrifft«, sagte Gianluca. »Dann geht es nachher schneller. Aber mach dich auf eine Überraschung gefasst.«

Gianluca wohnte im Süden des Sees, in Borgomanero, nicht weit entfernt von der zentralen Piazza, in einem etwas düsteren Altbau im vierten Stock. Simon fand ohne Mühe einen Parkplatz ganz in der Nähe. Das eigentlich muntere Geschäftszentrum des Städtchens war wie ausgestorben; überall saß man um diese Zeit an großen Tafeln beim Weihnachtsmittagstisch, ob zu Hause oder in den Restaurants.

Simon nahm die Steintreppe hoch zu Gianlucas Apartment, zu seiner Überraschung, ohne außer Atem zu kommen, trotz der langen Nacht. Das Haus, in dem Gianluca lebte, war eine *casa di ringhiera*, wie es sie zahlreich in Mailand, aber hier und da auch in der Region gab. Drei Flügel umgaben einen gepflasterten Innenhof, auf den die Fenster und umlaufenden Balkone der einzelnen Etagen hinausgingen. Jetzt war der Hof verschneit, ein paar Fahrräder und große Müllbehälter standen etwas chaotisch herum, in einer Ecke auch Gianlucas Vespa, die sich unter einer schneebedeckten Schutzhaube versteckte.

In seiner kleinen Wohnung war es wie immer unaufgeräumt und trotz des hellen Wintervormittags düster, weil er noch nicht alle Klappläden geöffnet hatte. Aber der Espressoduft hing verlockend im Raum, die Kanne stand blubbernd auf dem Herd, und der Computer war hochgefahren, daneben lag ein Stapel Blätter, die Gianluca schon ausgedruckt hatte.

Simon zog einen Beutel aus der Tasche und legte ihn auf den Schreibtisch. »*Auguri*! Und noch mal sorry.«

Gianluca hielt den Beutel an die Nase und zog den Duft ein. »Mmh, wie das duftet! Zimtsterne?«

»Ja, die hat Luisa gebacken, so was magst du doch wahrscheinlich?«

»Ich mag fast alles, leider.«

Ungefragt servierte Gianluca Simon einen doppelten Espresso mit viel Zucker, zog ihm einen Stuhl heran, griff dann zu den Papieren. »Ich habe nicht viel Zeit, Simon, der Job wartet. Ich bin aber, wie gesagt, in unserem Archiv schon fündig geworden. Das war nicht besonders schwierig. Nur sind die Sachen, die ich über den Padre gefunden habe, alle schon ziemlich alt. Was möchtest du zuerst sehen, soll ich die Spannung langsam steigern oder willst du gleich die Überraschung hören?«

»Ganz wie du willst.«

»Also, seit den achtziger Jahren und bis 2002 war Ferrante Priester in Vercelli. Da hat ein Kollege, der nicht mehr bei uns ist, mal ein Porträt über ihn gebracht. Der Padre hat da einigermaßen originelle Sachen gemacht, war ein sportlicher Typ und hat die Jungs in seiner Gemeinde im Fußball trainiert. Er war ein engagierter Mann, hat nicht nur Bibelstunden und Predigten gehalten, sondern sich für die Jugendlichen richtig eingesetzt, vor allem für solche, die aus schwierigen Verhältnissen kamen. Er hat dann da zum Beispiel so einen Verein gegründet, mit Leuten, die denen beim Berufseinstieg geholfen haben.«

»Wie das?«

»Die haben Patenschaften für die Jungs übernommen, also ihnen Tipps gegeben und vor allem natürlich ihre Beziehungen für sie spielen lassen. Das Ganze war wohl ziemlich erfolgreich, schreibt jedenfalls mein Kollege. Hier, lies selbst, das ist das Porträt.«

Simon griff zu dem Artikel. Das Foto zeigte einen Mann, der wenig Ähnlichkeit mit dem Herrn in den späten Sechzigern und weißen Haaren hatte, den er bei dem nächtlichen Gottesdienst auf der Insel erlebt hatte. Der Mann auf dem

Foto war schlank, hatte volles dunkles Haar, ein kantiges Gesicht und sah tatsächlich eher aus wie ein Fußballtrainer als wie ein Kirchenmann. Man musste schon genau hinsehen, um auf dem Ausdruck zu erkennen, dass er ein Priesterkleid trug.

»*Business angels* hießen die Paten? Das ist ja ein origineller Titel für einen Verein, den ein Priester gegründet hat. Hat dieser Ferrante womöglich auch noch Humor?«

»Jedenfalls ist es ihm gelungen, ein paar wichtige Leute aus Vercelli in seinen Verein zu holen. Wie gesagt, das Ganze war ziemlich erfolgreich, ist aber eingeschlafen, als er die Gemeinde verlassen hat.«

»Und warum ist er da weg?«

»Jetzt wird es spannend.« Gianluca griff sich ein paar weitere Blätter. »2002 wurde die Luft nämlich dünn für den Padre. Man hat ihn verdächtigt, schwul zu sein. Das hätte er wohl noch überlebt, aber irgendwoher kam dann das Gerücht auf, dass er einen von den Jungs aus der Fußballtruppe verführt hätte.«

»Und? War da was dran?«

»Schwer zu sagen. Er hat es abgestritten, und der Junge, um den es ging, hat es auch nicht bestätigt. Seine Eltern haben das damals angezeigt. Aus heutiger Sicht, wo man weiß, was so alles in der katholischen Kirche passiert und vertuscht worden ist, ist man natürlich trotzdem skeptisch. Also vermute ich mal, dass da schon etwas war.«

»Und der Junge, wie ist es mit dem weitergegangen?«

»Keine Ahnung. In den Artikeln steht nur sein Vorname. Dario. Ich weiß nicht, was aus ihm geworden ist.«

»Und was ist dann mit dem Padre passiert?«

»Man hat ihn schnell aus der Schusslinie genommen. So,

wie das damals üblich war. Und leider zum Teil ja auch heute noch. Man ist den Vorwürfen nicht sehr gründlich nachgegangen, hat das Problem, also den Mann, still und heimlich versetzt und eine Decke des Schweigens über alles ausgebreitet.«

»Das heißt, er wurde dann auf die Insel geschickt? Und da hat er einen neuen Posten bekommen?«

»Ja. Aber man hat ihn in seinen Aufgaben sehr beschnitten. Er macht seitdem keine eigentliche Gemeindearbeit mehr. Man hat ihm dieses Häuschen auf der Insel überlassen, und er betreut die Nonnen im Kloster von Pettenasco. Für die hält er jeden Tag die Messen ab.«

»Das steht auch in deinen Artikeln?«

»Nein, die sind ja alle älter. Seit dem Vorfall in Vercelli haben wir nichts mehr über ihn gebracht. Aber ich habe ein bisschen herumtelefoniert. Du kannst es dir vielleicht nicht vorstellen, aber auch so ein kleiner Provinzjournalist wie ich ist in der Lage, ein bisschen zu recherchieren.« Gianluca grinste. »Aber dafür ist mal wieder ein gutes Schnitzel mit Bratkartoffeln fällig.«

»Okay, kriegst du. Kann ich die Artikel haben?«

»Ja, ist inklusive. Wenn es noch ein gutes deutsches Bier zum Schnitzel gibt.«

»Kriegst du auch«, Simon lachte. »Und machst du mir jetzt noch einen Espresso und wir plaudern noch ein bisschen?«

»Nein, mein Lieber. Ich schmeiße dich jetzt raus, weil ich an die Arbeit muss.«

Nachdenklich nahm Simon die matschige Straße von Borgomanero zurück an den See. Er fuhr langsam und vorsichtig, obwohl er fast allein unterwegs war. Noch saß man überall beim Mittagsmenü, das sich bis in den Nachmittag hinziehen würde. Hinter dem Ortsausgang passierte Simon die gigantischen Einkaufszentren, die hier wie überall an den Stadträndern eines nach dem anderen aus dem Boden schossen, heute jedoch ausnahmsweise geschlossen waren. Seit er am See lebte, beobachtete Simon mit Erstaunen das Entstehen dieser riesigen Supermärkte mit ihren angrenzenden Ladenzeilen, Bars, Friseuren und Boutiquen. Zuweilen wechselten die Märkte den Namen, aber nicht das Angebot, und Simon fragte sich, wie sie alle miteinander überlebten. Wenn nicht gerade Weihnachten war, machten die Kunden bis spät in den Abend und auch an Sonn- und Feiertagen hier nicht nur ihre Großeinkäufe, sondern flanierten dort *en famille* oder mit Freunden. Das öffentliche Leben auf der Piazza, hatte Tommaso einmal sarkastisch bemerkt, sei in Italien durch die *passeggiata* auf diesen Geschäftsmeilen ersetzt worden.

Simon steuerte seinen Peugeot fast automatisch über die schnurgerade verlaufende Straße, hing seinen Gedanken nach. Ihm schwirrte der Kopf. Seine Intuition sagte ihm, dass die Todesfälle von Mutter und Tochter Hofmann etwas miteinander zu tun haben mussten, aber er fand die Verbindung nicht. Daher versuchte er, sich auf Leonie zu konzentrieren. Hatte der Padre etwas mit ihrem Tod zu tun? Das war tatsächlich schwer vorstellbar. Aber vielleicht indirekt? Wenn er schwul war, war es jedoch noch unwahrscheinlicher, dass er der Mann mit dem göttlichen Mund war. Aber womöglich hatte Leonie etwas über ihn und seine Vergangenheit herausgefunden, ihm gedroht, das publik zu machen. Ihn womöglich sogar erpresst? Ein Biest sei sie gewesen, hatte die Novizin in Varallo gesagt. Vielleicht war ihr das also zuzutrauen. Er musste mit Carla darüber sprechen, hören, was sie davon hielt. Er griff zu seinem Handy und rief sie an.

»*Scusi,* Carla, ich hoffe, ich störe Sie nicht mitten am Feiertag?«

»Nein, Simone, kein Problem, bei mir weihnachtet es heute nicht. Ich bin in Omegna auf dem Revier. Und es ist gut, dass Sie anrufen, ich wollte mich auch gleich bei Ihnen melden, ich bin Ihnen ja noch eine Information schuldig. Wir haben nämlich die Novizin in Varallo befragt. Sie hat zugegeben, dass sie sich mit Leonie heftig gestritten hat, aber zu Tätlichkeiten sei es nicht gekommen, sagt sie. Sie habe sich im Dunkeln gestoßen, daher der blaue Fleck.«

»Und der Ring?«

»Sie wusste gar nicht, dass das ein Ring von Leonie ist. Padre Ferrante hat ihn ihr gegeben. Als sie noch mal auf der Insel war, um ein paar von ihren persönlichen Sachen im Kloster abzuholen. Da hat sie sich auch von ihm verabschiedet, und da hat er ihr den Ring geschenkt.«

»Und wann war das?«

»Schon am Tag, bevor wir Leonies Leiche gefunden haben. Leonie muss dem Padre den Ring also irgendwann früher schon gegeben haben. Oder vielleicht hat sie ihn in seinem Haus liegen lassen.«

Simon wunderte sich. Carla schien das alles leichtzunehmen. Er aber war überzeugt, dass die Novizin etwas verschwieg und dass in diesem Zusammenhang schon wieder der Padre auftauchte, fand er verdächtig. Kurz berichtete er Carla noch, was er über den Priester herausbekommen hatte. Aber auch davon blieb sie unbeeindruckt. »Nein, Simone, das ist ein harmloser älterer Herr, ich vermute, jenseits von Gut und Böse. Außerdem war er ja gar nicht auf der Insel, als der Mord passiert ist und hat ein wasserdichtes Alibi.« Jenseits von Gut und Böse – schon wieder benutzte Carla eine Formulierung, die auch Luisa verwendet hatte. »Da verrennen Sie sich, Simone«, fuhr sie entschieden fort. »Unser Mann ist Max Huber, da bin ich mir so gut wie sicher. Gleich taucht übrigens Ihr Freund Tommaso Marchesi hier auf. Er hat eine Aussage seines Mandanten angekündigt. Ich schätze, dann können wir den Mord an Leonie zu den Akten legen. Aber einen Moment bitte, Simone.« Simon hörte, dass sie jemanden begrüßte. »Ich muss Schluss machen«, sagte sie dann, »Stefano ist gerade zur Tür reingekommen. Ich melde mich aber wieder bei Ihnen. Und vergessen Sie nicht, dass Weihnachten ist. Und grüßen Sie Luisa von mir.«

Mit dem Hinweis auf Luisa hatte sie recht. Er musste sich unbedingt bei ihr melden. Er wählte ihre Handynummer, aber sie ging nicht dran, und er hinterließ ihr nur eine Nachricht. Seine Frauen schienen ihn zurzeit nicht zu brauchen. Carla hatte nicht nach ihm als Übersetzer für die bevorstehende Aussage Hubers verlangt, und Luisa kam anscheinend ebenfalls gut ohne ihn aus. Vielleicht war das der Grund, warum er sich in diesem Augenblick mal wieder für einen Alleingang entschied. Er würde sich auf sich selbst und seine Intuition verlassen, zu dem Priester auf die Insel fahren und dem Mann auf den Zahn fühlen.

20

Das Haus von Padre Ferrante lag nah beim Kloster und wirkte neben all den anderen üppigen Anwesen auf der Insel klein und geradezu schäbig. Die ursprünglich einmal weiß gestrichene Fassade war schmutzig grau, blätterte hier und da ab, die Fensterläden sahen vermodert aus, waren an den Rändern rissig und hätten einen neuen Anstrich gebraucht. Es grenzte direkt an die *Via del Silenzio*, den schmalen gepflasterten Pfad rund um die Isola San Giulio, und einen Garten schien es nicht zu geben. Vielleicht war es früher ein Pförtnerhaus oder eine Unterkunft für Bedienstete, überlegte Simon.

Wie alles rund um den See herum war auch die Insel ganz in Weiß getaucht, und die Schneehaube passte so gut zu ihr, dass es fast schon zu zuckrig wirkte, und Simon sich wieder an eine Schneekugel erinnert fühlte, nur dass er sich jetzt mittendrin in ihr befand.

Der *Weg der Stille* war verwaist, das Restaurant, in dem er mit Carla gegessen hatte, geschlossen. Auch in Orta war gar nichts los gewesen, die Piazza wie leer gefegt, und nur mit Mühe hatte Simon ein Schiffstaxi aufgetrieben, mit dem er auf die Insel übergesetzt war.

An Padre Ferrantes Haus gab es keine Klingel, aber einen Türklopfer, den Simon mehrmals betätigte, ohne dass sich etwas tat. Schon wollte er sich abwenden und den Rückzug antreten, als sich dann doch etwas in ihm dagegen sperrte. Zwar hatte er Carla nach dem letzten Fall versprochen, nicht mehr auf eigene Faust zu ermitteln und sowieso nichts Illegales zu unternehmen, aber die Neugier hatte ihn gepackt und ließ ihn nicht los, wahrscheinlich auch, weil er mit Carlas Vorgehen nicht ganz einverstanden war. Sollte er sich über sein Versprechen hinwegsetzen? Was konnte schon passieren? Das Haus schien leer zu sein, und es war niemand zu sehen, der ihn beobachten könnte. Natürlich würde er nicht einbrechen. Aber vielleicht war es ja gar nicht abgeschlossen?

Simon sah sich nach allen Seiten prüfend um, drückte schließlich entschlossen die Klinke herunter. Und tatsächlich ging die Tür auf, zu seiner Erleichterung ganz lautlos. Vorsichtig setzte er einen Fuß in das Haus und fand sich direkt im Wohnraum des Padre wieder.

»Ist da jemand?« Keine Antwort. Er zog die Tür hinter sich zu. Noch bevor sie ins Schloss fiel, tat es einen Knall, dann schepperte es anhaltend. Simon zuckte zusammen. Was war das? Ein hastiger Blick, bis er erkannte, dass ein metallener Becher über den Steinfußboden kullerte, langsam ausrollte und endlich unter dem Küchentisch liegen blieb.

Simon schaute suchend um sich, hörte ein Fauchen. In der Ecke, auf einem ein wenig verschlissenen, aber bequem aussehenden Sofa, saß eine kleine, grau-weiß gesprenkelte Katze, machte einen Buckel. Sie musste den Becher ins Rollen gebracht haben. *»Vieni qui gattino«*, lockte Simon sie mit sanfter Stimme, aber sie starrte nur mit großen, hellen Augen zurück, drückte sich verängstigt tiefer in das Polster und blieb, wo sie war. Dann machte sie auf einmal einen

Satz und verschwand blitzschnell über eine Holztreppe in das obere Stockwerk.

Simon ließ seinen Blick durch den Raum schweifen. Das Haus des Priesters war schlicht eingerichtet, aber trotz des kalten Steinfußbodens war es einladend, vielleicht wegen der vielen Bücher in den Regalen und weil eine Gasheizung auf kleiner Flamme lief, die Wärme verbreitete, und vielleicht auch, weil ein Hauch von Rosenwasser in der Luft lag. An einem Haken in einer Ecke des Raums hing das weiße Priesterkleid, und etwas versteckt darunter stand aufrecht das Schwert, das der Padre bei der Weihnachtsmesse getragen und mit dem er den kleinen Eklat verursacht hatte. Im hinteren Teil des Raumes befand sich die Küche, mit einem alten Gasherd und davor einem runden Holztisch, auf dem noch eine Espressokanne, ein Becher und ein Glas Marmelade standen.

Der Padre musste nach dem Frühstück aufgebrochen sein, war sicher schon eine ganze Weile unterwegs und konnte jeden Moment zurückkehren. Simon musste auf der Hut sein, um keinen Preis durfte er sich von ihm überraschen lassen.

Er drang jetzt schon zum zweiten Mal kurz hintereinander unbefugt in privates Eigentum ein, wenn auch nicht ohne Skrupel. Denn er war eigentlich keiner, der sich bedenkenlos über Regeln hinwegsetzte. In seiner Zeit als Polizeireporter hatte er sie stets respektiert und Kollegen, die das nicht taten, weil sie unbedingt Erfolge erzielen, die Nase vorn haben wollten, scharf kritisiert. Der Zweck heiligt nicht die Mittel – daran hatte er sich eigentlich immer gehalten, auch wenn es ihm schon damals manchmal schwerfiel. Doch so langsam kam er an der Einsicht nicht mehr vorbei, dass sich an dieser Einstellung wohl etwas geändert hatte. Aber warum, fragte er sich. Lag es an der Tatsache, dass er jetzt durch und durch ein Einzelgänger war? In gewisser Weise war er das zwar immer schon gewesen, war er immer eigene Wege gegangen. Aber seit er nicht mehr in Frankfurt lebte, nicht mehr fest bei seiner Zeitung arbeitete, bewegte er sich in einem Vakuum, einem leeren Raum ohne Haltegriffe. Früher hatte es einen Rahmen gegeben, einen Kodex, der ihn einband, die Zusammenarbeit mit der Polizei, die Regeln seiner journalistischen Zunft. Das war ein Netz gewesen, das ihn umfing, ohne dass er es spürte. Jetzt nahm er sich mehr heraus, weil er aus diesen Zusammenhängen herausgefallen war, nicht mehr dazugehörte. Aber er musste ehrlich mit sich sein. Es hatte ihn niemand gestoßen, er war ganz freiwillig aus dem Netz gestürzt. Und eigentlich bereute er es auch nicht. Eigentlich. Simon war sprachlich zu versiert, um sich nicht bei den Untiefen seiner gedanklichen Formulierungen zu ertappen. Wenn er tatsächlich ehrlich mit sich war, wünschte er sich doch zuweilen, seinen Weg nicht immer so einsam gehen zu müssen.

Die Katze war die Treppe wieder vorsichtig heruntergekommen, strich maunzend um Simons Beine, hatte wahrscheinlich Hunger. Ein Napf war nirgendwo zu sehen, nur das übliche Schälchen mit Milch. Das Tier riss ihn aus seinen Gedanken, zum Glück, dachte Simon, denn es war jetzt nicht der Moment, zu grübeln und um sich selbst zu kreisen, er musste sich beeilen und dieses Haus unbedingt rechtzeitig verlassen, bevor der Priester zurückkehrte und ihn entdeckte. Er wusste ohnehin nicht, was er hier wollte, ließ sich allein von seiner Intuition leiten. Wonach suchte er? Er hatte keine Ahnung. Dass alles im Haus des Priesters überschaubar und aufgeräumt war, machte die Sache immerhin einfacher.

An einer Wand stand eine alte Vitrine mit gedrechselten Füßen, in ihren Regalen hinter den Glastüren aufgereiht eine beachtliche Menge von Pokalen. Es waren Fußballtrophäen, alle gut zwanzig, dreißig Jahre alt. Die hatte der Padre wahrscheinlich bei Wettbewerben mit den *ragazzi* aus Vercelli gewonnen, von denen Gianluca berichtet hatte. Vor dem Fenster ein Schreibtisch, darauf ein zugeklappter Laptop und ein paar Stifte, ein Stapel Akten und lose Papiere, auch eine Bibel und eine in schwarzes Leder gefasste Kladde. Simon zog seine Lederhandschuhe an – so viel Polizeiroutine musste wenigstens sein, damit er hier nicht Spuren verwischte – und nahm sie in die Hand, blätterte darin. Notizen und Bibelzitate, lauter Texte, von denen Simon nicht viel verstand. Vermutlich hatte der Priester seine Gedanken für Predigten in der Kladde notiert.

Simon wollte sie schon zurücklegen, als er bemerkte, dass zwischen den vollgeschriebenen Blättern eine Seite fehlte. Jemand musste sie herausgetrennt haben, wie man an dem perforierten Überstand in der Heftmitte erkennen konnte. Simon kam eine Erinnerung. Er kannte dieses Papier. So hatte die Seite ausgesehen, die Carla bei den Habseligkeiten von Leonie gefunden hatte und auf der der Fundort des Autowracks im See eingezeichnet war. Es war das gleiche feine, gelblich getönte Papier mit Goldrand, und es war ebenfalls am Rand perforiert gewesen, entsann er sich. Hatte Leonie die Skizze in die Kladde gezeichnet? Oder der Priester selbst, und sie hatte das Blatt von ihm bekommen?

Das war wahrscheinlicher. Also wusste er wohl mehr über das, was vor acht Jahren passiert war. Wusste womöglich, dass das Auto in den See gestürzt und wo es zu finden war. Danach sah es zumindest aus, wenn die Skizze tatsächlich aus dieser Kladde stammte.

Was das bedeutete, wusste Simon nicht. Er legte sie wieder zurück auf den Schreibtisch, zog nachdenklich und fast automatisch noch die Schubladen eine nach der anderen auf, entdeckte noch mehr Schreibkram und einen ganzen Haufen Süßigkeiten, Bonbons, dunkle Schokolade, feinste piemontesische Trüffel. Was war der Priester für ein Mensch? Welche Geheimnisse hatte er? Jedenfalls schien er vernascht zu sein.

Simon warf noch einen Blick in die Regale, wo es neben theologischen Schriften eine kleine Abteilung mit italienischer und französischer Belletristik gab, alles sehr anspruchsvolle Lektüren, darunter auch einige Gedichtbände, außerdem eine ganze Reihe von Kriminalromanen, ebenfalls durchweg Klassiker, Poe, Simenon und Highsmith. Auch ein paar Italiener waren dabei, unter anderem einer, den Simon großartig fand: Giorgio Scerbanenco, eine glückliche Wiederentdeckung aus den sechziger Jahren.

Jetzt blieb in dem kleinen Haus nur noch das erste Stockwerk. Sollte er es riskieren? Dort oben säße er noch mehr in der Falle, falls der Padre zurückkam. Wieder siegte Simons Neugier. Nur noch ein schneller Blick, sagte er sich, dann würde er sofort von hier verschwinden.

Mit ein paar Sätzen, nicht ganz so behände wie die Katze, aber für sein Alter durchaus vorzeigbar, nahm Simon die Treppe und fand sich in einem Flur wieder, von dem aus man in das Schlafzimmer des Priesters gelangte. Es war der einzige Raum auf diesem Stockwerk, außer einem kleinen Bad, das direkt gegenüber lag. Auch hier war alles übersichtlich, das Bett gemacht, auf dem Nachttisch eine Mineralwasserflasche und ebenfalls eine Bibel. Durch eine Glastür fiel Licht in den Raum und führte hinaus auf einen kleinen Balkon, den Architekten, wie Simon von Luisa wusste, französisch nannten, was bedeutete, dass er gerade so viel Platz bot, dass man aufrecht auf ihm stehen konnte. Aber das genügte, um die Aussicht auf den See zu genießen, die bis zum Hafen und zu den Uferhäusern von Pella reichte.

Auch der Nachttisch hatte eine Schublade, abgeschlossen, aber der Schlüssel steckte. Simon zog sie auf. Wieder Schokolade, außerdem eine Bonbondose. Er nahm sie an sich, drehte sie in der Hand, öffnete sie. Manschettenknöpfe und Krawattennadeln. Brauchte ein Priester so etwas?

Jedenfalls war Simon der Padre, nach allem, was er von ihm hier sah und erfuhr, eigentlich sympathisch. Vielleicht verdächtigte er ihn zu Unrecht. Aber da war die fehlende Seite aus der Kladde. Zumindest schien er mit dem Tod von Leonies Mutter etwas zu tun zu haben. Was Simon doch ein wenig nervös machte. Wer weiß, was geschah, wenn der Priester ihn hier entdeckte? Es wurde Zeit, sein Haus zu verlassen. Simon war schon auf dem Weg zur Treppe, als unten die Tür ging. Der Padre? Dann säße er wie befürchtet in der Falle. Aber wer sollte es sonst sein?

Simon wich vorsichtig zurück in das Schlafzimmer, schaute unter das Bett, ob sich dort ein Versteck für ihn fände, kam sich lächerlich vor, aber noch stärker war seine wachsende Sorge, hier oben ertappt zu werden. Von unten drangen Geräusche zu ihm hoch. Der Padre, wenn er es denn war, machte sich in der Küche zu schaffen, ein Schrank ging auf, Geschirr wurde herausgenommen, abgestellt.

Dann war es einen Moment still. Simons Herz machte Sprünge. Was sollte er tun? Sich zu erkennen geben? Aber wie sollte er sein Eindringen erklären? Und riskierte er nicht, dass die Person dort unten ihn aus Angst oder vor Schreck sofort attackieren würde? Simon musste an das Schwert denken, das im Wohnraum in der Ecke stand, eine zweifellos wirkungsvolle Waffe. Ging er nicht doch besser in die Offensive, als hier oben weiter in der Falle zu sitzen? Wenn es der Priester war, würde er ihm schon nichts antun. Aber war er nicht verdächtig, etwas mit einem Mord zu tun zu haben? Simon konnte nur hoffen, dass er auf einer falschen Fährte war. Es blieb nur ein Weg. Er würde sich zu erkennen geben und behaupten, dass er die Katze von der Straße aus erbärmlich schreien gehört und deshalb geklopft habe, und als niemand öffnete, das nicht abgeschlossene Haus betreten habe, um nach ihr zu sehen.

Schon war er auf halbem Weg zur Treppe, als er wieder ein Geräusch hörte. Schritte. Dann fiel die Haustür zu. Simon lauschte weiter, immer noch angespannt, wartete fünf Minuten. Nach und nach beruhigte er sich, sein Herz schlug wieder langsamer. Noch ein vorsichtiger Blick von oben, dann nahm er die Treppe hinunter. Schon auf der letzten Stufe sprang ihm die Katze entgegen, die nun offensichtlich doch Zutrauen zu ihm gefasst hatte. Auf dem Küchentisch stand ein großer, runder mit dunkler Schokolade überzogener Kuchen. Simon seufzte erleichtert. Jemand hatte dem vernaschten Padre eine weihnachtliche Süßigkeit vorbeigebracht, vielleicht eine aufmerksame Nachbarin.

Jetzt weg von hier, so schnell es geht, dachte Simon, strich der Katze noch einmal zärtlich über die Schnauze und verließ das Haus. Draußen schlug ihm ein kalter Wind entgegen. Es hatte wieder begonnen zu schneien. Aber das tat ihm gut. Er hielt sein Gesicht in den eisigen Zug, fing die Schneeflocken auf und genoss die kühle Feuchtigkeit, die sich bei ihrem Aufprall auf der Haut ausbreitete. Es war noch früher Nachmittag, aber es begann schon zu dämmern. Die Insel war immer noch menschenleer, vollkommen still. Die Häuser lagen verlassen da, nur ganz hinten, es musste das Haus der Barones sein, sah Simon in einem Raum im oberen Stockwerk Licht. War das Marta Barone? Bei diesem Wetter? Langsam lief er durch das Schneetreiben zum Anlegesteg und überlegte, wie er ein Schiffstaxi auftreiben könnte. Auf halbem Weg kam ihm eine vermummte Gestalt entgegen, einen Kaschmirschal um den Hals geschlungen und in einen eleganten schwarzen Mantel gehüllt. Es war ein Mann, und er nickte Simon im Vorübergehen fast unmerklich zu, ohne ein Wort zu sagen. Simon brauchte einen Moment, bis er begriff. Max Huber. Carla hatte ihn also gehen lassen.

21

Schon vom Schiffstaxi aus, das ihn zurück nach Orta San Giulio brachte und in dem er der einzige Passagier war, sah Simon, dass in Tommasos Haus am Ufer Licht brannte, und er beschloss, den Freund kurz aufzusuchen, um zu erfahren, wie er es geschafft hatte, Max Huber frei zu bekommen. Von seinen Entdeckungen im Haus des Priesters würde er ihm besser nicht berichten, in jedem Fall nicht, bevor er Carla darüber informiert hätte. Aber wie sollte er das alles erklären, ohne sein eigenmächtiges und nicht legales Vorgehen offenzulegen? Noch schob er den Gedanken von sich.

Tommaso öffnete ihm in einem Bademantel aus schwarzer Seide, begrüßte ihn zunächst etwas unwillig, und als Simon ihm in den Wohnraum folgte, verstand er, warum. Im Fernsehen lief ein Fußballspiel zwischen Inter und AC Mailand. Normalerweise war Weihnachten, zumindest der erste Feiertag, auch im fußballverrückten Italien matchfrei, aber dies war ein weihnachtliches Benefizspiel zugunsten von Erdbebenopfern im Süden Italiens.

Gerade hatte die zweite Halbzeit begonnen, und es stand unentschieden. Unter anderen Umständen hätte Simon es sich sofort auf dem Sofa bequem gemacht und das Match gemeinsam mit Tommaso angesehen, aber er wollte möglichst bald zurück in Ronco sein. Noch immer hatte er Luisa nicht auf dem Handy erreicht, und er begann sich etwas um sie zu sorgen. Es zog ihn jedenfalls nach Hause, wo sie ihm sicher eine Nachricht hinterlassen hatte.

Wie um Tommaso zu signalisieren, dass er nicht lange bleiben würde, legte er seine Jacke nicht ab und blieb mitten in dessen weitläufigem Wohnraum stehen, zwischen all den schweren alten Möbeln, diesem düsteren Interieur, das Tommaso von seiner Familie zusammen mit deren Sommerhaus am Seeufer übernommen hatte. Tommaso fremdelte mit seinem bourgeoisen Wohnsitz, weigerte sich offensichtlich, ihn sich wirklich anzueignen und einigermaßen wohnlich zu machen, und das seit Jahren.

Tommaso holte Simon trotzdem ein Bier und rückte ihm einen zweiten Sessel vor dem Fernseher zurecht. Auf Simons Bitte stellte er immerhin den Ton leiser, was bei der Redseligkeit italienischer Fußballkommentatoren, die noch dazu stets zu zweit auftraten, bitter nötig war, wenn man sich unterhalten wollte. Generell sah Simon Fußballspiele lieber im deutschen Fernsehen, wo es, zumindest im besten Fall, sachlicher und ruhiger zuging, auch mal nichts gesagt wurde.

Widerwillig und mit einem Auge stets weiter bei dem Geschehen auf dem Bildschirm, begann Tommaso Simon zu berichten, wie der Nachmittag auf dem Revier mit Max Huber verlaufen war. »Deine Luisa hängt uns alle ab, dich, Carla und mich sowieso. Die hat die richtige Nase gehabt«, sagte er. »Max Huber ist tatsächlich der Vater von Leonie Hofmann.«

»Ach komm. Und seit wann weiß er das?«

»Erst seit kurzem. Als sie auf der Insel aufgetaucht ist, hat ihn aber sofort ihre Ähnlichkeit mit seiner früheren Geliebten frappiert. Dann hat er ihre Bekanntschaft gesucht und schnell verstanden, dass er ihr Vater sein musste. Er war sich sicher, dass es zum Zeitpunkt seiner Affäre mit Marlene Hofmann keinen anderen Mann in ihrem Leben gegeben hat, und da war es eine ganz einfache Rechnung. Sie hatte ihm ihre Schwangerschaft verschwiegen. Wahrscheinlich hat sie die erst bemerkt, als er sie schon verlassen hatte. Für ihn war seine Beziehung zu ihr damals – das Ganze ist ja mehr als zwanzig Jahre her – nur eine seiner vielen Affären. Jedenfalls hat er sie nicht besonders ernst genommen. Das handhabt er wohl bis heute mit seinen Frauen so.«

»*Gol, gol, gol!*« Die Stimme des Kommentators überschlug sich, und auch Tommaso sprang jubelnd aus seinem Sessel auf. Der AC Milan hatte getroffen, ging in Führung.

»Und es steht fest, dass er der Vater ist?«, fragte Simon, als der Ball auf dem Spielfeld wieder lief, Tommaso saß und der Lautstärkepegel des Kommentators wieder gehobenes italienisches Normalmaß hatte.

Tommaso ließ jetzt für einen Moment sogar das Match aus den Augen und sah Simon an. »Er hat selbst einen Vaterschaftstest machen lassen. Vor ein paar Wochen. Es gibt keinen Zweifel.«

»Und Leonie? Wusste die das? Hat er ihr das gesagt?«

»Ja, an dem Nachmittag, als sie umgebracht wurde.«

»Und wie hat sie reagiert?«

»Sie war außer sich, total wütend, sagt er. Habe ihn sogar attackiert, nach ihm geschlagen. Daher der blaue Fleck unter seinem Auge und die Spuren von ihm an ihrer Kutte. Aber dann hat sie sich wohl beruhigt, hatte es auf einmal sehr eilig, sagt er. Sie habe nur noch schnell weggewollt und ist mit ihren Büchern zum Kloster verschwunden.«

»Diese Wut kann man ja verstehen, oder? Er hat ja sie und ihre Mutter im Stich gelassen.«

»Unsinn, Simon. Er hat doch nichts von der Schwangerschaft gewusst.«

»Aber er hat sie trotzdem irgendwie im Stich gelassen. Er hätte es doch eigentlich auch bemerken müssen, sie hat ja in seiner Firma gearbeitet. Ich vermute daher mal, dass er es nicht hat sehen wollen. Und wenn Marlene ihn nicht über ihre Schwangerschaft informiert hat, wird sie gute Gründe dafür gehabt haben. Gründe, die ihn wahrscheinlich nicht sympathischer machen.«

»Da magst du recht haben. Er sagt, er konnte es nicht bemerken, weil er so selten in der Firma war, immer unterwegs auf Einkaufstouren überall in der Welt. Aber ein guter Vater wäre der wohl nicht gewesen. Obwohl, wer weiß.«

»Und warum hat er eigentlich nicht gesagt, dass er der Vater ist, nachdem Carla ihn verdächtigt hat? Verstehst du das?«

»Man muss kein Freund von Huber sein, aber eines muss man ihm lassen: Er hat seine Prinzipien. Er findet, das geht niemanden etwas an. Er sagt, dass das seine Privatsache ist, die nicht in die Öffentlichkeit gehört. Und er hat eben befürchtet, dass genau das passiert, wenn er Carla davon berichtet. Da hat er lieber geschwiegen, als sich zu entlasten. Er war sich im Übrigen wohl ziemlich sicher, dass er auch ohne diese Aussage heil aus der Sache herauskommt. Womöglich hat er sich sogar eingebildet, dass er einen guten Anwalt hat.«

»Und es kann nicht sein, dass es noch einen anderen Grund für sein Schweigen gibt?«

»Was für ein Grund sollte das denn sein?«

»Vielleicht hat er zwar Leonie nicht umgebracht, aber mit dem Tod ihrer Mutter zu tun? Es ist doch jedenfalls ein komischer Zufall, dass Marlene hier umgekommen ist, also an dem Ort, an dem auch er sich niedergelassen hat.«

»Motiv?«

»Keine Ahnung. Weil er sie loswerden wollte. Weil sie Geld von ihm wollte. Was weiß ich.«

»Und das mehr als ein Jahrzehnt nach der Geburt von Leonie? Auf einmal? Wenn Marlene das gewollt hätte, hätte sie doch schon viel früher etwas unternommen. Oder Forderungen gestellt. Nein, sogar Carla hat ihm das nicht unterstellt, obwohl sie gegen ihn wirklich voreingenommen ist. So kenne ich sie gar nicht, sonst hat sie auf ihre Verdächtigen immer einen viel nüchterneren Blick.«

»Stimmt. Irgendetwas an ihm bringt sie gegen ihn auf. Außerdem macht sie, glaube ich, gerade eine schwierige Zeit durch.«

»Wegen des angeknacksten Armes?«

»Schlimmer. Ich glaube, es geht nicht um den Arm, sondern ums Herz.«

»Oje.«

»Jedenfalls hat sie Max Huber also sofort gehen lassen, nachdem sie erfahren hat, dass er der Vater von Leonie ist?«

»Ja. Allerdings hatte er noch einen Trumpf in der Tasche, mit dem er Carla endgültig von seiner Unschuld überzeugt hat. Die Vaterschaft allein hätte ja vielleicht noch gar nicht gereicht, auch wenn es eher unwahrscheinlich ist, dass ein Vater seine gerade gefundene Tochter tötet. Aber entscheidend war dann noch, dass Leonie ihm eine Nachricht auf sein Handy geschickt hat, fünf Minuten nachdem sie gegangen war.«

»Sie hatte ein Handy?«

»Ja, davon wusste man aber im Kloster nichts, sagt Huber. Das hat er ihr geschenkt. Und jetzt liegt es wahrscheinlich irgendwo tief unten im See.«

»Und was war das für eine Nachricht?«

»Sie hat sich bei ihm entschuldigt. So etwas geschrieben wie, dass sie sich noch daran gewöhnen müsse, einen Vater zu haben. Sie muss die losgeschickt haben, kurz bevor sie ihrem Mörder begegnet ist.«

»Goooool!« Der Kommentator überschlug sich wieder. Diesmal lehnte sich Tommaso seufzend in seinem Sessel zurück. Inter hatte getroffen und den Ausgleich erzielt. Simon stand auf. Er hatte genug erfahren, keine Lust mehr auf das Match, ließ sein Bier stehen und Tommaso allein vor dem Fernseher zurück.

Für den Rückweg nach Ronco brauchte Simon lange. Zwar schneite es nicht mehr, aber auf den matschigen Straßen rund um den See herum war jetzt viel los. Das weihnachtliche Mittagsmenü war beendet, die geselligen Tafeln aufgehoben, man kehrte heim, langsam wurde es Abend, und als Simon in Ronco ankam, war es dunkel.

»Luisa?« Im Haus in Ronco war kein Licht. Simon hätte sich das Rufen sparen können. Sie war nicht da. Er schaute sich überall um, lief nach oben und wieder nach unten, warf einen Blick in alle Zimmer und auch auf die Terrasse, fand keine Nachricht. Das passte nicht zu ihr. Bis auf eine Tasse mit einem Rest Cappuccino und ein paar Brösel von einer Brioche auf dem Esstisch sah alles unberührt aus, so wie er es am Morgen verlassen hatte. Das Buch, das Luisa zurzeit las, lag aufgeschlagen auf dem Sofa. War ihr doch etwas passiert? Wohin konnte sie aufgebrochen sein? Ohne Auto? Hatte sie etwa einen ihrer wahnwitzigen Schwimmausflüge im eisigen Wasser unternommen und der war schlecht ausgegangen?

Simon ärgerte sich, dass sie ihn damit immer wieder in Sorge versetzte. Unruhig eilte er nochmals auf die Terrasse, suchte den See mit den Augen ab, aber im Dunkeln war kaum etwas zu erkennen, jedenfalls nirgendwo etwas von ihr zu sehen, auch kein Boot unterwegs. Sein Blick fiel auf den Haken an der Terrassenmauer, wo immer ihre Schwimmsachen hingen. Der Neoprenanzug war unbenutzt, und ohne ihn war sie sicher nicht auf Tour gegangen. Das war immerhin eine Sorge weniger, aber beruhigt war Simon dennoch nicht.

Er griff zu seinem Handy und rief sie wieder an. Es klingelte. Nicht weit entfernt. Simon versuchte den Ton zu orten und fand das Telefon schließlich unter einer Zeitung auf dem Küchentisch. Das war seltsam. Es kam eigentlich nicht vor, dass Luisa ohne ihr Handy unterwegs war.

Simon fiel der Vorfall aus dem Kloster ein. War vielleicht doch jemand hinter ihr her? Nein, das konnte er sich eigentlich nicht vorstellen. Denn wer sollte schon etwas gegen seine italienische Freundin aus Frankfurt haben? Anders als er machte sie in Ronco einfach nur Urlaub, kam niemandem in die Quere. Womöglich doch eine der Nonnen? Aber warum? Außerdem verließen die Schwestern das Kloster niemals. Sie mochten Luisa vielleicht aus was immer für einem Grund in der Bibliothek eingeschlossen haben, aber sie hatten sicher nichts mit ihrem Verschwinden zu tun.

Wahrscheinlich gab es eine ganz harmlose Erklärung, versuchte Simon sich selbst zu beruhigen. Aber vielleicht sollte er doch für alle Fälle Carla anrufen. Die Polizistin konnte zumindest herausbekommen, ob es eine Unfallmeldung gab. Er wählte ihre Nummer, aber schon nach dem ersten Klingeln hörte Simon ein Geräusch, Schritte, die sich dem Haus näherten, muntere Frauenstimmen. Er brach den Anruf ab und spitzte die Ohren. Ein lautes, dunkles Lachen, das ganz nach Luisa klang. Ein Bellen. Das ganz nach Emma klang, dem Hund seiner Nachbarin Anna. Jetzt lachten beide Frauen, und Emma bellte wieder. Kein Zweifel, Luisa und Anna kamen den Weg durch das Dorf hinunter und würden gleich da sein.

Simon schwankte zwischen Erleichterung und Wut, aber als Luisa dann ins Haus kam, die wedelnde Emma und Anna nur einen Schritt hinter ihr, und freudestrahlend auf ihn zulief, nahm er sie wortlos in die Arme und war einfach nur froh, dass sie wieder da war.

Erst als Luisa von dem vielgängigen Mittagsmenü bei Annas Familie in Novara erzählte, zu dem die Nachbarin sie am Vormittag spontan eingeladen hatte, bemerkte Simon, dass er selbst den ganzen Tag gar nichts gegessen und einen Riesenhunger hatte. Er schaute in den Kühlschrank, fand dort noch eine Portion Bresaola, zarte Scheiben von luftgetrocknetem Rinderschinken, hobelte dünne Stücke Parmigiano darüber, belegte das Ganze mit reichlich Rucola und beträufelte es noch mit Zitrone und Olivenöl. Dazu schenkte er sich ein Glas kalten Weißwein ein. Luisa lag derweil entspannt auf dem Sofa und betrachtete den Paris-Bildband, den er ihr am Morgen noch vor seinem Aufbruch zu Gianluca, zusammen mit dem Versprechen einer Reise dorthin, geschenkt hatte. Im Hintergrund lief leise eine der

CDs aus der Miles-Davis-Sammlung, die er zusammen mit einer Mütze von Luisa bekommen hatte.

»Warum hast du denn eigentlich dein Handy nicht mitgenommen?«, fragte Simon und schob sich eine Scheibe Bresaola in den Mund.

»Tut mir wirklich leid, Simon. Anna kam spontan vorbei und hat mich gefragt, ob ich nicht mit ihr zu ihrer Familie nach Novara kommen will. Sie hatte es eilig, und wir sind sofort zusammen los, da habe ich es einfach total vergessen.«

»Dein Handy zu vergessen, ist für dich allerdings eine echte Spitzenleistung«, sagte Simon versöhnlich, denn eigentlich kannte er Luisa nur allzeit online und abrufbereit. In diesem Augenblick meldete sich sein eigenes Telefon. Er schaute auf das Display. Carla.

»*Buonasera*, Simone, ich habe Ihre Nummer in meiner Anrufliste gesehen. Warum haben Sie mich angerufen? Gibt es etwas Wichtiges?«

»Nein, es hat sich schon erledigt. Aber sind Sie denn immer noch im Dienst?«

»Nein, auf dem Weg nach Hause.«

»Können Sie wieder Auto fahren?«

»Ja, aber ich brauche gar kein Auto, ich wohne doch in Omegna, gar nicht so weit weg vom Revier.«

Das war Simon neu, und wieder einmal fiel ihm auf, wie wenig er von der Polizistin wusste, obwohl sie in diesen Tagen so viel miteinander zu tun hatten, und er sich ihr, warum auch immer, so nah fühlte. »Ich habe gehört, Sie haben Max Huber gehen lassen?«

»Immer gut informiert, der Polizeireporter. Ja, so ist es.«

»Tommaso Marchesi hat es mir erzählt.«

»Dann wissen Sie ja alles. Verrückt, dass der Huber der Vater von Leonie ist. Obwohl wir darauf auch selbst hätten kommen können, oder?«

»Stimmt.«

»Ich habe mich, was ihn angeht, wohl ohnehin ein wenig verrannt. Der Typ hat einfach Aversionen in mir ausgelöst. Das war nicht gerade eine meiner professionellen Glanzleistungen. Aber immerhin hat ja tatsächlich einiges gegen ihn gesprochen. Und nun stehen wir ganz ohne Verdächtigen da.«

»Und jetzt?«

»Keine Ahnung. Ich stecke in einer Sackgasse.«

»Und was halten Sie davon, sich doch den Priester mal anzusehen?«, sagte Simon. Er sah die Gelegenheit gekommen, Carla auf die Spur des Geistlichen zu setzen, ohne sie in seinen Alleingang einzuweihen. »Diesen Padre Ferrante. Er hat ja eine Menge mit Leonie zu tun gehabt. Und auch wenn er als Mörder nicht infrage kommt, weiß er vielleicht etwas, was auf die Sprünge hilft.«

»Ja, vielleicht haben Sie recht. Wollen Sie mitkommen?«

»Ja, sicher, gerne.« Simon war überrascht. Dass er sie so schnell umstimmen konnte, hatte er nicht erwartet. Und erst recht nicht, dass er sie gar nicht erst dafür gewinnen musste, sie zu begleiten. Eigentlich brauchte sie ihn ja nicht, weder als Übersetzer noch als Fahrer. Aber sie wirkte ein wenig verloren, außerdem hatte sie eine Niederlage einstecken müssen. Vielleicht war das der Grund, warum sie Beistand suchte, ihn an ihrer Seite haben wollte. Jedenfalls war so sein Problem gelöst. Er würde Gelegenheit haben, ihre Aufmerksamkeit völlig unauffällig auf die Kladde des Priesters und die verschwundenen Seiten zu lenken. Sollte der

Padre ihnen dabei im Nacken sitzen, dürfte das zwar nicht einfach werden, aber er würde schon einen Weg finden.

»Okay«, sagte Carla, »ich hole Sie morgen früh mit dem Polizeiboot in Ronco ab.«

»Ist Stefano wieder gesund?«

»Nein, diesmal bin ich Ihr Chauffeur.«

22

Am zweiten Weihnachtsfeiertag schien eine schon fast frühlingshafte Sonne und weichte den Schnee auf. In dicken Tropfen fiel er von den Dächern und bildete überall Rinnsale in den Gassen. Der See dampfte wie eine riesige, heiße Waschschüssel. Simon stand schon auf dem Anlegesteg in Ronco und beobachtete, wie Carla mit dem Polizeiboot in der Ferne im Dunst vor Omegna auftauchte und schnell näher kam. Sie legte ein ähnliches Tempo vor wie Stefano, drosselte dann knapp vor Ronco den Motor, fuhr langsam auf ihn zu und legte mit tuckerndem Motor an.

»*Buongiorno*, Simone. Eine neue Mütze?«

»Ja.«

»Von Luisa?«

»Ja.«

»Schön ist die.«

Simon ließ das unkommentiert, stieg wortlos zu Carla ins Boot. Sie trug wie immer Uniform und unter ihrer Kappe zum Schutz vor dem Fahrtwind einen dunkelblauen Gesichtsschutz. Das erinnerte an eine Räubermütze, aber ihre Augen darunter strahlten noch grüner als gewöhnlich. Simon setzte sich neben sie, und sie legten sofort ab. Simon bemerkte erst jetzt, als Carla das Boot um die erste Boje herumsteuerte, dass sie keinen Verband mehr trug.

»Der Arm ist also wieder okay?«, fragte er.

»Ja, ein bisschen Übung braucht er zwar noch, aber es geht schon«, sagte sie und gab Vollgas.

Das Queren des Sees, das Anlegen am Steg auf der Insel, der Gang über den *Weg der Stille*, das war alles inzwischen Routine, so oft waren sie in den letzten Tagen dorthin unterwegs gewesen. Simon versuchte, sich nicht anmerken zu lassen, dass er den Weg zu dem Haus von Padre Ferrante kannte und ihn nun schon zum zweiten Mal nahm. Er ließ Carla vorausgehen, und sie schien zu wissen, wo der Priester lebte, ging zielstrebig auf sein Haus zu, klopfte. Niemand öffnete. War er schon wieder nicht zu Hause? Der Mann war offenbar viel unterwegs, dachte Simon.

»Das ist komisch«, sagte jetzt Carla. »Ich habe uns gestern Abend nämlich noch bei ihm angekündigt. Direkt, nachdem wir beide miteinander telefoniert haben.« Sie blickte auf ihre Uhr. »Und wir sind pünktlich. Gegen zehn Uhr sind wir da, habe ich ihm gesagt.« Sie machte einen Schritt zur Seite, spähte durch das Fenster, konnte jedoch nichts erkennen, klopfte noch einmal. Immer noch nichts. Sie holte ihr Handy aus der Tasche und rief ihn an. Es dauerte einen Moment, dann hörte man das Klingeln. Es kam aus dem Haus des Padre. Aber niemand ging dran. »Das ist wirklich komisch«, wiederholte sich Carla, griff zur Klinke, drückte sie fest herunter und wirkte verwundert, als die Tür ganz leicht aufging. Simon kannte das schon, der Priester schloss anscheinend sein Haus niemals ab, vielleicht ein Beleg seines Gottvertrauens.

»Wir schauen mal nach, was da los ist, Simone. Ich habe ein blödes Gefühl.«

Sie ging voraus, Simon folgte ihr. Die Katze saß wieder auf dem Sofa, schien ihn gottlob nicht wiederzuerkennen, buckelte und duckte sich noch ängstlicher in die Polster als am Tag zuvor. Simon wollte sie zu sich locken, schnalzte sanft mit der Zunge, als Carla abrupt vor ihm stehenblieb, sodass er fast in sie hineinlief. »*Porca miseria*«, entfuhr es ihr leise zischend. Es war das erste Mal, dass Simon sie fluchen hörte. Dann sah er, was der Anlass dafür war. Der Priester lag im hinteren Teil des Raumes, neben dem Küchentisch, ausgestreckt auf dem Steinboden. In einer Blutlache. Der Schaft eines Schwertes ragte aus seinem Rücken auf. Simon schaute automatisch in die Ecke, wo am Tag zuvor das Schwert des Padre gestanden hatte. Sie war leer. Jemand hatte den Priester mit seinem eigenen Schwert getötet, dem, das er bei der Weihnachtsmesse getragen hatte.

Carla kniete jetzt neben ihm nieder, fühlte seinen Puls. »Er ist tot«, sagte sie. »Die Leichenstarre hat schon eingesetzt. Er muss schon ein paar Stunden hier liegen.« Sie nahm ihr Handy, veranlasste, was zu veranlassen war, kühl und routiniert. Das war wieder die nüchterne Polizistin, die Simon jetzt schon seit einer ganzen Weile kannte und die er so schätzte.

Eine Stunde später sah es im Haus des Priesters aus wie immer an einem Tatort, Spurensicherung, Staatsanwältin, Arzt, Carabinieri, einer nach dem anderen waren sie alle auf die Insel gekommen, trafen die üblichen Vorkehrungen und nahmen ihre Routinetätigkeiten auf, waren zum Teil inzwischen schon wieder verschwunden. Carla sprach gerade mit dem Arzt, während Simon sich etwas im Hintergrund hielt, das Geschehen aus der Distanz im Blick behielt. Es war wie früher, wenn er als Polizeireporter an einen Tatort kam, jedes Detail kühl beobachtete und abspeicherte. Trotz des grauenvollen Geschehens, des Anblicks der Blutlache, in der die inzwischen abgedeckte Leiche des Priesters lag, war er ruhig und gelassen. Er war nicht abgebrüht, aber ein Profi, an Gewalt und brutal zugerichtete Leichen gewöhnt.

Die Hände in Latexhandschuhen, die er von Carla bekommen hatte, blätterte er in der ledergebundenen Kladde. Er hatte sie, wie am Tag zuvor, auf dem Schreibtisch vorgefunden, allerdings nicht genau an der gleichen Stelle. Plötzlich blieb er beim Blättern hängen, stutzte. Es fehlte jetzt noch eine weitere Seite. Nicht in der Mitte, sondern die letzte hinter den beschriebenen. Das war neu. Jemand musste sie herausgetrennt haben, noch nachdem Simon das Haus am Tag zuvor verlassen hatte. War das der Priester vor seinem Tod selbst gewesen? Oder sein Mörder? Wo war die Seite? Und was stand darauf?

Simon blickte zu Carla, die sich noch immer mit dem Arzt unterhielt, während der schon dabei war, seine Sachen zusammenzupacken. Er musste ihr von seiner Entdeckung berichten. Aber er wusste nicht wie. Er war in der Klemme. Wie sollte er ihr klarmachen, dass in der Kladde eine Seite fehlte, und zwar erst seit kurzem? Dann müsste er ihr eingestehen, dass er schon am Vortag im Haus des Priesters gewesen war. Natürlich durfte er diese Information nicht für sich behalten. Sie konnte einen entscheidenden Hinweis über den Mord und den Täter enthalten. In jedem Fall war sie wichtig für die Ermittlungen, sehr wichtig sogar. Also musste er einen Weg finden.

Der Arzt hatte das Haus inzwischen verlassen, Carla blickte sich suchend nach Simon um, entdeckte ihn beim Schreibtisch des Priesters, machte ihm ein Zeichen. Mit der Kladde in der Hand ging er zu ihr.

»Der Padre ist seit gut sechs bis sieben Stunden tot«, sagte sie. »Der Stich hat zwar knapp sein Herz getroffen, aber er war nicht sofort tot. Er ist nach und nach verblutet. Ich vermute, dass er seinen Mörder kannte und dass der oder die ihn hinterrücks mit dem Schwert angegriffen und erstochen hat. Es ist sein Schwert. Es muss hier irgendwo herumgestanden haben, und der Täter hat ihn damit spontan attackiert.«

»Also kein geplanter Mord?«, fragte Simon.

»Nein, es sieht eher so aus, dass da jemand im Affekt gehandelt hat.«

»Er oder sie?«, fragte Simon.

»Beides ist möglich. So viel Kraft braucht man nicht, um mit so einem scharfen Schwert diesen Stich auszuführen. Aber zu treffen, das ist Glücksache. Es sieht jedenfalls nicht sehr professionell aus.«

»Wahrscheinlich hat es um irgendetwas Streit gegeben«, sagte Simon und zückte jetzt endlich die Kladde. »Schauen Sie mal. Dieses Notizbuch lag auf seinem Schreibtisch. Darin hat der Padre seine Notizen gemacht, das sind alles Gedanken und Vermerke für Predigten, soweit ich das auf die Schnelle überblicke. Aber sehen Sie sich mal das Papier an. Sie erinnern sich doch an diese Skizze, die Sie bei den Sachen von Leonie gefunden haben?«

»Ja, klar. In die die Fundstelle von dem Autowrack eingezeichnet war. Was ist damit?«

»Die Seite mit der Skizze muss aus dieser Kladde stammen, oder? Es ist das gleiche Papier, der gleiche spezielle Farbton, und der Goldrand und die Seiten sind am Rand genauso perforiert. Und das ist kein Allerweltspapier. Ich bin sicher, dass jemand die Seite mit der Skizze aus diesem Buch herausgetrennt hat.«

Carla nahm die Kladde an sich und betrachtete das Papier aus der Nähe. »Ja, Sie haben recht, das kann gut sein. Es ist die gleiche Sorte, der gleiche Farbton. Ich lasse das prüfen, aber es wird schon so sein. So ein Papier gibt es nicht so oft. Dann kann eigentlich nur Leonie die Seite herausgetrennt haben. Oder der Priester selbst.«

»Das sehe ich auch so. Vielleicht hat ja der Padre die Skizze gezeichnet und sie Leonie gegeben.«

»Das würde bedeuten«, nahm Carla Simons Gedanken auf, »er wusste, was mit dem Auto passiert ist. Er war irgendwie verwickelt in das, was vor acht Jahren mit Marlene und Virgilio geschehen ist. Und vielleicht musste er deshalb sterben.«

»Ja, das wäre möglich«, sagte Simon und gab sich einen Ruck. Er musste nun die entscheidende Hürde nehmen und Carla auf die zweite fehlende Seite ansprechen. »Und es gibt noch etwas«, sagte er, »es fehlt nämlich noch eine weitere Seite in dieser Kladde. Und zwar nicht irgendeine, sondern die letzte hinter den schon beschriebenen. Da hat er vielleicht noch etwas notiert, bevor er auf seinen Mörder getroffen ist.«

Ob Carla diese Schlussfolgerung verdächtig vorkam? Simon war nervös. Aber seine Bedenken waren überflüssig.

»Sie meinen, der Mörder könnte diese Seite an sich genommen haben?« Carla wiegte nachdenklich den Kopf. »Vielleicht haben Sie recht, Simone. Die Frage ist dann jedenfalls, wo diese Seite abgeblieben ist und was auf ihr stand. Und natürlich, wer sie herausgetrennt hat und warum.«

»Vielleicht können Sie sich auch die leere Seite hinter der fehlenden mal genauer ansehen«, schlug Simon vor. Er war erleichtert. Es war gut gelaufen. Es war ihm gelungen, Carla auf die Fährte zu setzen, ohne ihr seinen Alleingang zu offenbaren. »Es könnte sich ja von dem Text etwas durchgedrückt haben, was man entziffern kann.«

»Und ich weiß auch schon, wer sich darum kümmern kann.« Carla blickte zu Stefano, der sich ihnen gerade näherte.

»Ich habe alles«, sagte Stefano dienstbeflissen wie immer, »was ich an Unterlagen in den Schränken und Schubladen gefunden habe, da hinten in die Kisten gelegt. Die nehmen wir mit aufs Revier, und auch sein Handy und seinen Computer.«

»Haben Sie vielleicht eine Seite gesehen mit einer Notiz drauf, die aus dieser Kladde stammen könnte?« Carla streckte dem Carabiniere das aufgeklappte Notizbuch entgegen.

»Nein«, sagte Stefano. »So eine Seite habe ich nicht gesehen.«

»Werfen Sie, Simone, doch bitte auch noch einen Blick in die Kisten, bevor wir sie aufs Revier bringen. Nur um sicherzugehen«, fügte sie mit entschuldigendem Blick zu Stefano hinzu.

Es waren drei Kisten mit Unterlagen, und Simon ging sie schnell durch. Das meiste waren offizielle Dokumente, ein paar Rechnungen, Bankauszüge, Korrespondenz mit anderen Priestern und dem Bischof, Predigtvorbereitungen, wenig Persönliches. Auch ein Ring mit einer Gravur war dabei, den hatte Stefano extra in eine kleine Plastiktüte mit einer

Notiz für Carla verpackt. Simon nahm ihn heraus, schaute ihn sich genauer an, wog ihn, drehte ihn in seiner Hand. Er hätte seine Brille gebraucht, aber die hatte er vergessen. Noch war die Sehhilfe für ihn gewöhnungsbedürftig. Mühsam gelang es ihm dennoch, die Schrift zu entziffern: *Con amore Dario.*

Simon überlegte. Das war der Name des Jungen, den Gianluca ihm genannt hatte, als er ihm von den alten Missbrauchsvorwürfen gegen den Priester berichtet hatte. Offenbar hatte der Priester sich nicht von dem Schmuckstück trennen können, es aufbewahrt, obwohl das ein Beweisstück war, das man sicher gegen ihn hätte verwenden können. Was war das wohl für eine Geschichte gewesen? Es sah ganz nach Liebe aus, auch wenn es ohne Zweifel ein Verbrechen gewesen war. Konnte das nicht auch eine Fährte sein? Hatte der Mord an dem Priester vielleicht einen ganz anderen Hintergrund? War Dario zurückgekommen und hatte sich an Padre Ferrante gerächt? Auszuschließen war das nicht. Aber nach fast zwanzig Jahren?

Simon schob den Gedanken erst einmal beiseite und widmete sich wieder den Kisten. Das herausgetrennte Blatt fand er nicht, es hätte ihn allerdings auch überrascht. Aber es gab noch einige Fotos, die den Padre mit anderen Priestern zeigten, wahrscheinlich aus dem Seminar, denn auf den Bildern sahen sie alle relativ jung aus. Simon erkannte Padre Ferrante nur deshalb, weil er bei Gianluca ein Foto von ihm in jüngeren Jahren gesehen hatte. Auch ein paar Fußballbilder waren darunter, Jungs in bunten Trikots am Ball, bestimmt die *ragazzi*, die Ferrante trainiert hatte, und auf einem war er selbst zu sehen, am Spielfeldrand mit einer Pfeife im Mund.

Ganz weit unten fand Simon noch eine Mappe mit Zeitungsausschnitten, die meisten aus *Il Giorno*, schon sehr alt und vergilbt. Sie behandelten die Vorfälle, die Ferrante vor langer Zeit seine Priesterstelle in Vercelli gekostet hatten. Darunter war auch ein Artikel, der viel später erschienen sein musste, aber ebenfalls schon etwas vergilbt und von einem Foto begleitet war. Claudio Longhi. Simon erkannte den einen seiner beiden Erzfeinde sofort, auch wenn die Aufnahme bestimmt fast ein Jahrzehnt alt war, und Longhi damals noch viel schmaler war. Aber was hatte der Bericht bei den Texten über Padre Ferrante zu suchen? Vielleicht war Claudio Longhi einer der Förderer dieses Vereins in Vercelli gewesen, einer der *business angels*, von denen Gianluca berichtet hatte, überlegte Simon. Auch wenn die Bezeichnung *Engel* wirklich nicht auf die Longhi-Brüder passte.

Er las die ersten Zeilen. Nein, das Thema war ein ganz anderes. Es ging um eine illegale Einleitung von Schadstoffen in den See. Man hatte damals Claudio Longhi verdächtigt, Abfallprodukte aus der Chromverarbeitung seiner Armaturenfabrik in den Lago d'Orta entsorgt zu haben. Die giftige Brühe war bis zum Strand von Gozzano getrieben und hatte dort einen badenden Jungen verätzt. Longhi stritt den Vorwurf ab, wollte mit der Einleitung nichts zu tun haben, und man konnte sie ihm auch nicht nachweisen. Simon war sich instinktiv sicher, dass er trotzdem dafür verantwortlich war. Warum befand sich dieser Bericht in der Mappe? Und wann war er eigentlich erschienen? Simon suchte nach einem Datum, aber der obere Zeitungsrand fehlte. Es gab noch einen zweiten Artikel, zum gleichen Thema, bei dem auch das Datum fehlte, und ebenfalls mit einem Foto. Marta Barone. Simon fiel ein, dass sie ja mit ihrem Bruder, mit

Claudio Longhi gemeinsam die Armaturenfabrik führte, es war also logisch, dass sie auch involviert war.

Er steckte alles zurück in die Mappe und in die Kiste, mehr war in ihr nicht zu entdecken. Dann schaute er sich suchend nach Carla um. Sollte er sie auf diese Artikel ansprechen? Nein, damit würde er zum jetzigen Zeitpunkt nur Verwirrung stiften.

Er entdeckte sie an der Haustür, im Gespräch mit einem ihrer Kollegen. Sie waren inzwischen die Letzten am Tatort. Die Spurensicherung war weg, auch die Staatsanwältin, die es immer eilig hatte, war schon längst gegangen. Nur die abgedeckte Leiche des Priesters lag noch mitten im Raum. Die Blutlache um in herum war dunkler geworden, trocknete langsam und verkrustete zusehends an den Rändern.

Für Simon gab es nichts mehr zu tun und er wollte sich nun ebenfalls auf den Weg machen. Aber dann hörte er es. Ein Maunzen. Die Katze. Jemand musste sich um sie kümmern. Aber wer? Sie strich um seine Beine. Kurz entschlossen packte er sie und nahm sie mit nach draußen.

»Was geschieht mit dem Tier?«, fragte er Carla an der Haustür.

»Keine Ahnung. Wahrscheinlich muss sie ins Tierheim. Hier kann das arme Ding jedenfalls nicht bleiben. Wir finden schon eine Lösung. Ich muss noch hierbleiben und darauf warten, dass die Leiche des Padre abgeholt wird. Fahren Sie mit Stefano, Simone, der hört sich gerade noch bei den Nachbarn um, aber das wird nicht mehr lange dauern. Hier ist ja praktisch niemand auf der Insel außer den Nonnen. Auch der Huber ist nicht da. Stefano fährt gleich mit dem Boot voraus und setzt Sie in Ronco ab.«

»Und Sie?«

»Machen Sie sich keine Gedanken, ich komme schon zurück.«

»Und die Katze?«

»Stefano soll sich um sie kümmern.«

23

Als Simon mit der Katze im Arm vor Luisa auftauchte, ging ein Strahlen über ihr Gesicht. Sie nahm sie ihm aus dem Arm, setzte sich mit ihr im Schoß in einen Sessel, strich ihr sanft über das Fell. Anders als zu Simon fasste das kleine Tier zu Luisa sofort Zutrauen.

»Ist das noch ein Weihnachtsgeschenk für mich? Du weißt aber, Simon, dass ich schon einen Kater in Frankfurt habe? *Dio mio*, ist die süß. Aber ich kann sie nicht nehmen. Das geht nicht mit meinem Carlos, der ist ein Alleinherrscher, die beiden würden sich nicht vertragen. Wo hast du die denn her?«

Simon berichtete ihr, was vorgefallen war, dass der Priester ermordet worden war, dass ihm die Katze gehörte und dass er es nicht übers Herz gebracht hatte, sie Stefano zu überlassen, der sie bestimmt direkt ins Tierheim verfrachten würde.

»Dann musst du sie behalten, Simon, das süße kleine Biest.«

»Und was ist, wenn übermorgen Nico mit Buffon kommt?«

»Sie kommt übermorgen schon?«

»Ja, sie hat mir heute Morgen eine Nachricht geschickt und sich angekündigt. Ich habe ihr angeboten, sie in Turin abzuholen. Ihr Auto ist in der Werkstatt, und sie wollte mit dem Zug kommen. Wenn du Lust hast, kommst du mit, und wir holen sie zusammen ab.«

»Oh ja, schöne Idee, sehr gern. Und die Katze?«

»Siehst du, es geht schon los mit den Problemen. Aber das zumindest dürfte keines sein. Die ist es gewohnt, allein zu sein.«

»Also kann sie hierbleiben?«

»Von mir aus bleibt sie erst mal hier, jedenfalls provisorisch.«

»Du weißt, dass in Italien nichts dauerhafter ist als ein Provisorium?«

Simon musste lachen. »*Vediamo*, schaun wir mal.«

Den ganzen Tag blieben sie im Haus, saßen lesend am Kaminfeuer, tranken dicke heiße Schokolade mit Schlagsahne und lösten Sudokus. Luisa war auf die Idee gekommen, daraus einen Wettbewerb zu machen. Sieger war, wer zuerst die Lösung fand, und meistens war es Luisa. Simon tat das Abschalten gut, aber ganz gelang es ihm nicht. Die Szenen vom Vormittag, der Padre in seinem Blut und mit dem Schwert im Rücken, gingen ihm nicht aus dem Kopf. Außerdem ließen ihn die Fundstücke nicht los, der Ring mit der Gravur, die Kladde mit den beiden herausgetrennten Seiten, die gesammelten Zeitungsausschnitte. Stand das alles in einem Zusammenhang? Und sollte er Carla nicht doch sagen, dass die Seite in der Kladde am Tag zuvor noch nicht gefehlt hatte?

Immer wieder musste er auch an die Berichte aus *Il Giorno* über die Einleitung der giftigen Abwässer in den See denken. Warum hatte der Priester die aufgehoben?

Bevor er zu sehr ins Grübeln geriet, musste er etwas unternehmen. Er griff zum Handy und rief Gianluca an. »Ciao Gianluca, kannst du noch mal eine Recherche in eurem Archiv für mich machen?«

»Ja okay, wenn es sein muss. Heute habe ich zwar ausnahmsweise mal frei und wollte eigentlich gleich Pizza essen gehen. Worum geht es denn dieses Mal? Du weißt, was dich das kostet? Mit Feiertagszuschlag?«

»Ja klar, wenn ich fündig werde, lege ich noch ein Schnitzel drauf. Oder zur Abwechslung mal Schweinebraten in Biersauce?«

»Ist gekauft.«

»Es geht um Claudio Longhi.«

»Das hätte ich mir ja denken können, dass du irgendwann mit dem kommst. Was hat er denn verbrochen? Ist er der Mörder?«

»*Stupido!* Nein, es geht um einen Vorfall hier am See, in San Maurizio. Eine illegale Einleitung. Das ist schon länger her, vor etwa zehn Jahren war das, glaube ich, mehr wohl nicht. Damals hatte man Claudio Longhi mit seiner Armaturenfabrik in Verdacht. Aber man konnte ihm nichts nachweisen. Du könntest bitte mal checken, was ihr darüber gebracht habt und mir dann die Berichte schicken, okay?«

»*Va bene*, Simon, kriegst du, wahrscheinlich heute noch, das hört sich nicht so kompliziert an.«

Am frühen Abend fand in der Kirche von Ronco wie jedes Jahr an Santo Stefano, dem zweiten Weihnachtsfeiertag, ein Konzert statt. Simon und Luisa aßen noch schnell eine Minestrone, dann machten sie sich auf den Weg, stapften durch die Schneehaufen, die das Tauwetter übrig gelassen hatte, und Luisa, die auf elegante Schuhe zu diesem Anlass nicht verzichten wollte, hatte im Nu nasse Füße, nahm das aber klaglos hin.

Auf dem Platz vor der angestrahlten und von der Palme überragten Kirche drängten sich die Dorfbewohner, waren in lebhafte Gespräche vertieft, aber auch einige Besucher von außerhalb waren gekommen. Simon und Luisa grüßten nach allen Seiten, wechselten hier und da mit den Nachbarn noch ein paar Worte, aber viel Zeit blieb nicht mehr für die Plaudereien, denn der Einlass begann schon. Schnell waren die Holzbänke alle besetzt, und gerade noch ergatterten Luisa und Simon zwei Sitzplätze in der letzten Reihe. Kaum saßen sie, ging es los. Der junge Bürgermeister von Pella hielt eine kurze Ansprache, dann griff der Dirigent zum Taktstock, und die Musiker, ein gemischter Chor, eine Solistin, ein Pianist am Flügel und ein Geiger, legten los. Ein paar klassische Stücke, dazwischen Weihnachtslieder, und am Schluss heftiges Klatschen und viele Verbeugungen der Musiker. Der Ortasee war ein musischer See, das hatte Simon nach seiner Ankunft dort schnell begriffen. Das ganze Jahr über gab es eine Fülle von Konzerten, oft in Kirchen und Klöstern und im Sommer gerne auch draußen auf einer Piazza. Das musikalische Niveau war meist hoch und beeindruckte Simon stets aufs Neue. Auch ein kleines, sehr originelles Instrumentenmuseum in Quarna Sopra, auf einer Anhöhe über dem Wasser unweit von Omegna, zeugte von dieser musikalischen Ader.

Nach dem Konzert stand man noch in dicken Mänteln auf dem Dorfplatz in kleinen Gruppen zusammen, unterhielt sich und prostete sich mit *vin brûlé* zu, dem italienischen Glühwein. Dazu spendierte die Gemeinde immer ein paar süße Kekse. Die Stimmung war gut, und nur, wer

Ronco genau kannte, hätte bemerken können, dass es unter den Dorfbewohnern zwei Lager gab, die aus unerfindlichen Gründen miteinander verfeindet waren, und dass daher keineswegs jeder mit jedem sprach. Das war eines der Geheimnisse von Ronco, an deren Entschlüsselung sogar Simons geschulte Spürnase seit Jahren scheiterte.

Luisa hatte sich mit Anna unter eine Gruppe von Frauen gemischt, war ganz in ihrem Element und in muntere Gespräche vertieft, aber Simon hatte keine Ruhe, wollte schnell nach Hause und brach schließlich allein auf.

Schon an der Haustür empfing ihn maunzend die Katze. Die hatte er ganz vergessen. Bestimmt hatte sie Hunger und Durst. Simon goss ihr mit Wasser verdünnte Milch in eine Schale und gab ihr etwas Hundefutter, ein Rest, der noch von Buffons letztem Besuch übrig geblieben war. Die Katze schien nicht wählerisch zu sein und machte sich sofort gierig über beide Schalen her. Simon beobachtete sie einen Moment, hörte auf das schleckende Geräusch und spürte, dass er das Tier schon in sein Herz geschlossen hatte. Luisa hatte wie immer recht gehabt. Die Katze würde ein ewiges Provisorium bleiben. Dann aber hielt es ihn doch nicht länger, und er eilte nach oben an seinen Computer.

Gianluca hatte eine ganze Reihe von Dokumenten aus dem Archiv von *Il Giorno* geschickt. Simon druckte sie alle aus, blätterte sie durch und fand sofort den Text wieder, den er im Haus des Padre in der Mappe gesehen und überflogen hatte. Schnell warf er noch einen Blick auf die übrigen Berichte, die sich durchweg ebenfalls diesem alten Vorfall widmeten, der illegalen Einleitung in den See.

Simon schaute nach dem Erscheinungsdatum des Berichts

mit dem Foto von Claudio Longhi. Er war am 15. September vor acht Jahren erschienen.

Das war bemerkenswert. Blitzschnell zog Simon eine Verbindung. Das war ungefähr der Zeitpunkt, an dem Virgilio Barone und Marlene Hofmann mit dem Auto verunglückt und im See untergegangen waren. Simon fiel noch etwas ein. Er suchte nach dem Artikel mit dem Foto von Marta Barone. Schnell hatte er auch ihn gefunden. Ja, das war sie. War das der Zusammenhang, nach dem er schon so lange suchte? War der Unfall vor acht Jahren kein Unfall gewesen, sondern ein Racheakt, der eigentlich Marta Barone galt, der, wie Carla gesagt hatte, heimlichen Chefin der Fabrik? War Marlene Hofmann also einer Verwechslung zum Opfer gefallen? Und Leonie war dem auf die Schliche gekommen? Hatte sie deshalb sterben müssen?

Simon überflog die übrigen Berichte. Sehr viel Neues fand er jedoch nicht. Der Junge, den die Giftbrühe damals verätzt hatte, war zu diesem Zeitpunkt zehn Jahre alt gewesen, er musste jetzt achtzehn sein. Was war wohl aus ihm geworden? Simon griff zum Handy. »Ciao Gianluca, Simon hier, tausend Dank für die Berichte. Ich habe gefunden, was ich gesucht habe. Aber eine kurze Frage: Kennst du die Journalistin, die damals über den Fall berichtet hat, Roberta Pavone? Ist die noch bei euch?«

»Und ob. Das ist meine Vorgängerin. Die ist jetzt in Turin Chefin vom Dienst. Möchtest du mit ihr sprechen? Wenn du willst, gebe ich dir ihre Nummer.«

»Ja, unbedingt.«

Simon schaute auf die Uhr. 21 Uhr. Konnte er um diese Zeit noch anrufen? Er würde es einfach versuchen.

»*Pronto.*« Die Stimme klang energisch.

»*Buonasera,* Signora. Mein Name ist Simon Strasser, ich bin ein deutscher, beziehungsweise halbitalienischer Kollege von Ihnen und ein Freund von Gianluca Rossi. Er hat mir Ihre Kontaktdaten gegeben.«

»*Salve* Simone, was kann ich für dich tun?« Sie klang immer noch energisch und hatte umstandslos das kollegiale Du gewählt. Simon verzichtete darauf, sie auf seinen richtigen Vornamen hinzuweisen. Es war ihm im Moment ausnahmsweise vollkommen egal. Roberta Pavone schien jedenfalls unkompliziert und pragmatisch zu sein. »Ich mache es kurz«, sagte er. »Es geht um einen Vorfall am Lago d'Orta, genauer in San Maurizio, allerdings schon ein paar Jahre her, eine illegale Einleitung von Giftstoffen, über die du berichtet hast.«

»Vor acht Jahren? Als man die Longhis verdächtigt hat?«

Simon war erstaunt, wie präsent sie war und dass sie sich sofort erinnerte. »Ja, genau. Darum geht es. Ich bin wegen einer anderen aktuellen Geschichte hier am See darauf gestoßen.«

»Kann ich mir denken. Bei euch ist ja ganz schön was los. Erst der Mord an der Nonne, dann die Entdeckung dieses rätselhaften Unfalls vor acht Jahren und jetzt die Ermordung von Padre Ferrante.«

Die Frau war ungewöhnlich gut informiert. Und die Nachricht über den Mord an dem Priester hatte also schon den Weg in die Redaktionen gefunden und würde am nächsten Morgen Schlagzeilen machen. Carla musste eine Information an die Presse herausgegeben haben.

»Da bist du dran, Kollege?«, fuhr Roberta hörbar neugierig fort.

»Ja, und ich wüsste gerne mehr über das, was nicht in deinen Berichten steht. Ich komme übermorgen ohnehin nach Turin. Vielleicht hast du eine halbe Stunde Zeit für mich?«

»Was machst du im schönen Turin?«

»Meine Ziehtochter studiert da. Nicola. Die will uns hier am See über Silvester besuchen, und ich hole sie ab.«

»Okay, Kollege. Kennst du dich aus in Turin?«

»Ja, ganz gut.«

»Im *Antico Caffè Torinese* um 14 Uhr. Passt dir das? Ich spendiere dir einen *Bicerin.*«

»Das ist nett, okay.«

»Also bis übermorgen, Simone Strasser.«

»Ciao Roberta.«

Es passte sehr gut. Simon war zufrieden. Das würde interessant werden. Roberta war sehr sympathisch, fand er. Er freute sich auf Turin. Und auf Nico. Jetzt, wo er die Dinge auf den Weg gebracht hatte, merkte er, wie müde er war. Noch ein Glas Wein und dann würde er ins Bett fallen. Auf der Treppe nach unten hörte er, dass sich ein Schlüssel in der Haustür drehte. Luisa kam nach Hause. Auch das passte.

24

Es war wieder kälter geworden, auf der Autobahn begann es auf halber Strecke leicht zu schneien, und je näher Simon Turin kam, umso dichter fielen die Flocken. Als er die Autostrada verließ und in die Stadt hineinfuhr, lag Turin unter einer dichten Schneedecke. Simon war doch ohne Luisa dorthin aufgebrochen. Sie hatten schon in der Haustür gestanden, als sie ein Anruf aus Frankfurt erreichte. Auf einer ihrer Baustellen gab es ein Problem, das sie an ihrem Computer in Ronco festhielt.

Durch den dichten Turiner Stadtverkehr war Simon eine ganze Weile unterwegs, bis er zur Piazza Castello im Zentrum gelangte, dort in der Nähe ein Parkhaus fand, den Peugeot abstellte und zu Fuß in das Café eilte, in dem er mit Roberta verabredet war.

Riesige Spiegel, die Wände mit Edelholz vertäfelt, Stuckaturen und Kristalllüster: Das *Antico Caffè Torinese* war innen ähnlich opulent dekoriert wie die hauseigenen Torten. Auf gepolsterten Samtbänken und an runden Marmortischchen saßen in feines Tuch gehüllte Turiner, aßen Tramezzini, dreieckige gefüllte Weißbrotsandwiches, tranken ein Glas Weißwein dazu oder verzehrten kleine Törtchen, begleitet von einem Bicerin, dickflüssiger heißer Schokolade mit einem Schuss Espresso und einer Haube aus *Crema di latte.*

Simon schaute sich um. Wie sollte er Roberta Pavone erkennen? Sie hatten ganz vergessen, irgendein Zeichen auszumachen. Er wandte sich an einen der in weiße Hemden, schwarze Westen und Fliegen gekleideten Kellner in der Hoffnung, dass Roberta hier Stammgast und daher bekannt war. Mit elegantem Schwung hielt der Ober in seinem Lauf inne und hörte sich Simons Frage an, aber schon im selben Moment erübrigte sich dieser Vorstoß. Eine rundliche Person in einem etwas ausgebeulten Parka und einer Pudelmütze, was alles zusammen ein wenig an einen Kobold erinnerte, kam mit energischen Schritten auf Simon zu.

»*Eccola, Signore*«, sagte der Kellner noch, als Roberta ihm schon ihre Hand entgegenstreckte: »*Salve* Simone Strasser.«

»*Salve* Roberta, wie hast du mich denn erkannt?«, fragte Simon überrascht und nicht ganz sicher, ob es angemessen war, diese ihm unbekannte, resolute Mittvierzigerin zu duzen, ein Zweifel, der sich allerdings schon im nächsten Moment erledigte.

»Das fragst du? Du bist doch Journalist, Simone. Ein Foto von dir im Netz zu finden, ist nun wirklich keine schwierige Übung«, sagte sie und war schon unterwegs zu einem Tisch in der Ecke, der offenbar ihr Stammplatz war.

»Du bist also an dieser alten Geschichte von vor acht Jahren dran. Und was kann ich für dich tun, *collega*?« Roberta kam umstandslos zur Sache, ganz wie Carla, der sie zwar gar nicht ähnlich sah, aber doch im burschikosen Habitus glich. Noch nicht einmal ihren Parka hatte sie ausgezogen, als sie Platz nahm, nur den Reißverschluss geöffnet. Aber ihre Pudelmütze zog sie jetzt doch vom Kopf, strich mit beiden Händen ihr fransiges braunes Haar aus der Stirn und sah ihn aus wachen Augen erwartungsvoll an. Spitzbübisch war sie, dachte Simon, was mal wieder einer der überholten Begriffe war, die ihm manchmal in den Sinn kamen und die ihm gefielen.

Zwei ältere Damen am Nebentisch, süße Törtchen vor sich, schmuckbehangen und mit kleinen Hüten auf dem silbergrauen Haar, blickten neugierig zu ihnen herüber. Roberta mit ihrem alten Parka und Simon, in Jeans und Sweater ebenfalls leger gekleidet, fielen in dem noblen Turiner Ambiente auf, aber nur solange, bis eine andere Erscheinung die Aufmerksamkeit aller Gäste auf sich zog. Eine große, ungewöhnlich schlanke Frau mit knallrotem Pferdeschwanz, ganz in schwarzem Leder, auf Stilettos und mit einer weißen Bulldogge an der Leine betrat das Café, gefolgt von zwei glatzköpfigen jüngeren Männern, ebenfalls ganz in Schwarz und mit einer Kameraausrüstung im Gepäck.

Auch Roberta und Simon unterbrachen ihr Gespräch, schauten zum Eingang und beobachteten diesen Auftritt, während der Ober unbeeindruckt von den Neuankömmlingen zu ihnen an den Tisch kam und zwei Bicerin in kleinen Gläsern und eine Flasche Wasser servierte. Er bemerkte ihren Blick und erklärte ungefragt: »Die machen ein Fotoshooting. Es geht gleich los. Lassen Sie sich davon nicht weiter stören, Roberta.«

»Wenn ich diese Magersüchtige sehe, bekomme ich richtig Hunger. Bring uns doch bitte ein paar Tramezzini, Mario.«

Der Ober nickte und verschwand mit einer angedeuteten Verbeugung. Roberta wandte ihren Blick von dem Model ab und sah Simon erneut fragend an. »Also, was willst du wissen, Simone?«

»Ich habe die ganzen alten Berichte von dir gelesen. Man hat damals ja Claudio Longhi und seine Schwester, Marta Barone, verdächtigt, die Einleitung dieser Chemieabfälle verursacht zu haben, hat ihnen das aber nicht nachweisen können. Ist es denn da mit rechten Dingen zugegangen?«

»Du magst Claudio Longhi nicht?«

»Er ist nicht gerade ein Freund von mir.«

»Vorurteile sind in unserem Job hinderlich, meinst du nicht?«

»Wenn es denn ein Vorurteil ist, hast du recht. Heißt das, du glaubst, dass die Longhis tatsächlich nichts damit zu tun hatten?«

»Was ich glaube, interessiert niemanden. Und auch mich selbst interessieren nur Fakten. Aber ich bin nicht so dumm zu glauben, dass man die nicht so oder so wenden kann.«

»Das heißt?«

»Ach, Simone.« Sie nahm einen Schluck von ihrem Bicerin, und auf ihrer Oberlippe blieb ein wenig Schaum von der *Crema di latte* zurück, den sie genüsslich ableckte. »Bist du eigentlich Italiener?«

»Nicht ganz. Aber fast.«

»Du hast immer in Deutschland gelebt und für die *Frankfurter Nachrichten* gearbeitet, nicht wahr?«

»Ja.«

»Die Longhis sind ein wichtiger Arbeitgeber am See. Und sie haben selbstverständlich gute Beziehungen. Das spielt, wie du weißt, bei uns eine noch etwas größere Rolle als in *bella Germania*. Also es mag sein, dass man damals noch etwas entschiedener hätte recherchieren können. Zwei Jahre nach diesem Vorfall hat die Familie übrigens damit angefangen, diese Kunstevents zum Thema Wasser auf der Insel zu veranstalten. Wenn du recht hast mit deinem Verdacht gegen sie, zeugt das entweder von ihrem schlechten Gewissen oder aber von Zynismus. Übermorgen ist es ja wieder so weit. Wirst du auch da sein?«

»Nein, ich bin nicht eingeladen. Wie gesagt, die Longhis zählen nicht gerade zu meinen Freunden am See, und umgekehrt gilt das auch.«

»Wenn du willst, besorge ich dir eine Einladung. Sag einfach Bescheid.«

Der Ober kehrte mit einem Tablett zurück zu ihnen an den Tisch, stellte die köstlich aussehenden Tramezzini mit Schwung vor Roberta und wünschte *buon appetito*. Sie griff sofort zu, forderte Simon auf, sich ebenfalls zu bedienen und verschlang die Sandwiches eines nach dem anderen in großer Geschwindigkeit.

Ohne auf das Angebot einzugehen, wechselte Simon das Thema: »Und was ist eigentlich aus dem jungen Mann geworden, der damals verätzt worden ist? Hast du das weiterverfolgt? Ist er denn wieder ganz gesund geworden?«, fragte er schließlich und nahm sich nun doch ein Tramezzino mit Lachs, das einzige, das Robertas Heißhunger überlebt hatte.

»Ich wundere mich, Simone. Dir eilt doch ein gewaltiger Ruf voraus. Ich dachte, du bist so ein ganz Abgebrühter. Und jetzt sitzt mir hier ein kleiner Idealist gegenüber. Seit wann bleiben wir Journalisten denn an einem Thema dran, wenn es einmal aus den Schlagzeilen raus ist? Es interessiert sich doch niemand dafür, wie es weitergegangen ist. Und auch nicht für so einem armen Jungen, der am falschen Tag im Wasser war.«

»Ja, leider. Und ich gebe zu, dass das bei mir in vielen Fällen nicht anders war«, sagte Simon. »Aber ich bin sicher, du weißt doch etwas.«

»Ja, aber das ist, ehrlich gesagt, reiner Zufall. Ich bin auch nicht besser als die anderen. Nein, ich bin wie du und wie wir alle, immer auf der Jagd nach dem Brandneuen. Aber dieser Junge lebt in Turin. Er arbeitet hier auf dem Obst- und Gemüsemarkt an der Piazza della Repubblica. Da habe ich ihn vor einem Jahr wiedergetroffen, ganz zufällig. Und um dir eine Antwort auf deine Frage zu geben: Nein, von der Verätzung ist nichts geblieben. Domenico ist ein rundum fitter Achtzehnjähriger. Ein netter junger Mann. Wollen wir ihn besuchen? Der Markt ist ja nicht so weit weg. Aber vielleicht warst du da ja schon mal?«

»Nein, aber da wollte ich schon längst mal hin. Nicola, meine Ziehtochter, kauft da oft ein und schwärmt davon.«

»Vorher sagst du mir aber noch, warum du das eigentlich alles wissen willst. Du denkst, dass es da einen Zusammenhang gibt? Dass es also kein Zufall ist, dass ein paar Tage nach der illegalen Einleitung das Auto der Barones in den See gestürzt ist?«

»Das könnte jedenfalls sein. Immerhin ist es doch auffällig, dass dieses Unglück, von dem man nicht weiß, ob es ein Mord war, so kurz danach passiert ist.«

»Und? Wo ist da mehr als ein zeitlicher Zusammenhang?«

»Es könnte eine Verwechslung gewesen sein. Da wollte jemand die Longhis nicht ungeschoren davonkommen lassen, wollte sich an ihnen rächen. Nicht an Claudio, sondern an seiner Schwester, Marta Barone. Die ist ja wohl die heimliche Chefin der Armaturenfabrik, also auch verantwortlich für das, was damals geschehen ist. Und die wollte der Täter treffen. Statt ihr hat es dann aber Marlene Hofmann erwischt, die an diesem Tag an der Seite von Virgilio Barone in dem Auto saß. Was der Mörder aber nicht wusste.«

»Aber einen zehnjährigen Jungen hast du ja wohl nicht in Verdacht?«

»Nein, natürlich nicht. Aber vielleicht seine Eltern?«

»Auch ausgeschlossen. Der Vater sitzt im Rollstuhl, der war Maurer und ist vom Gerüst gefallen, schon vor langer Zeit, also jedenfalls lange, bevor das alles passiert ist. Und die Mutter ist eine ganz liebe, aber ein bisschen aus der Welt gefallen, die kann noch nicht mal Auto fahren. Geschwister gibt es keine. Und jetzt hol bitte nicht noch Onkel und Tanten aus der Kiste. Verzeih mir, aber da bist du auf dem Holzweg, *collega.*« Sie schaute auf ihre Uhr, tippte mit dem Finger auf das Ziffernblatt und erhob sich mit so viel Schwung, dass ihr Stuhl fast nach hinten umgekippt wäre. »Aber los jetzt, Simone, viel Zeit habe ich nämlich nicht mehr. Wir machen einen Marktbesuch, und ich stelle dir den jungen Mann vor.«

Simon wollte bezahlen, aber Roberta kam ihm zuvor. Sie bahnten sich den Weg hinaus aus dem Café vorbei an Stativen, Scheinwerfern und über Kisten und Kabel. Das Model stand gelangweilt an der Bar, trank einen Espresso und sah aus der Nähe noch dünner aus, während die Bulldogge an ihrer Seite mit ähnlichem Appetit wie zuvor Roberta ein Tramezzino verspeiste.

Noch immer schneite es in dicken Flocken. Aber zu den vielen Vorzügen Turins, das ohnehin sehr viel mehr zu bieten hatte als Fußball und Fiat, gehörten die kilometerlangen Arkaden, unter denen man geschützt vor Niederschlägen aller Art durch das historische Zentrum flanieren und an den Vitrinen der Geschäfte lecken konnte, so nannten das jedenfalls die Franzosen. Das war auch ein Ausdruck, der Simon gefiel, und der ihm vielleicht deshalb einfiel, weil ihn die Stadt mit ihren schachbrettartig angelegten Boulevards, schmucken Plätzen, verträumten Parks und königlichen Palazzi an Paris erinnerte. Es waren die Savoyer gewesen, die einstigen Herrscher über Italien, die ihrer Hauptstadt Turin das einheitliche barocke Stadtbild verpasst und darauf geachtet hatten, dass niemand aus der Reihe tanzte. Die Stadt am Po war allerdings eine verkannte Schönheit, stand im Schatten anderer großer italienischer Städte wie Mailand, Neapel oder Rom. Auch der viele Schnee und die Weihnachtsdekoration passten wunderbar zu Turin, fand Simon. Allerdings gefiel ihm die Stadt noch besser, wenn der Himmel licht und klar war und nicht weit entfernt die Silhouette der gewaltigen, schneebedeckten Westalpen aufragte.

Roberta hatte Simon untergefasst, lief zielstrebig auf den Markt zu. Er versuchte, mit ihrer dynamischen Gangart Schritt zu halten und nicht aus dem Takt zu geraten.

»Und, magst du Turin?«, fragte sie ihn unvermittelt aus ihrem schnellen Lauf heraus.

»Ja, sehr.«

»Ich liebe diese Stadt«, sagte sie mit unerwarteter Emphase. »Wenn sie ein Mann wäre, würde ich sagen, sie ist weltgewandt, klug und vernascht. Also ganz mein Typ.« Sie packte Simons Arm noch fester und lächelte ihm verschmitzt zu.

Obwohl es immer noch schneite, herrschte auf dem Mercato di Porta Palazzo dichtes Gedränge. Menschen aus aller Welt und in allen Hautfarben, elegante Frauen in Businesskostümen, halbseidene Typen, stylishe junge Mädchen und biedere ältere Damen, Frauen mit Kopftüchern, gut situierte Bürger in feinem Tuch – sie alle bahnten sich den Weg durch die Reihen, wo sich, von Markisen geschützt, ein gewaltiges Warenangebot auftat, wie in einem Kaufhaus in verschiedene Abteilungen sortiert, wobei Obst und Gemüse den Löwenanteil ausmachten. An eng beieinander liegenden Ständen türmten sich Bananen und Tomaten, Auberginen und Salate, und ein Stück weiter gab es dann Bürsten und Haushaltswaren, Socken und Unterwäsche, in den seitlichen Hallen bei den Metzgern alles vom Lamm, Schwein, Rind und auch vom Pferd, bei den Fischhändlern Garnelen, Kraken und Schwertfische.

Draußen zwischen den Ständen ging es bunt und laut zu, ein Stimmengewirr lag über dem Bauch von Turin, Italienisch, piemontesischer und sizilianischer Dialekt und hier und da auch arabische Klänge. Die Stadt hatte zwar fast eine Million Einwohner, aber dennoch fragte sich Simon, wie diese Überfülle an Waren nur jeden Tag an den Mann kam.

Domenico packte gerade eine Tüte mit Äpfeln, warf sie zielsicher zu einem Kollegen an der Kasse, der sie geschickt auffing. Der Obststand befand sich in einer mit einer alten Eisen- und Glaskonstruktion überdachten Halle, einem Schmuckstück im Getriebe des Marktes, wo nur regionale landwirtschaftliche Produkte verkauft wurden. Als Domenico Roberta bemerkte, strich er sich spontan mit beiden

Händen über seinen kruseligen braunen Haarschopf und strahlte über das ganze Gesicht.

»Ciao Domenico, *come va?*«, sagte sie. »Ich habe Simone mitgebracht. Er ist zu Besuch in Turin und wollte dich kennenlernen. Aber sieh dich vor. Er ist auch ein Journalist, und zwar ein ganz Ausgefuchster.«

»Und was suchen Sie in Turin? Und bei mir?«, fragte Domenico.

»Ich bin eigentlich wegen meiner Ziehtochter hier, Nicola, die studiert hier, Tiermedizin. Und die hole ich nachher ab.«

»Und dann geht es zurück nach Deutschland?«

Schon wieder einer, der seinen deutschen Akzent sofort bemerkte, ärgerte sich Simon. »Nein, das nicht. Ich bin freier Journalist und lebe seit ein paar Jahren am Lago d'Orta.«

»Ach so. Dann ahne ich ja schon etwas. Deshalb hat Roberta mich vor Ihnen gewarnt. Sie interessieren sich für die alte Geschichte?«

»Ja, ich bin bei einer aktuellen Recherche darauf gestoßen«, antwortete er. »Und es hat mich interessiert, was aus Ihnen geworden ist.«

»Wie Sie sehen, habe ich es überlebt. Außer Geld fehlt mir jedenfalls nichts. Also wenn Sie vorhatten, eine Mitleidsstory über das Opfer eines Chemieunfalls zu machen, liegen Sie falsch. Aber wie wäre es mit einem Porträt eines kleinen Turiner Obstverkäufers? Roberta konnte ich leider nicht dafür gewinnen. Obwohl ich ihr sogar weiße Trüffel geboten habe. Aber die ist unbestechlich.«

Simon musste lachen. Der Junge hatte Humor, und wie er aufs Korn nahm, dass man aus seiner Geschichte ein journalistisches Rührstück fabrizieren könnte, gefiel ihm.

Es brachte ihn auf den Boden der Tatsachen zurück, machte ihm klar, dass seine Idee eines Racheaktes in die Irre führte. Er hakte sie innerlich ab.

»Weiße Trüffel haben Sie ja wohl im Moment ohnehin nicht im Angebot«, sagte er amüsiert zu Domenico, »aber ein paar von den Maronen würde ich nehmen.« Die würden eine wunderbare Wintersuppe ergeben, die ein Lieblingsgericht von Luisa war.

Domenico packte eine große Tüte voll mit den Kastanien, legte noch ein paar überreife Kakifrüchte dazu und winkte ab, als Simon sein Portemonnaie zückte. Simon drückte ihm trotzdem einen Schein in die Hand, ein bisschen auch aus schlechtem Gewissen, weil er die Familie des Mannes in Gedanken verdächtigt hatte. Sie plauderten noch eine Weile und gaben sich zum Abschied die Hand.

Es wurde Zeit für Simon, zu Nicola aufzubrechen. Sie waren an der tiermedizinischen Fakultät verabredet, ein Stück von der Innenstadt entfernt, und er wollte sie nicht warten lassen. Roberta nahm ihn mit einer ihrer ungeschickten burschikosen Gesten in den Arm, und Domenico hob den Daumen. *Aufwiedersehen*, sagte er, auf Deutsch.

Schon von weitem sah Simon Nicola am Straßenrand, wo sie mitten in dem Schneetreiben entspannt an einer Hauswand lehnte, als ob sie es gar nicht wahrnahm oder es keine Rolle spielte. Ein langer grauer Mantel, ein riesiger bunter Wollschal, den sie mehrfach um den Hals geschlungen hatte, neben sich eine Reisetasche und einen Instrumentenkoffer mit ihrem Saxophon. Und an ihre Beine geschmiegt der kleine, dicke Buffon auf seinen krummen Terrierbeinen, auch mit einem Tuch um den Hals. Nicos kurzes Haar leuchtete feuerrot, und obenauf hatten sich ein paar Schneeflocken festgesetzt wie eine weiße Haube.

Simon fuhr langsam auf sie zu, ohne dass sie ihn bemerkte, nur Buffon sprang an ihr hoch, als ob ihm seine Hundenase seine Ankunft schon verriet. Kurz bevor Simon die beiden erreichte, wurde Nico doch auf ihn aufmerksam, machte einen Schritt auf ihn zu, winkte. Buffon bellte. Simon streifte ein warmer Hauch. Was für ein Glück, dachte er, dass es sie gab.

25

Schon in der Haustür schlug Simon und Nicola ein verlockender Duft von Salbei und Fenchel entgegen. Auch Buffon hob die Nase und nahm die Witterung auf. Sie schien ihm zu gefallen, denn er wischte pfeilschnell durch ihre Beine hindurch und stürmte voraus. Simon fuhr ein Schreck in die Glieder. Er hatte die Katze vergessen. Hoffentlich gab das kein Gemetzel. Einen Moment später hörte er erleichtert, wie Buffon freudig jaulend Luisa begrüßte. Sie redete beruhigend auf ihn ein, kam dann mit dem Hund an ihrer Seite zu ihnen gelaufen und fiel Nicola um den Hals, die die Umarmung stürmisch erwiderte.

»Was ist mit der Katze?«, fragte Simon.

»Keine Sorge, alles gut, die hat ein bisschen gebuckelt, und Buffon hat sie einfach ignoriert. Die werden noch Freunde.«

»Was für eine Katze?«, fragte Nicola.

»Die hatte ich noch nicht erwähnt, als ich dir unterwegs die ganze Mordgeschichte erzählt habe. Sie hat dem Padre gehört, der ermordet worden ist, und ich habe sie zu mir genommen. Provisorisch.« Er zwinkerte Luisa zu und bemerkte erst jetzt, dass sie feuchte Augen hatte. Ging ihr das Wiedersehen mit Nicola so nah? Simon unterdrückte einen Anflug von Eifersucht. Einen Moment später begriff er, dass die Tränen noch einen anderen Grund hatten.

»Ach, Nico, ich habe mich so auf unser Wiedersehen

gefreut«, sagte Luisa, den Arm noch um sie gelegt, »aber jetzt kann ich nicht bleiben. Ich muss weg. Morgen. Zurück nach Frankfurt.«

»Nein.« Mit einem Schlag war das Strahlen aus Nicolas Gesicht gewichen.

»Doch, *cara.*« Luisa strich ihr über das Haar. »Es tut mir wirklich leid. Aber es lässt sich einfach nicht ändern. Es gibt da ein Problem auf einer meiner Baustellen, und ich muss dahin. Den ganzen Tag habe ich versucht, es von hier aus zu lösen. Aber es hat nicht funktioniert. Mein Flug ist schon gebucht. Morgen Mittag geht er los.«

»Ich bringe dich natürlich zum Flughafen«, sagte Simon.

»Wenn das alles ist, was dir dazu einfällt«, schnaubte Nicola ihn an, und Buffon begann sofort zu knurren.

Sie hat ja recht, dachte Simon, der zwar nicht heulen musste, weil er das eigentlich nie tat, aber wahrscheinlich genauso traurig war wie Luisa und Nico. Er nahm Luisa in den Arm. »Komm zurück, sobald es geht, ja?«, sagte er zärtlich.

»Ja klar. Und damit sollten wir das Thema auch beenden. Wir haben ja immerhin noch den ganzen Abend vor uns und« – sie sah zu Simon – »die ganze Nacht. Und ich habe für uns gekocht«, fügte sie an Nico gewandt hinzu, »ohne Fleisch natürlich, das gibt's nur für Buffon.« Der fing sofort wieder an zu bellen, als er seinen Namen hörte.

»Unnormal gut«, sagte Nicola und nahm genüsslich ein paar Linguine mit Nuss-Salbei-Pesto auf die Gabel. Luisa hatte die Sauce zubereitet, die Zutaten im Mörser zerkleinert, und sie war wirklich köstlich, bestätigte auch Simon. Vorweg gab es zum Prosecco Crostini mit Steinpilzcreme, danach mit Parmigiano überbackenen Fenchel. Es war perfekt. Nico langte kräftig zu und wirkte weniger traurig. Sie hatte wieder etwas zugenommen, seit er sie zuletzt gesehen hatte, bemerkte Simon, auch im Gesicht, aber das stand ihr nicht schlecht.

»Und wie läuft dein Studium?«, fragte Luisa. Darauf hätte Simon wahrscheinlich keine Antwort bekommen, aber seiner Freundin gab Nico bereitwillig Auskunft.

»Na ja, eigentlich ist es schon cool, aber ganz schön schwierig. Im Januar habe ich ein paar Prüfungen, da ist auch Physik und Chemie dabei, und im ersten Jahr wird kräftig gesiebt. Keine Ahnung, ob ich das schaffe. Außerdem sehe ich mehr tote Tiere als lebendige, und das Schlimmste ist, dass ich im nächsten Jahr ein Praktikum im Schlachthof machen muss, das ist wirklich nicht mein Ding.«

»Puh, das kann ich verstehen, das würde mir auch so gehen, und ich bin ja noch nicht mal Vegetarierin. Führt denn da kein Weg daran vorbei?«, fragte Luisa und trank einen Schluck Wein.

»Doch, wenn ich die Prüfungen im Januar nicht schaffe. Was gut sein kann.«

»Aber du willst schon weiter dranbleiben an diesem Studium?« Simon klang unüberhörbar besorgt, und Luisa trat ihm prompt unter dem Tisch gegen das Bein.

»Du musst mir nicht erzählen, dass ein Tiermedizinstudium kein Ponyhof ist, Papa.« Wenigstens hatte Nicola ihm nicht die väterliche Anrede entzogen, was vorkam, wenn sie sich über ihn ärgerte. »Gibt es noch Nachtisch?«, fragte sie dann, wie um damit auch einen Schlusspunkt unter das Gespräch über ihr Studium zu setzen.

»*Certo*«, sagte Luisa und tischte eine Mascarpone-

Espresso-Creme mit Amaretti auf. »Ich hoffe, die ist auch unnormal gut.«

Nicola lachte, sprang auf, schlang von hinten ihre Arme um Luisa und küsste sie aufs Haar. »Sorry, dass ich so biestig bin. Und danke, dass du so toll gekocht hast. Wenn du aus Frankfurt zurückkommst, koche ich für euch beide. Das habe ich jetzt drauf, wo ich in Turin für mich selbst sorgen muss. Wenn's mit der Tiermedizin nicht klappt, werde ich Köchin, das wird auch Simon gefallen.« Sie streckte ihm die Zunge heraus.

Nach dem Essen saßen sie zusammen im Wohnraum mit den großen Fenstern zum See, Nico und Luisa auf dem Sofa, beide mit einem Ingwertee in der Hand, Simon mit einem Glas Grappa im Sessel, Buffon mit einem Knochen vor dem Feuer. Die Katze fremdelte noch und lag in sicherer Entfernung von dem Hund, aber nah genug am Kamin, um auch von der Wärme zu profitieren.

Draußen schneite es wieder in dicken Flocken, die im Lichtschein der Laternen am Seeufer ganz langsam, fast wie in Zeitlupe, auf das Wasser fielen und spurlos verschwanden.

Im Hintergrund lief eine jazzige CD, die Nicola Simon und Luisa mitgebracht hatte. Es war die Aufnahme einer Probe ihrer Turiner Band, in der sie seit kurzem mitmachte, als Sängerin und am Saxophon. »Das ist mein Weihnachtsgeschenk für euch«, hatte sie lachend gesagt, als sie die CD aus ihrer Tasche holte, »die ist bestimmt irgendwann mal richtig viel wert.« Und das, was er hörte, war tatsächlich ziemlich gut, fand Simon, der in Nicos Alter auch in einer Band mitgemacht hatte, allerdings als Rockmusiker am Keyboard.

Nicola lockte die Katze schnalzend zu sich. »Wie heißt die eigentlich?«, fragte sie.

»Keine Ahnung«, antwortete Simon. »Und den Priester können wir ja nicht mehr fragen.«

»Daphne«, sagte Nicola. »Die sieht aus wie eine Daphne.«

»Komischer Name für eine Katze, aber du bist ja jetzt die Expertin.«

Nico zeigte ihm einen Vogel, grinste aber, griff dann zu einer Mappe, die neben Simon auf einem Tisch lag und blätterte darin. »Sind das die Artikel aus *Il Giorno*, die du gesammelt hast?«

Auf der Fahrt von Turin nach Ronco hatte Simon ihr die ganze Geschichte erzählt, von dem im See untergegangenen Auto, der Seeverschmutzung und den beiden Morden. »Hast du nicht gesagt, dass damals, als jemand diese ätzende Brühe abgelassen hat, der See ohnehin eine Dreckbrühe, also voll übersäuert war? Und dass es total normal war, dass alle ihr Abwasser und ihr Giftzeugs in ihn entsorgt haben?«

»Nein, nicht ganz. Dass es so war, das ist noch länger her. Als das mit dem Jungen passiert ist, also vor acht Jahren, war der See eigentlich schon wieder blitzsauber. Da hatte ja schon längst diese groß angelegte Sanierungsaktion stattgefunden, die ist jetzt schon dreißig Jahre her.«

»Du meinst diese Aktion, als man tonnenweise Kalk in ihn geschüttet hat? Um ihn so zu entsäuern?«

Simon nickte.

»Wirklich coole Aktion«, sagte Nicola. »Vor allem, dass die auch noch funktioniert hat.«

»Ja, stimmt. Die haben den See so wieder richtig sauber gekriegt. Umso schlimmer, wenn ihn heute immer noch manche als Müllkippe missbrauchen.«

»Ja, das ist eine Schweinerei.« Nicola blätterte weiter in den Zeitungsberichten, nahm einen heraus und sah ihn sich genauer an.

»Hast du nicht gesagt, dass die Besitzerin dieser Armaturenfabrik, die man damals in Verdacht hatte, Marta Barone heißt?«

»Ja, die ist die Chefin da, zusammen mit ihrem Bruder, Claudio Longhi.«

»Hier bei diesem Bericht ist ein Foto von ihr. Die kommt mir irgendwie bekannt vor. Vielleicht war sie ja mal in der Bar in Orta, als ich da noch gejobbt habe.«

»Das kann gut sein«, sagte Simon, »die hat ein Sommerhaus auf der Insel. Das ist übrigens die Frau von dem Mann, der mit seiner Geliebten in den See gestürzt ist.«

»Ich glaube, ich kenne sie. Das ist die Tante von dem Typ, der im Sommer so hinter mir her war.«

»Den du nicht losgeworden bist?«

»Ja, genau der.«

»Hast du von dem eigentlich noch mal etwas gehört?«

»Nein, gottlob nicht. Er hat es dann doch kapiert.« Nicola vertiefte sich wieder in den Zeitungsbericht. »Hier auf dem alten Foto war sie wohl bei einem Ortstermin wegen der Seeverschmutzung, da steigt sie gerade aus ihrem Auto. Geile Schuhe. Die hat sich dafür aber ganz schön in Schale geworfen.«

Nicola hielt Simon den Artikel hin. Er warf einen schnellen Blick darauf. »Ja, das ist sie, ich habe sie ja in Vercelli getroffen, sie ist eine ziemlich elegante Erscheinung, das stimmt.«

»Und fährt einen dicken Mercedes. Das passt dann ja auch. Aber der ist vorne kaputt, oder?«

Simon traf es wie ein Keulenschlag. Fast riss er Nico den Artikel aus der Hand.

»He!, Simon, spinnst du?«, sagte sie. »Was ist los?«

Er antwortete ihr nicht, suchte hektisch nach seiner Brille. Dabei schoss ihm durch den Kopf, dass er das wohl besser schon getan hätte, als er sich die Berichte aus *Il Giorno* angesehen hatte. Wenn er nicht aus schierer Eitelkeit ständig vermeiden würde, sie aufzusetzen. »Habt ihr meine Brille gesehen?«, fragte er.

Luisa schüttelte den Kopf und vertiefte sich sofort wieder in ihr Buch. Nicola ignorierte seine Frage und blätterte weiter in der Mappe.

Endlich hatte Simon das Etui gefunden. Mit der Brille auf der Nase sah er sich das Foto genau an. Die Kopie war nicht besonders gut, aber Nico schien recht zu haben. Der Mercedes war vorne leicht eingedrückt, so sah es tatsächlich aus. Simon blickte auf seine Uhr. Er musste Roberta kontaktieren und sie bitten, ihm das Foto in höherer Auflösung zu schicken, damit er überprüfen konnte, ob es wirklich so war. Und wenn das stimmte, musste er sofort Carla anrufen. Dann konnte es Marta Barone gewesen sein, die das Auto ihres Mannes mit ihrem Mercedes in den See gestoßen hatte. Vermutlich aus Eifersucht. Und hatte sie dann auch Leonie umgebracht? Weil die ihr auf die Spur gekommen war? Vielleicht weil der Priester Bescheid wusste und sie eingeweiht hatte? Und den hatte Marta Barone dann auch umgebracht? Hatte sie vier Menschen auf dem Gewissen?

Simons Gedanken flogen. Auf einmal setzten sich alle Puzzlestücke zu einem sinnvollen Ganzen zusammen. Ferrante war Priester in Vercelli gewesen und kannte daher

Marta Barone. Wahrscheinlich war sie sogar einer der *Engel*, die damals in Vercelli seinen Verein, die *business angels*, unterstützt hatten. Vielleicht hatte er sie zufällig beobachtet, als sie das Auto ihres Mannes in den See gestoßen hatte, oder, was wahrscheinlicher war, sie hatte Ferrante ihre Tat gebeichtet. Sie hatte ja nicht abgebrüht auf Simon gewirkt und litt vermutlich unter ihrer Schuld. Und der Padre hatte all die Jahre geschwiegen, sich an das Beichtgeheimnis gehalten. So lange, bis Leonie auftauchte, auf der Suche nach ihrer Mutter. Ferrante hatte wahrscheinlich Mitleid mit Leonie gehabt, ihr daher etwas von seinem Wissen preisgegeben, die Skizze für sie gezeichnet mit dem Ort, wo das Auto vermutlich im See lag. Dieses Wissen hatte Leonie benutzt. Was sie das Leben kostete und schließlich auch das des Padre.

Simons Gedanken rasten weiter. War der Mord an Leonie für Ferrante dann der Auslöser, Marta Barone doch zu verraten? War das die Botschaft auf der fehlenden Seite in seinem Notizbuch? Hatte Marta Barone sie bei ihm gefunden und herausgetrennt? Nachdem sie ihn mit seinem Schwert umgebracht hatte? Es passte einfach alles zusammen. Simon sah jeden einzelnen Schritt vor sich, wie ein Film lief alles, was geschehen war, jede einzelne Szene vor seinen Augen ab, der Tod im See vor acht Jahren, der Mord an Leonie und der an Padre Ferrante. Am liebsten hätte er sofort Carla angerufen, aber er musste sich gedulden. Es war elf Uhr nachts, und sie schlief wahrscheinlich schon. Er musste den Morgen abwarten.

26

Um neun Uhr klingelte Simons Handy und holte ihn aus dem Schlaf. Der Abend zu dritt mit Luisa und Nico war noch lang geworden, sie hatten ausgelassen am Feuer gesessen und zu später Stunde sogar gesungen, italienische Sommerhits von Eros Ramazzotti bis Gianna Nannini. Simon griff neben sich, aber das Bett an seiner Seite war leer. Luisa war schon aufgestanden. Das Handy klingelte immer noch, und endlich schaute Simon doch auf das Display: Carla. Sofort fiel ihm der Abend und die Entdeckung auf dem Foto wieder ein, und dass er ja selbst Carla unbedingt sprechen wollte.

Aber sie ließ ihn gar nicht erst zu Wort kommen. »Sorry, Simone, dass ich Sie wieder so früh störe«, sagte sie. »Aber es gibt etwas, das Sie interessieren wird. Ihre Idee, den durchgedrückten Text in dem Notizbuch sichtbar zu machen, hat nämlich funktioniert. Zumindest ein paar Bruchstücke konnten wir entziffern.«

»Und?« Simon war jetzt hellwach.

»Der Padre spricht da von einem Engel, den ihm der Teufel geschickt hat. Der Begriff Engel taucht jedenfalls immer wieder auf. Und er erwähnt eine Beichte. Also am besten ist wahrscheinlich, Sie schauen sich das selbst mal an, das kann man schwer wiedergeben, schon gar nicht am Handy.«

»Und die Skizze von dem Fundort?«

»Stammt aus seinem Notizbuch. Es ist definitiv das gleiche Papier. Es gibt aber noch etwas. Wir haben nämlich das Konto des Priesters überprüft.«

»Warum?«

»Reine Routine. Aber das war gut so. Er hat jeden Monat eine stattliche Summe an das Kloster überwiesen.«

»Das heißt? Wie viel?«

»Tausend Euro. Das kann er unmöglich aus seiner eigenen Tasche bezahlt haben. Und interessant daran ist vor allem, dass er mit den Überweisungen vor knapp acht Jahren begonnen hat. Da macht es doch wohl auch bei Ihnen klick?«

»Ja, klar. Das ist der Zeitpunkt, an dem das Auto mit Virgilio und Marlene in den See gestürzt ist.«

»Genau, aber ich habe keine Ahnung, in welchem Zusammenhang diese Zahlungen damit stehen. Es ist erst mal nur ein zeitliches Zusammentreffen. Ich verstehe nicht, was der Padre damit zu tun haben könnte. Aber immerhin hat er ja auch gewusst, wo das Auto im See untergegangen ist. Trotzdem könnte es für das alles auch eine ganz andere Erklärung geben.«

Simon hatte gespannt zugehört, aber nun brannte er darauf, seine Vermutung loszuwerden. Anders als Carla hatte er eine Geschichte, eine Erzählung im Kopf, die alles erklärte. Und die zu dem passte, was sie ihm gerade berichtete. Ihre Informationen fügten sich wie fehlende Puzzlesteine in das Bild, das er sich von dem Geschehen gemacht hatte.

»*Senta*, Carla«, sagte er. »Ich glaube, ich weiß, wer die Mörderin ist.«

Einen Moment blieb es still in der Leitung. Dann fragte Carla: »Die Mörderin?«

»Ja, die Mörderin. Der Engel ist eine Frau. Marta Barone.«

Wieder blieb es still, aber Simon hörte, wie Carla tief durchatmete. Er schwieg ebenfalls und wartete ihre Reaktion ab.

»Und wie kommen Sie darauf?« Carla klang eher überrascht als überzeugt.

»Ein altes Foto von ihr aus *Il Giorno* hat mich darauf gebracht. Das war der Auslöser. Und auf einmal habe ich die ganze Geschichte, wie sie abgelaufen sein muss, klar vor Augen gehabt.«

»Und was ist das für ein Foto?«

»Wie gesagt, ein Pressefoto. Es ist vor acht Jahren aufgenommen worden, bei einem Ortstermin wegen einer Seeverschmutzung. Als Verursacher standen damals die Longhis in Verdacht. Dieser Termin hat nur zwei Tage, nachdem Virgilio Barone und Marlene Hofmann mit ihrem Wagen im See untergegangen sind, stattgefunden. Der Fotograf hat Marta Barone abgelichtet, als sie aus ihrem Mercedes steigt. Und auf dem Foto sieht man: Das Auto ist vorne beschädigt. Und ich vermute, jetzt macht es bei Ihnen klick, oder?«

»Sie glauben, dass sie ihren Mann und Marlene Hofmann mit dem Mercedes in den See gestoßen hat? Und dass der deshalb vorne beschädigt ist? Aber warum sollte sie das getan haben?«

»Aus Eifersucht. Sie hat uns eine Komödie vorgespielt. Von wegen großer Liebe zwischen ihr und ihrem Mann. Sie wusste bestimmt doch von seiner Affäre und war rasend eifersüchtig, hat den beiden aufgelauert und kurzen Prozess mit ihnen gemacht.«

»Und der Priester, was soll der damit zu tun haben? Wie passt der in Ihre Geschichte?«

»Bei dem Padre bin ich zum ersten Mal auf den Artikel

mit dem Foto gestoßen. Als wir seine Leiche gefunden haben. Er hatte den Bericht aufbewahrt. Ich habe nur nicht sofort realisiert, was darauf zu sehen ist. Ich denke, er wusste von dem Mord, könnte sein, dass Marta Barone ihm ihre Tat gebeichtet hat. Dafür spricht ja auch, dass er eine Beichte in seinem Text in der Kladde erwähnt, wie Sie sagen. Wenn es so war, musste er das für sich behalten, denn das Beichtgeheimnis gilt ja sogar dann, wenn jemand einen Mord gesteht. Wahrscheinlich hat er aber von ihr verlangt, dass sie eine Wiedergutmachung leistet, so eine Art Ablass, so handhabt man das doch in der katholischen Kirche, oder?«

»Nicht ganz«, sagte Carla, und Simon sah sie vor sich, wie sie bei diesen Worten aus ihren grünen Augen lächelte. »Diese Art Ablasshandel ist nicht mehr *state of the art*, würde die Äbtissin sagen. Jedenfalls meinen Sie, dass das Geld, das er an das Kloster überwiesen hat, von Marta Barone kam? Sozusagen Sühnezoll?«

»Ja, das vermute ich. Und sie ist der Engel, von dem er in seinem Text spricht. Sie wissen, dass der Padre früher Priester in Vercelli war?«

»Ja, und die Geschichte kenne ich. Dass man ihn damals kaltgestellt hat. Weil er angeblich einen Jungen missbraucht hat. Da muss es aber tatsächlich einen Vorfall gegeben haben. Stefano hat jedenfalls bei den Sachen des Padre einen Ring mit einer Gravur von diesem Jungen gefunden.«

»Ja, den Ring habe ich auch gesehen, als ich mir die Kisten mit seinen Unterlagen vorgenommen habe. Aber darum geht es mir jetzt nicht. Ich will auf etwas anderes hinaus. Der Padre hat damals in Vercelli einen Verein gegründet, um den Jungs in seiner Gemeinde Starthilfe ins Berufsleben zu geben. Den haben ein paar Prominente unterstützt und die hat er *business angels* genannt. Ich bin mir ziemlich sicher, dass Marta Barone einer davon war. Also ein Engel.«

»Woher wissen Sie das alles?«

»Ich habe eine kleine Recherche bei *Il Giorno* gemacht. Da kann man das alles nachlesen. Das Ganze ist aber schon lange her. Fast zwanzig Jahre.«

»Und als Leonie dann auf der Suche nach ihrer Mutter an den See gekommen ist«, Carla nahm jetzt den Faden von Simons Geschichte auf, »hat er Mitleid mit ihr gehabt. Und ihr erzählt, dass Marta Barone am Tod ihrer Mutter schuldig ist.«

»Vielleicht gar nicht so direkt«, sagte Simon, »vielleicht hat sie es nur aus ein paar Hinweisen von ihm geschlossen. Damit hat sie ihn in die Enge getrieben, solange, bis er mit dem, was er wusste, herausgerückt ist. Wahrscheinlich war es für ihn nicht einfach, ihr zu widerstehen, diesem schönen Biest, das sie wohl war. Leonie hat dann Kontakt zu Marta Barone aufgenommen, sie mit ihrer Schuld konfrontiert und sie bedroht. Und der Engel hat daraufhin erneut zugeschlagen.«

»Das klingt tatsächlich alles ziemlich logisch«, sagte Carla. »So könnte es jedenfalls gewesen sein. Und was ist mit dem Priester? Den hat sie auch umgebracht?«

»Ja, das vermute ich jedenfalls. Der Padre wollte wahrscheinlich reinen Tisch machen, nachdem er begriffen hatte, dass Marta Barone auch Leonie ermordet hat. In diesem Fall war er ja nicht an das Beichtgeheimnis gebunden.«

»Wow, Simon, Sie könnten in der Tat recht haben. Und das passt auch zu den Stichwörtern, die wir in seiner Notiz entziffert haben. Was halten Sie davon, wenn Sie nach

Omegna kommen, das Foto von dem Mercedes mitbringen und wir uns die Unterlagen noch mal gemeinsam ansehen?«

»Ja, gerne, aber ich muss erst Luisa zum Flughafen bringen.«

»Luisa fliegt ab? Warum das?«

War das Sorge, was in ihrer Frage mitklang, oder war sie vielleicht gar nicht so unglücklich über diese Nachricht?

»Ja«, antwortete Simon, »es gibt ein Problem auf einer ihrer Baustellen in Frankfurt. Und sie muss das an Ort und Stelle regeln.«

»Oh, das tut mir leid, für Sie beide.« Das hörte sich jetzt aufrichtig mitfühlend an. »Wann sind Sie denn zurück vom Flughafen?«

»Ich kann gegen 14 Uhr spätestens bei Ihnen in Omegna sein.«

»*Benissimo*, dann treffen wir uns in der *Piccolo Bar*, vielleicht kriegen wir da ja noch eine Pizza.«

27

Der Abschied am Flughafen verlief relativ aufgeräumt und undramatisch, auch bei Luisa, die üblicherweise, wenn die Stunde der Trennung am Gate schlug, den Tränen nahe war. Und anders als sonst hing auch Simon auf der Rückfahrt an den See ihrer Begegnung in Gedanken nicht nach. Luisa würde ja dieses Mal bald wieder nach Ronco zurückkehren. Aber auf einmal, er hatte schon die halbe Strecke hinter sich und gerade den Ticino überquert, kamen ihm doch Zweifel. War sie womöglich nicht nur abgeflogen, weil der Job nach ihr rief, sondern weil ihr das gelegen kam? Weil sie genug davon hatte, dass er ständig unterwegs und mit der attraktiven Polizistin zusammen war? Bestimmt hatte sie gespürt, dass ihn der Fall nicht nur aus kriminalistischem Interesse reizte, sondern auch wegen Carla mit ihren grünen Augen und ihrer nüchternen Art.

Jetzt tauchte die Ausfahrt nach Borgomanero vor ihm auf, er bog ab und bezahlte an der Mautstation mit seiner *ViaCard.* Blödsinn, sagte er sich, als er wieder losfuhr. Sie hatten doch eine gute Zeit zusammen gehabt. Waren sich nah gewesen und hatten viel miteinander gelacht. Auch wenn Luisa ihm mit ihrem Yoga manchmal auf den Nerv gegangen war. Er schob seine Zweifel weg. Und am besten gelang ihm das, wenn er sich wieder auf die Mordfälle und auf Marta Barone konzentrierte.

Was würde Carla sagen, wenn er sie gleich in Omegna traf? Hatte er sie überzeugt oder waren ihr inzwischen doch Zweifel an seiner Version gekommen? Am Morgen hatte sich jedenfalls noch bestätigt, dass der Mercedes von Marta Barone damals tatsächlich einen Frontschaden gehabt hatte. Roberta hatte ihm eine Mail mit einer höher aufgelösten Version des alten Fotos aus *Il Giorno* geschickt. Darauf war der Schaden deutlich zu sehen. Sogar rote Lackspuren, die der Panda hinterlassen haben konnte, meinte Simon zu erkennen, aber er gestand sich ein, dass dabei eher der Wunsch der Vater des Gedankens war. Warum war Marta Barone aber so leichtsinnig gewesen, das beschädigte Auto weiter zu benutzen? Musste sie nicht schon damals fürchten, dass dadurch ein Verdacht auf sie fallen könnte? Hakte da seine Geschichte? Nein, überlegte Simon. Denn zu diesem Zeitpunkt vermuteten ja alle, dass Virgilio Barone im Val Grande herumirrte oder verunglückt war. Keiner kam auf die Idee, dass Marta Barones Auto ein Mordwerkzeug war, mit dem sie ihren Mann und seine Geliebte in den See gestoßen hatte. Sie hatte also keinen Grund gehabt, den Mercedes zu verstecken. Außerdem hatte der Ortstermin am Montag stattgefunden, so dass sie bis dahin gar keine Gelegenheit hatte, ihn reparieren zu lassen.

Roberta hatte nicht nur das Foto geschickt, sondern ein paar kurze Zeilen dazu geschrieben und ihm eine Einladung für zwei Personen zu der Vernissage der Longhis am nächsten Tag angehängt. Vermutlich kam auch Marta Barone dorthin. Es war ja auch ihre Veranstaltung, nicht nur die ihrer Brüder. Was würde bis dahin passieren? Wenn Carla Marta Barone vorher noch vernahm und ihr womöglich ein Geständnis entlockte, würde die Vernissage auf der Insel wohl platzen – eine Katastrophe für die Gebrüder Longhi, die Simon seinen Erzfeinden von Herzen gönnte.

Er würde jedenfalls hingehen, mit Nicola, hoffte er. Die hatte noch geschlafen, als er und Luisa zum Flughafen aufgebrochen waren. Buffon war die Treppe zu ihnen heruntergekommen, hatte an der Katze geschnüffelt und Luisa jaulend begrüßt, stand dann winselnd vor der Haustür, bis sich Luisa seiner erbarmte und noch vor ihrer Abfahrt einen kleinen Dorfspaziergang mit ihm unternahm. Wie bewältigte Nicola das in Turin? Sie liebte ihren Hund, aber hatte sie überhaupt genug Zeit für ihn?

Simon plädierte dafür, sie zu wecken, aber Luisa redete ihm das aus. »Sei nicht so unduldsam mit ihr«, hatte sie gesagt. »Dir ist ja wohl nicht entgangen, dass sie ganz schön im Stress ist, oder?«

»Nein, natürlich nicht«, antwortete Simon. »Aber ein Studium ist eben kein Ponyhof. Das hat sie selbst ja gesagt.«

»Dann lass sie doch mal ausschlafen. Ich glaube, sie hat ein bisschen Abstand und Ruhe bitter nötig.«

Luisa hatte recht. Aber Simon machte sich Sorgen. Oder war das nur wieder eine willkommene Ausrede dafür, dass er Nicola zu sehr kontrollierte? Vielleicht war das Studium in Turin ja die falsche Entscheidung. Er war zwar froh gewesen, als sie ihren Job in der Bar in Orta aufgegeben hatte, um endlich etwas aus seiner Sicht Vernünftiges zu machen. Aber passte das Vernünftige zu ihr? Als Nico am Abend zuvor im Chor mit Luisa lauthals italienische Sommerhits angestimmt und zu ihrem Saxophon gegriffen hatte, sich durch ein paar falsche Töne gar nicht hatte verunsichern lassen, war sie ganz bei sich gewesen. Und ihm fiel ein, wie sie den Schlachthof erwähnt hatte, mit welchem Abscheu. Mit ihrem großen Herzen für Tiere allein war dieses Studium sicher nicht zu bewältigen. Ja, es konnte sein, dass sie auf einem falschen Weg war. In jedem Fall war es gut, dass sie jetzt ein wenig Zeit miteinander hatten.

Was war eigentlich mit ihrem Freund, mit Paolo? Der lebte auch am See, und die beiden hatten sich bestimmt länger nicht gesehen. Sofern es diese Beziehung überhaupt noch gab. Auch in dieser Hinsicht war Nicola noch auf der Suche, wusste nicht, ob sie Frauen oder Männer liebte oder beides. Paolo war ein netter Kerl, fand Simon, einer von den vielen italienischen jungen Leuten, die in dem krisenhaften Land keine Zukunft für sich sahen, sich mit Gelegenheitsjobs über Wasser hielten und ein wenig orientierungslos durch ihr junges Leben trieben. Aber Paolo war intelligent, aus ihm würde noch etwas werden, dessen war sich Simon sicher.

Er hatte jetzt den See erreicht, fuhr durch die Dörfer am westlichen Ufer in Richtung Omegna. Die Straße machte viele Kurven, verengte sich immer wieder, stieg langsam etwas in die Höhe. An ihrem Rand türmten sich Schneehaufen, aber es schneite nicht mehr, und eine blasse Sonne stiftete ein milchiges, weiches Licht. Anders als das gegenüberliegende östliche Ufer, das mit seinen üppigen Palazzi und Parks die Schauseite des Sees war, gab sich das Westufer, wo auch Simon zu Hause war, eher unspektakulär und schlicht. Bis auf eine Kapelle, *Madonna del Sasso*, die in gewagter Position hoch über dem See auf einem Felsvorsprung saß und ein Wallfahrtsort war. Dort hinauf führte eine steile, serpentinenreiche Straße, die Simon manchmal mit dem Fahrrad nahm, eine schweißtreibende Übung, mit der er sich selbst davon überzeugte, dass er trotz seines fortgeschrittenen Alters noch gut in Form war, um sich oben angekommen mit der spektakulären Aussicht auf den See und die Alpen zu belohnen. Den weißen Granitfels, auf dem die Kirche stand, hatte man früher abgebaut, sogar eine Schienenverbindung für den Transport des schweren Baumaterials hatte es gegeben. Noch ein Stück weiter unten am Hang hatte sich Claudio Longhi, Marta Barones Bruder, eine moderne Villa spendiert, die am Hang klebte und in ihren Konturen der Kapelle ähnelte. Was sogar ein Ungläubiger wie Simon anmaßend fand.

In Omegna herrschte nachweihnachtlicher Trubel, auf der Eisbahn tummelten sich noch immer die Kinder, einige in nagelneue Winterjacken gepackt und auf noch ganz unbenutzten Schlittschuhen. Auch in der Pizzeria am Hafen war viel los, alle Tische waren besetzt, aber Carla hatte einen gerade frei gewordenen Fenstertisch ergattert. Sie winkte Simon zu und schaute ihm erwartungsvoll entgegen. Die meisten Gäste waren bereits beim Espresso angelangt, und Carla und Simon erwischten noch den letzten Moment, um eine Pizza zu bestellen.

Simon schob Carla umstandslos das Foto aus *Il Giorno* von dem beschädigten Mercedes zu. Sie nahm es in die Hand, betrachtete es genau, während Simon die Abschrift aus dem Notizbuch des Priesters durchlas.

»Sieht ganz so aus, als ob wir auf der richtigen Fährte sind«, sagte Carla schließlich und schob sich ein Stück von der Pizza in den Mund, die inzwischen auf den Tisch gekommen war. »Stefano hat übrigens mit der Äbtissin telefoniert, und sie hat die Überweisungen des Priesters bestätigt«, fuhr sie kauend fort.

»Und?«

»Sie meinen, ob sie sich nicht gefragt hat, woher das Geld stammt, und wofür sie es bekommt? Sie glauben doch nicht wirklich, dass sie dazu etwas gesagt hat. Außer natürlich, dass sie es nicht weiß. Dass es viele anonyme Spender gebe und das Kloster das Geld gut gebrauchen könne.«

»Damit war zu rechnen«, sagte Simon und griff sich auch ein Stück Pizza.

»Aber ein paar weitere Informationen habe ich doch. Stefano hat recherchiert, was es mit diesen *business angels* in Vercelli auf sich hatte. Und er hat das bestätigt, was Sie schon vermutet haben. Die Longhis, also Marta und übrigens auch ihr Mann und die Brüder, haben sich alle in diesem Verein engagiert, dafür gespendet und ihre Beziehungen spielen lassen, um zum Beispiel Praktikumsplätze für die Jugendlichen zu organisieren. Es kann also wirklich gut sein, dass mit dem Engel, von dem der Padre in seinem Text spricht, Marta Barone gemeint ist. Vielleicht hatte er, als er das in sein Notizbuch geschrieben hat, doch noch Hemmungen, ihren Namen offen zu nennen.«

Simon griff sich noch ein Stück Pizza, zögerte dann aber zuzubeißen. »Ich überlege gerade, Carla. Sorry, aber im Moment habe ich noch eine ganz andere Idee: Könnte der Engel nicht vielleicht auch ihr Schwager sein, Ugo Barone?«

»Warum der?«

»Keine Ahnung, vielleicht irgendein Bruderkonflikt, Eifersucht ...«

»Der hat aber ein ziemlich wasserdichtes Alibi, zumindest für den Mord an Leonie. Er war den ganzen Tag mit einer Besuchergruppe auf der *Tenuta* unterwegs. Das hat Stefano überprüft. Und ich bin eigentlich überzeugt davon, dass wir es in beiden Fällen, also bei Mutter und Tochter, mit demselben Mörder zu tun haben. Nein, ich denke, mit Marta sind wir schon auf der richtigen Fährte.«

»Ok, und was ist mit dem Mercedes?«

»Stefano hat sich in der Gegend bei den Vertragswerkstätten umgehört. Es gab eigentlich nur eine, die infrage kam. Da hat man sich tatsächlich an den Mercedes erinnert, aber nicht sehr genau. In jedem Fall war der Wagen dort im September vor acht Jahren zur Reparatur, also nur kurz nachdem Signor Barone verschwunden ist. Die Rechnung hatten sie noch in den alten Aktenordnern. Die ist auf die *Tenuta Barone* ausgestellt. Wer den Wagen gebracht hat, daran können sie sich nicht mehr erinnern, sagen sie.«

»Und Lackspuren?«

»Danach hat Stefano natürlich auch gefragt, aber auch das wussten sie nicht mehr. ›Kann sein, kann nicht sein‹, habe der Chefmechaniker gesagt, und Stefano war frustriert, dass er den Fall nicht mit einem Schlag lösen und mir damit imponieren konnte.« Ihre Augen blitzten schelmisch. Sie war wieder ganz die Alte, witzig und hellwach. Ob sie wohl gute Nachrichten von ihrem in Frankfurt bei der Messe verschwundenen Kollegen hatte, fragte sich Simon. Er sprach das Thema lieber nicht an. Wahrscheinlich war sie einfach nur zufrieden, dass endlich etwas Licht in die Mordfälle kam.

»Das müsste für eine Vernehmung reichen«, sagte Carla und schob sich das letzte Stück Pizza in den Mund. »Marta Barone hat ohne Zweifel ein Motiv für die Morde. Das Foto belegt, dass ihr Wagen involviert gewesen sein könnte.

Und mit dem Engel in dem Text des Padre könnte tatsächlich sie gemeint sein. Ihr Alibi ist auch nicht hieb- und stichfest. Sie war zwar damals bei ihrer Freundin in Novara, das haben wir routinemäßig überprüft. Aber da war sie ganze zwei Tage und hatte genug Gelegenheit, etwas allein zu unternehmen. Und zu dem Zeitpunkt des zweiten Mordes, also als Leonie erschlagen wurde, will sie zwar angeblich zu Hause gewesen sein, aber dafür gibt es keine Zeugen.«

»Und an dem Tag, als der Padre erstochen wurde?«

»Das werde ich sie fragen. Schauen wir mal. Natürlich ist das alles im Einzelnen noch nicht zwingend, aber in der Kombination müsste es reichen, um sie als tatverdächtig zu behandeln. Und wenn sie es wirklich war, kriege ich das heraus, so stabil ist die nicht, dass sie das Leugnen durchhalten würde.«

Simon machte dem Kellner ein Zeichen und bestellte Espresso für sie beide. »Und wann wollen Sie sie vernehmen?«, fragte er.

»Morgen findet ja die Vernissage der Ausstellung der Longhis statt. Das heißt, sie kommt bestimmt in ihr Haus auf die Insel. Die Vernissage geht um 11 Uhr los, da ist vorher genug Zeit. Ich spreche mit der Staatsanwältin, rufe Marta Barone an und kündige mich ihr an, unter irgendeinem Vorwand, da wird mir schon etwas einfallen. Aber sorry, Simone, Sie werden leider nicht dabei sein können, dafür gibt es beim besten Willen kein Argument.«

»Kein Problem. Ich beobachte das aus der Ferne. Ich habe nämlich eine Einladung für die Vernissage.«

»Etwa von den Longhis?« Carlas Augen weiteten sich, sie war wirklich überrascht.

»Nein, natürlich nicht. Pressekarten. Von einer Kollegin. Also schauen wir mal, was das morgen gibt.«

Carla kippte ihren Espresso mit einem Schluck herunter und stand auf. *»Sì, vediamo.«*

28

Das Haus in Ronco war dunkel, wie ausgestorben, dachte Simon. Er hatte noch einen Großeinkauf in Omegna gemacht, und als er mit Tüten beladen vor dem Eingang stand, nach seinem Schlüssel suchte, ihn endlich in einer seiner Taschen fand und die Tür zu dem leeren Haus aufschloss, durchströmte ihn für einen Moment eine Welle von Traurigkeit. Auf dem Esstisch fand er eine Nachricht von Nicola. Sie war mit Paolo und Buffon nach Coiromonte unterwegs, würde dort über Nacht bleiben, schrieb sie. Paolo lebte in dem Dorf oben in den Hügeln auf der anderen Seeseite in einem großen, etwas heruntergekommenen Haus, zusammen mit anderen jungen Leuten, die sich, ähnlich wie er, mit bescheidenen Mitteln durch das Leben jonglierten und es mit gemeinsamen musischen Ambitionen *upgradeten*, ein Begriff, den Nicola einmal dafür verwendet hatte.

Früher hätte man sie vielleicht als Aussteiger bezeichnet, aber das waren sie nicht, wusste Simon, seit er Paolo näher kennengelernt hatte. Ihre etwas prekäre Existenz, die sie ohne große Zuversicht, aber zugegeben kreativ bewältigten, war nicht freiwillig gewählt. Das blockierte Land, in dem es an Arbeit und Zukunft für junge Leute mangelte, gab ihnen keine Chance, jedenfalls sahen sie das so.

Simon rief Nico an, die noch im Auto, aber schon auf der anderen Seeseite war, und lud sie ein, ihn am nächsten Morgen zu der Vernissage auf der Insel zu begleiten. Sie zögerte einen Moment, sagte dann aber zu, wahrscheinlich nur ihm zuliebe, weil sie ihn ohne Luisa für vereinsamt hielt.

Die Katze strich maunzend um Simons Beine. Schon wieder hatte er sie vergessen. Es würde noch dauern, bis er sich an seine neue Mitbewohnerin gewöhnte.

»Ciao Daphne«, sagte er. »Hast du Hunger?«

Sie schlug unruhig mit dem Schwanz hin und her und buckelte wieder. Wahrscheinlich musste auch sie sich noch an ihn gewöhnen. Er gab ihr etwas zu fressen, zumindest an Katzenfutter hatte er im Supermarkt gedacht, räumte dann seine Einkäufe weg, machte sich noch einen Espresso und legte sich auf sein Sofa. Die Katze schlich unentschieden um ihn herum, sprang schließlich mit einem Satz zu ihm hoch und schmiegte sich schnurrend an seine Seite.

Er strich ihr über den Rücken und schloss die Augen. Er war allein. Erst jetzt, in der Stille des Hauses, spürte er, wie gut ihm das tat. Ständig war er in den letzten zwei Wochen unterwegs gewesen und stets in Gesellschaft. Was ihm eigentlich nicht missfiel, im Gegenteil. Er war angekommen am See, fühlte sich immer weniger fremd, fast schon zu Hause. Aber er brauchte diese Zeit für sich allein. Das war immer so gewesen, es war die Haut, aus der er nicht herauskonnte und wollte.

Er legte die CD von Nicola in den Player, lehnte sich zurück in sein Sofa, steckte sich ein Kissen in den Rücken und konzentrierte sich auf die Musik. Das ist wirklich gut, was die machen, dachte er. Es war also nicht nur der ausgelassenen Stimmung des Vorabends und dem Grappa geschuldet, dass ihm ihre Musik gefiel. Vielleicht sollte sie daraus wirklich mehr machen. Es war gut, dass er jetzt mehr Zeit für sie haben würde. Die Morde schienen kurz vor der Aufklärung zu stehen, Carla brauchte ihn nicht mehr, wenn sie ihn überhaupt brauchte. Und Luisa war erst einmal in Frankfurt.

Simon schreckte hoch. Die Katze sprang mit einem Satz vom Sofa herunter. Er war eingeschlafen. Ein wenig desorientiert schaute er auf die Uhr. 21 Uhr. Er hatte mindestens zwei Stunden geschlafen, war aber immer noch hundemüde. Heute würde er ausnahmsweise einmal früh ins Bett gehen. Eigentlich sollte er sich noch etwas zu essen machen, aber er hatte nicht wirklich Hunger und außerdem keine Lust zum Kochen.

Aber seine Mails musste er noch checken. Luisa musste schon seit Stunden in Frankfurt angekommen sein, hatte aber noch nichts von sich hören lassen. Vielleicht fand sich ja eine Nachricht von ihr in seinem Posteingang.

Der Computer in seinem Arbeitszimmer war schon hochgefahren – vermutlich hatte Nicola ihn benutzt – und das Postfach gut gefüllt. Simon überflog die Absender, keine Nachricht von Luisa. Fast alles, was hereingekommen war, konnte sofort gelöscht werden oder hatte Zeit.

Aber eine Mail weckte sein Interesse, und er machte sie sofort auf. Sie kam von einem alten Bekannten, einem Kommissar aus Frankfurt, mit dem er immer gut zusammengearbeitet und auch mal ein Bier getrunken hatte. Bei ihm hatte er vor ein paar Tagen erneut nachgefragt, ob sich im Fall von Carlas verschwundenem Kollegen etwas getan hatte. Es war eine längere Mail, die der Kommissar geschickt hatte, auch mit ein paar persönlichen Zeilen, aber Simon fielen sofort die entscheidenden Sätze ins Auge. Es waren *bad news*. »Es gibt leider nichts Neues in dieser Sache«, schrieb er, »und das ist kein gutes Zeichen. Wir glauben nicht, dass der italienische Kollege noch lebt. Wir vermuten, er hat sich bei seinen Ermittlungen zu weit vorgewagt, auf eigene Faust, und ist ein Opfer der Mafia geworden, wahrscheinlich eher der chinesischen als der italienischen. Vielleicht wollte er aber auch einen Deal machen, ganz ausschließen können wir das jedenfalls nicht. Seine Spur verliert sich in Mexiko, aber die ist wahrscheinlich gelegt. Ehrlich gesagt stochern wir ziemlich im Dunkeln.« Das waren wirklich schlechte Nachrichten. Die er erst einmal für sich behalten würde, beschloss Simon, bis die Morde tatsächlich aufgeklärt waren. Der Kollege von Carla hatte auf eigene Faust ermittelt. Das kam Simon bekannt vor. Vielleicht war Carla auch deshalb besonders empfindlich für seine Alleingänge.

Am nächsten Morgen schien die Sonne, aber es war kalt. Zu kalt, fand Simon, um mit seinem Boot auf die Insel zu fahren. Dafür war es ohnehin noch zu früh, und er beschloss, endlich mal wieder in Linos Bar in Pella vorbeizuschauen. Das gehörte eigentlich zu seiner Morgenroutine, aber die war nun schon seit fast zwei Wochen außer Kraft gesetzt.

»*Salve giornalista*«, begrüßte Lino ihn, dröhnend wie immer. »Wo warst du? Deine Zeitungen stapeln sich hier schon.« Er reichte ihm ein paar Ausgaben der *Frankfurter Nachrichten* über die Theke und erwartete wahrscheinlich nicht wirklich eine Antwort auf seine Frage. »*Cappuccio* wie immer?«

»Ja, und eine Brioche bitte.«

Simon setzte sich mit seinem Getränk und dem Gebäck an einen der noch freien Plastiktische, versuchte sich von

Linos lautstarkem Geplänkel mit seinen Gästen abzuschirmen und vertiefte sich in seine Zeitung. Er hatte schon seit einer Weile keine Nachrichten aus Frankfurt mehr verfolgt und stellte mit Vergnügen fest, dass die Eintracht zur Winterpause immer noch einen der Plätze ganz vorne in der Bundesliga belegte.

Dann überflog er den Artikel eines seiner jüngeren Exkollegen, der sich der in Teilen gerade wiederaufgebauten Frankfurter Altstadt widmete. Luisa war als Architektin am Bau eines der historischen Häuser beteiligt gewesen, was eine Zeitlang Gegenstand einer Kontroverse zwischen Simon und ihr war. Simon fand die Rekonstruktion der *Lebkuchenhäuser*, wie er sich ausgedrückt hatte, sentimental, und das behagte ihm nicht in einer Stadt, die er gerade deshalb mochte, weil sie so unsentimental war. Luisa war wütend geworden und fand ihn ignorant und überheblich.

Der junge Kollege war eher auf Luisas Seite, stellte Simon bei der Lektüre des Artikels fest. Die Frankfurter liebten ihre neue Altstadt, schrieb er. Es war seltsam, dachte Simon. In den Zentren vieler kriegszerstörter deutscher Städte hatte über viele Jahrzehnte eine gesichtslose Moderne das Bild geprägt, der man jetzt etwas Schöneres und Heimeligeres entgegensetzen wollte. In Italien hingegen, wo die historischen Zentren mit ihrer gewachsenen Urbanität begeisterten, nicht nur in Turin, Florenz oder Neapel, sondern auch in weniger bekannten Städten, hatte an den Rändern mit wachsendem Wohlstand ebenfalls die Moderne gewütet und monströse Umgebungen geschaffen, wie man sie in Deutschland so planlos, hässlich und wildwüchsig wiederum kaum kannte.

Simons Handy gab einen Laut von sich. Luisa. »Bin gut angekommen und liebe dich.«

Immerhin, freute sich Simon, trank seinen letzten Schluck Cappuccino, legte ein paar Münzen auf den Tisch, machte Lino ein Zeichen und brach auf.

29

Zum Anlegesteg in Pella war es von der Bar kein sehr langer Weg. Schon von weitem sah Simon, dass dort eine Menge Leute warteten, die auf die Insel wollten. Die Schiffstaxis verkehrten in schnellem Rhythmus, und Simon musste trotz des Andrangs nicht lange warten. Als er gerade den ersten Schritt auf den Behelfssteg zum Boot machte, tippte ihm jemand von hinten auf die Schulter. Er blickte sich um. Es war Gianluca, und an seiner Seite war Roberta in ihrem Parka und der Pudelmütze. Sie strahlte Simon mit ihrem spitzbübischen Gesicht an und gab ihm zur Begrüßung zwei ihrer ungeschickten Wangenküsse.

»Ciao Edelfeder«, sagte Gianluca, »du gehst doch nicht etwa zu der Vernissage der Longhis?«

»Doch. Daran ist deine Kollegin schuld.« Simon sah zu Roberta, die freundlich schmunzelte. »Sie hat mir die Einladung besorgt. Und ich lasse mir natürlich die Gelegenheit nicht entgehen, die Brüder ein bisschen zu ärgern.«

Vom Boot aus rief Simon Nico an, die noch mit Paolo im Auto zum See unterwegs war, aber gleich in Orta ankommen und von dort das Schiff nehmen würde. Am Anlegesteg der Insel lagen, eng aneinandergedrängt und mit Fendern gegeneinander gesichert, viele Privatboote, meist schnittige Motorjachten, aber auch zwei Boote der Carabinieri, was von den Ankommenden zunächst etwas erstaunt registriert, aber dann als Ordnungsmaßnahme für die bevorstehende Veranstaltung verbucht wurde. Nur Gianluca war aus Gewohnheit wachsam und misstrauisch: »Was tun die hier?«, wandte er sich an Simon. »Du bist doch eine gemeinhin gut unterrichtete Quelle. Weißt du, was die hier wollen?«

»Nein, keine Ahnung«, log Simon und hoffte, dass Gianluca und die gewitzte Roberta ihn nicht durchschauten.

Auf dem schmalen *Weg der Stille* ging es laut zu. Gut angezogene Menschen, die meisten mit Sonnenbrillen auf der Nase, alles geladene Gäste, strömten zu dem alten, mit Efeu und Kletterrosen überwachsenen Gebäude, das früher zum Kloster gehörte und jetzt nicht mehr benutzt wurde, und in dem die Eröffnung der Ausstellung stattfinden würde. Simon erkannte einige prominente Gesichter, die Bürgermeister der umliegenden Gemeinden, den Chef der Werft in Pella, die Besitzer der großen Armaturenfabriken. Ob Tommaso auch kommen würde? Er war Teil dieser besseren Gesellschaft am See, aber eher gegen seinen Willen, und im Allgemeinen mied er solche Anlässe.

Als Simon das Kloster passierte, sah er die Äbtissin. Sie stand an der Pforte, entdeckte ihn ebenfalls und winkte ihn zu sich. »*Buongiorno*, Signor Strasser. Ich hoffe, Ihre Freundin hat sich von dem Schrecken erholt?«

»Ja, danke, es geht ihr gut.«

»Ich bin Ihnen, beziehungsweise ihr, ja noch eine Erklärung schuldig. Sie hat sich das tatsächlich nicht eingebildet, dass jemand sie in der Bibliothek eingesperrt hat. Es war eine unserer Novizinnen, die die Tür hinter ihr geschlossen hat. Sie sagt natürlich, dass sie nicht gewusst habe, dass Signora Fontana da drin war. Ich vermute aber, es war ein Schabernack. Diese Novizinnen sind eben ganz normale junge Frauen, die auch mal Albernheiten machen und aus der Reihe tanzen.«

»Gott sei Dank kann ich nur sagen«, erwiderte Simon, und das meinte er auch so. »Allerdings weiß ich nicht«, fuhr er fort, »ob Tätlichkeiten unter ihren Nonnen auch noch unter Albernheiten fallen.« Er lächelte. Die Äbtissin sah ihn mit hochgezogenen Augenbrauen an und sagte nichts. »Leonie und Maria sind sich doch wegen irgendetwas an den Kragen gegangen, daran habe ich keinen Zweifel mehr.«

Jetzt lächelte die Äbtissin zurück. »Wenn es so war, Signor Strasser, ist es tatsächlich nicht zu entschuldigen.« Sie hob ihre rechte Hand zum Abschied ganz sacht an, eine Geste, die Simon fast päpstlich vorkam, drehte sich um und verschwand im Kloster.

Am Eingang zum Ausstellungsgebäude traf Simon auf Davide und Claudio Longhi, die gemeinsam mit ihren Frauen, beide in Nerzmäntel gehüllt, ihre Gäste empfingen. »Salve *tedesco*«, begrüßte Davide Simon mit seiner üblichen und immer feindselig gemeinten Formel. »Haben wir Sie eingeladen? Das muss dann ein Versehen gewesen sein«, legte er diesmal noch nach.

Seine Frau schaute an Simon vorbei, immerhin schien ihr die Situation peinlich zu sein. Marta Barone war nicht zu sehen. War Carla noch bei ihr? Wie war die Vernehmung ausgegangen? Simon musste sich gedulden. Er gönnte Davide keine Replik, ging wortlos an den Brüdern vorbei. Sie ließen ihn anstandslos passieren, obwohl er seine Einladung nicht vorzeigte, und betrat den großen Saal, der mit der Bestuhlung und einem Podest an der Frontseite eine langweilige Veranstaltung mit langatmigen Begrüßungen, Danksagungen und eitlen Selbstinszenierungen zu werden versprach.

Die eigentliche Ausstellung hatte ihren Platz in einem etwas kleineren Saal nebenan, und was Simon durch die offen stehende Flügeltür an Kunstobjekten schon sehen konnte, war vielversprechender, weniger konventionell, als er es den Longhis zugetraut hätte. Im großen Saal waren die vorderen, für die Seeprominenz reservierten Reihen noch nahezu leer, aber die Ränge dahinter schon zur Hälfte von Leuten besetzt, die sich rechtzeitig ihre Plätze sichern wollten. Auch Roberta und Gianluca saßen bereits dort, misstrauisch beäugt von den Nachbarn, die ihre legere Kleidung zweifellos unangemessen fanden. In einer der vorderen Reihen entdeckte Simon auch Ugo Barone, den Schwager von Marta.

Aber wo blieb Nico? Sie musste eigentlich schon längst da sein. Simon schielte ständig zum Eingang, ob sie dort endlich auftauchte. Er hatte ja die Einladung für sie, und ohne die würde sie nicht hereingelassen. Langsam füllten sich die Reihen. Simon sah auf die Uhr. In zehn Minuten ging es los.

Er rief Nicola auf dem Handy an, aber es war Paolo, der sich meldete. »Nein, Simon, Nico ist nicht mehr bei mir. Sie hat ihr Handy hier im Auto vergessen. Deshalb bin ich rangegangen. Sie muss schon auf der Insel sein. Ich habe sie zum Schiff gebracht und abgewartet, bis es abgefahren ist. Jetzt bin ich mit Buffon auf dem Weg zurück nach Coiromonte. Sie ist bestimmt gleich bei dir.«

Simon war unentschlossen. Sollte er für alle Fälle für sich und Nicola einen Platz suchen? Oder noch einmal hinausgehen und draußen auf sie warten? Das war wohl die bessere Lösung. Als er gerade versuchte, sich gegen den Strom der hereinkommenden Gäste einen Weg zum Ausgang zu bahnen, sah er am Eingang Carla und an ihrer Seite Marta Barone. Das war seltsam. Carla hatte ihn ebenfalls entdeckt und winkte ihm zu. Was war da los? Wieso kam Carla zusammen mit der Frau, die sie vernommen hatte, weil sie sie als Mörderin verdächtigte?

Während Simon auf die beiden Frauen zusteuerte, machte auch Marta Barone hektische Handzeichen in den Saal hinein, und Simon sah, dass Ugo Barone seinen Platz verlassen hatte und sich auf der anderen Seite ebenfalls auf die beiden Frauen zubewegte. Wie immer machte Marta *bella figura*, war sehr elegant in einem cremefarbenen Hosenanzug aus Chiffon und einem hellen Wollmantel, und um den Hals trug sie gekonnt drapiert einen Seidenschal.

Marta schien ihn wiederzuerkennen, begrüßte Simon aber nur mit einem angedeuteten Kopfnicken, während Carla sofort auf ihn einredete, bemüht, ihm die Situation zu erklären, noch bevor Ugo sie erreichte. »Es ist doch alles ein wenig anders, als wir gedacht haben, Simone. Sie hat nämlich den Mercedes an dem Wochenende gar nicht gefahren, ihr Schwager hatte ihn, Ugo.«

»Was hatte ich, Signora Moretti? Wovon sprechen Sie?« Ugo war die letzten Meter fast gerannt. Er war nervös, wirkte nicht so entspannt, wie Simon ihn von der Begegnung auf der *Tenuta* in Erinnerung hatte. Den Wollpullover, den er damals getragen hatte, hatte auch er gegen ein halbwegs elegantes Outfit mit einem Blazer ausgetauscht.

Statt Carlas Antwort abzuwarten, wandte er sich sofort an seine Schwägerin. »Was ist denn los, Marta? Die Veranstaltung beginnt doch gleich. Deine Brüder sind schon drin. Alle warten auf dich.«

»Die Signora Moretti …«, hob Marta zu einer Erklärung an.

Aber Carla ließ sie nicht zu Wort kommen. »Ich hätte da ein paar Fragen an Sie, Signor Barone. Kommen Sie bitte mit mir, dort neben dem Eingang ist eine ruhigere Ecke, da können wir uns kurz unterhalten.«

Ugo folgte ihr etwas zögernd, aber ohne zu widersprechen. Marta und Simon hielten sich im Hintergrund, jedoch so nah, dass sie das Gespräch verfolgen, zumindest die entscheidenden Sätze mithören konnten.

»Ihre Schwägerin hat mir gerade mitgeteilt, dass Sie an dem Wochenende, an dem Ihr Bruder und seine Geliebte in den See gestoßen wurden, den Mercedes der Familie gefahren sind?«

»Gestoßen wurden?«

»Ja, Sie haben richtig gehört. Und ich habe allen Grund zu der Annahme, dass das Auto, das dafür benutzt worden ist, dieser Mercedes ist.«

»Ich habe den Wagen damals an dem Wochenende ebenfalls nicht benutzt. Dafür war ich viel zu beschäftigt auf der *Tenuta*. Es gibt Angestellte, die bis heute noch bei uns auf dem Hof sind und die Ihnen das bestätigen können. Ich dachte im Übrigen, dass Sie das schon längst überprüft haben.«

»Das haben wir auch, aber Sie hätten zwischendrin sehr wohl die Gelegenheit gehabt …«

Ugo ließ sie nicht ausreden. »Sie wollen doch nicht wirklich behaupten, dass ich von Vercelli an den See gefahren bin, dort meinen Bruder und diese Marlene umgebracht habe und dann wieder zurückgekehrt bin und weitergearbeitet habe? Und warum sollte ich das bitte schön getan haben? Meinen Bruder ermorden und seine Geliebte, die ich überhaupt nicht kannte?«

Carla sagte nichts, ihr war selbst klar, dass ihre Anschuldigung aus der Situation geboren und nicht sehr fundiert war.

»Wer hatte denn außer Ihnen damals noch Zugang zu dem Auto?«, fragte sie, jetzt etwas weniger forsch.

»Ich glaube nicht, dass sich jemand den Wagen an diesem Wochenende genommen hat.«

»Das war nicht meine Frage, Signor Barone.«

»Was ist denn mit Angelo, der hatte doch einen Schlüssel?« Marta war einen Schritt näher gekommen und schaltete sich in das Gespräch ein. Ugo warf ihr einen wütenden Blick zu.

Simon fuhr zusammen. Angelo. Engel. Schlagartig ging ihm ein Licht auf. Mit einem Mal begriff er alles. Er blickte zu Carla. Sie nickte. Auch sie hatte sofort verstanden. Angelo, das war der Engel aus der Kladde des Priesters. Der Padre hatte ihn beim Vornamen genannt, als er in seine Kladde schrieb, was passiert war. Aber wer war dieser Angelo?

Wie immer schaltete Carla schnell. Anders als Simon hatte sie sofort begriffen, von wem die Rede war. »Angelo, das ist Ihr Sohn?«, fragte sie Ugo. Und jetzt erinnerte sich auch Simon. Marta Barone hatte bei ihrem Besuch auf der Reisfarm von einem Neffen gesprochen. Sie hatten in dem kargen Büro gesessen, und Marta Barone hatte diesen Sohn Ugos erwähnt. Was hatte sie noch einmal gesagt? Simon suchte in seinem Gedächtnis. Es war nur eine kurze Bemerkung gewesen. Hatte sie seinen Namen genannt? Simon war sich nicht sicher. Es fiel ihm zudem schwer, sich zu konzentrieren, er war abgelenkt, weil er immer noch nach Nicola Ausschau hielt und langsam nervös wurde. Wo blieb sie bloß?

»Hat Ihr Sohn den Mercedes genommen?«

»Ich weiß es nicht.«

»Wo ist Angelo jetzt?«

»Ich weiß es nicht, er müsste längst da sein.«

»Und er hatte also einen Schlüssel für den Mercedes?«

Ugo schwieg.

»Ja, den hatte er.« Das war wieder Marta, und wieder erntete sie einen bösen Blick ihres Schwagers.

»In welcher Beziehung stand Ihr Sohn denn zu Ihrem Bruder und seiner Geliebten?« Carla konzentrierte sich weiter auf Ugo Barone.

»Er hat den beiden bestimmt nichts getan.«

»Auch danach habe ich Sie nicht gefragt.«

In diesem Moment stießen die beiden Longhi-Brüder zu ihnen. »Was ist hier los?«, zischte Davide seine Schwester an.

»Ich erkläre dir das später …«

»Nein, du sagst mir bitte jetzt sofort, was hier los ist, Marta. Wir wollten schon vor ein paar Minuten beginnen. Ich muss endlich die Leute begrüßen, also was soll das? Und was wollen der Maresciallo und der Deutsche hier?«

Tatsächlich wurden die Gäste im Saal langsam unruhig, bemerkten, dass etwas nicht stimmte, tuschelten, blickten sich fragend um.

Statt ihrem Bruder eine Antwort zu geben, fragte Marta zurück: »Wisst ihr, wo Angelo ist?«

»Seid ihr denn nicht alle zusammen hierhergekommen?«, meldete sich nun Claudio Longhi zu Wort, etwas gelassener als sein jüngerer Bruder.

»Nein, Ugo und ich sind schon seit gestern auf der Insel. Angelo wollte heute nachkommen.«

»Und was ist mit ihm?«

Auch Claudio bekam keine Antwort, denn jetzt tauchte unvermittelt Stefano bei ihnen auf, etwas außer Atem. Der Carabiniere wandte sich direkt an Marta Barone. »Signora, Sie sind doch mit Ihrem Boot auf die Insel gekommen, und es lag vorhin noch in Ihrem Bootshaus?«

»Ja, warum?«

»Ihr Boot ist nicht mehr da …«

Carla schaute Marta Barone fragend an.

»Dann hat Angelo es vielleicht genommen«, sagte sie. »Er müsste ja eigentlich längst hier sein. Bestimmt hat er bei der Ankunft die Boote der Carabinieri gesehen, uns dann wahrscheinlich beobachtet und begriffen, was hier los ist …«

»… und hat sich abgesetzt? Sie glauben also auch, dass er einen Grund dafür hat?«, beendete Carla ihren Satz.

»Danach sieht es doch aus, oder nicht?«, erwiderte Marta Barone erstaunlich unaufgeregt. »Ich habe immer schon gesagt, dass mit dem etwas nicht stimmt, nicht wahr, Ugo? Fragen Sie ihn, Signora Moretti, ich schätze, mein Schwager weiß Genaueres.« Ugo hatte seit einiger Zeit gar nichts mehr gesagt, wirkte, als wäre er mit seinen Gedanken woanders, und auch Martas Brüder schenkten ihm keine Beachtung.

Dafür lenkte jetzt ein weiterer Neuankömmling die Aufmerksamkeit auf sich. Max Huber, in Filzhut und Kaschmirmantel, eilte schnellen Schrittes auf das Ausstellungsgebäude zu. Offenbar hatte er in letzter Minute noch beschlossen, an der Vernissage teilzunehmen.

»Haben Sie Angelo gesehen, Ugo Barones Sohn?«, sprach Carla ihn in erstaunlich freundlichem Ton an. »Er ist doch Ihr Nachbar.«

»Angelo? Ich glaube ja.« Huber nahm seinen Hut ab und wandte sich an Marta. »Er ist vor ein paar Minuten mit Ihrem Boot weg, Signora Barone. Ich habe mich noch darüber gewundert, weil Ihre Veranstaltung doch gleich losgeht.«

»Allein?«, fragte Carla zurück.

»Nein, da war eine junge Frau dabei. Mit kurzem, sehr rotem Haar.«

Nicola. Simons Herz raste los, und ihm wurde schwindelig.

»Das ist meine Tochter«, brachte er mit Mühe über die Lippen. Und wieder schaltete Carla schnell. Ihr Ton war scharf, als sie sich an Ugo wandte: »Ich frage Sie noch einmal, Signor Barone«, sagte sie. »Natürlich steht es Ihnen frei, mir nicht zu antworten. Aber es geht nicht nur um Ihren Sohn, sondern vielleicht um das Leben einer jungen Frau. In welcher Beziehung stand Ihr Sohn zu Ihrem Bruder und seiner Geliebten?«

Ugo zögerte einen Moment. Dann sagte er sehr leise: »Er hat sie geliebt. Angelo war damals gerade mal zwanzig, und diese Marlene war seine große Liebe. Er hat sie in München zusammen mit Virgilio bei den Geschäftstreffen wegen des Reiseinkaufs kennengelernt. Sie hat ihn abgewiesen. Virgilio wusste das. Trotzdem hat er mit ihr ein Verhältnis begonnen und Angelo sogar damit provoziert.«

»Du hast alles gewusst …« Marta sah ihren Schwager entgeistert an. »*Bastardo.*«

»Los, Stefano, wir fahren hinterher. Sehr weit kann er ja noch nicht gekommen sein.« Schon setzte sich Carla in Bewegung Richtung Anlegesteg.

»Ich komme mit«, sagte Simon.

»Nein, Simone«, sie legte einen Arm um ihn. Das hatte sie noch nie getan. »Lassen Sie uns das machen. Sie können nicht mit. Das geht nicht.«

»Bitte, Carla. Sie ist meine Tochter.«

»Eben. Aber ich werde alles tun, um sie da rauszuholen, verlassen Sie sich darauf.« Und schon drehte sie sich um und schlug mit Stefano an ihrer Seite im Laufschritt den Weg zum Anlegesteg ein, wo die Boote der Carabinieri lagen. Simon wollte ihnen folgen, schaffte es jedoch nicht. Seine Beine trugen ihn kaum noch, sein Herz raste. Er blieb stehen, wieder erfasste ihn ein Schwindel, und er musste sich auf eine kleine Mauer am Wegesrand setzen, hörte nur noch, wie Stefano den Motor des Polizeibootes anließ und davonbrauste. Aber dann stieg eine unbändige Wut in ihm hoch und mit der kam die Energie zurück. Er würde sich von der Longhi-Familie seine Nico nicht nehmen lassen. Er stand auf und rannte los.

30

Simon lief hektisch den Anlegesteg entlang und warf schnelle Blicke auf jedes der Boote, die dort nebeneinander aufgereiht lagen. Er hatte Glück. Tatsächlich steckte bei einem noch der Sicherungsschlüssel im Außenborder. Es war ein etwas heruntergekommenes Aluminiumboot, das Simons ähnelte und wie dieses einen relativ starken Zweitaktmotor hatte. Simon zögerte keinen Moment, sprang hinein, wäre bei diesem Satz auf dem glatten Boden fast ausgerutscht und hingefallen, fing den Sturz im letzten Moment auf, zog die Startleine. Nichts. Er zog immer wieder, fast ging ihm die Kraft aus, doch dann sprang endlich der Motor an, und er fuhr los. Aber wohin?

Carla und Stefano waren mit ihrem Boot auf dem See nicht mehr zu sehen, wahrscheinlich auf ihrer Suche schon in der Bucht hinter Orta verschwunden. Welches Ziel konnte Angelo Barone angesteuert haben? Es gab so viele Möglichkeiten. Martas Boot war auffällig und hatte Tiefe, er benötigte eine dafür passende Anlegestelle. Die fand sich am einfachsten und schnellsten dort, überlegte Simon, wo die Armaturenfabrik der Longhis auf der anderen Seeseite in San Maurizio an das Ufer grenzte, und wo die Familie, wie er von seinen Touren mit dem Kajak wusste, in einer versteckten Bucht ein Bootshaus hatte. Dort hatte er auch das Boot schon früher gesehen. Aber lag das nicht zu nahe? War es wahrscheinlich, dass er ausgerechnet dieses Ziel, sozusagen den Heimathafen gewählt hatte? Andererseits wusste Angelo Barone ja nicht, dass er schon verfolgt wurde, wollte aber möglichst schnell außer Sichtweite der Insel kommen.

Simon musste sich schnell entscheiden. Vielleicht irrte er sich, dachte er, doch abwegig war seine Überlegung nicht. Es war jedenfalls einen Versuch wert, sagte er sich, gab Vollgas und nahm Kurs auf San Maurizio. Das leichte Boot nahm zügig Fahrt auf und glitt in hohem Tempo über das Wasser, begann dann aber nach etwa hundert Metern hin und wieder zu spotzen. Wenn nur genug Benzin im Tank war! Simon schaute sich um, blickte unter die Bänke, ob es irgendwo einen Ersatzkanister gab, konnte keinen entdecken. Es musste einfach reichen.

Immer noch stand eine gleißende Wintersonne über dem See, aber es war kalt, und Simon war für die ungeplante Überfahrt und den eisigen Fahrtwind nicht gewappnet, noch nicht einmal eine Mütze hatte er dabei. Er spürte, wie ihm die Kälte in die Glieder kroch, doch das war ihm gerade völlig gleichgültig.

Wer war Angelo Barone? Simon versuchte sich angestrengt zu konzentrieren. In einem Winkel seines Gehirns war da noch eine Erinnerung, ein Fetzen, den er aber nicht zu fassen bekam.

Warum hatten sie bloß diesem jungen Mann keine Beachtung geschenkt? Ganz sicher hatte Carla ihn und sein Alibi nicht überprüft. Marta hatte ihn ja nur am Rande erwähnt, und es schien damals so nebensächlich zu sein. Ein folgenschwerer Fehler, dachte Simon.

Das Boot spotzte immer noch von Zeit zu Zeit, hielt aber durch, und endlich kam das Ufer näher. Hinter ein paar

Bäumen und Büschen wurden die Umrisse der Fabrik sichtbar, ein weitläufiger Flachbau. Simon lenkte das Boot in die etwas versteckte, kleine Bucht, machte auf den letzten Metern den Motor aus und ließ es auf den Steg vor dem Bootshaus zutreiben. Seine zum See hin offene Seite war mit einer Plane abgedeckt. Was verbarg sich dahinter? Simon legte an, machte eilig an einer Klampe fest, sprang auf den Holzsteg, lief die paar Meter bis zum Bootshaus, packte die Plane, öffnete sie einen Spalt breit und warf einen Blick hinein. Er hatte richtig getippt. Da lag tatsächlich eine Motorjacht, und es war die der Longhis, die, mit der Angelo Barone sich abgesetzt hatte. War er noch auf dem Boot und hielt dort Nicola fest? Vorsichtig schob Simon die Plane noch ein Stück weiter zur Seite, schlüpfte durch sie hindurch, näherte sich geduckt der Jacht und suchte das Deck mit den Augen ab. Nichts. Aber was war mit der Kajüte? Versteckte Angelo sich dort? Mit Nico?

Simon spitzte die Ohren. Leise schwappten die Wellen hin und her, aber außer diesem Geräusch war kein Laut zu hören, auch nirgendwo etwas zu sehen. Sollte er es wagen, die Jacht zu betreten? Seine Sorge galt nicht sich selbst, sondern Nico. Ein falscher Schritt könnte ihr Leben gefährden. Lange zögerte er jedoch nicht. Er stieg über die Reling, kroch auf allen vieren über das Deck zur Kajüte. Ein vorsichtiger Blick durch das Glasfenster der Kabinentür ins Innere der Jacht. Sie war leer. Aber der Zündschlüssel steckte. War Angelo in der Fabrik? Versorgte er sich dort mit dem, was er für seine Flucht brauchte? Um dann schnell wieder mit der Motorjacht zu verschwinden?

Wenn er nicht im Bootshaus war, blieb nur die Fabrik. Simon sprang von der Jacht herunter, eilte zurück zum Ufer und suchte das Gelände mit den Augen ab. Auch hier nichts. Die Fabrik schien stillzustehen, wirkte wie ausgestorben. Vielleicht machte sie zwischen den Jahren Betriebsferien, oder die Longhis hatten den Mitarbeitern wegen der Ausstellungseröffnung freigegeben. Im Schutz der Büsche rannte Simon auf die flachen Gebäude zu. Was ging da drinnen vor sich? Die Stille war unheimlich. Und: Wo war Nicola?

Simon querte einen mit Lieferwagen vollgestellten Hinterhof, rannte geduckt auf eine große graue Stahltür zu. Meterhoch stapelten sich seitlich unter einem Wellblechdach Kisten und Kartons, bereit zum Abtransport, wahrscheinlich alle gefüllt mit den eleganten Armaturen, die die Longhis in die ganze Welt verschickten. Die Tür war abgeschlossen. Wie sollte er in das Werk hineinkommen?

Simon atmete schwer und war nervös. So würde er nicht ans Ziel kommen. Er musste seine Gelassenheit zurückgewinnen. Die war eigentlich schon immer sein Trumpf in riskanten Situationen. Und jetzt, wo es um Nico ging, brauchte er sie erst recht. Er hielt einen Moment inne, atmete tief durch, spürte, wie sich sein Herzschlag verlangsamte.

Er schaute sich genauer um. Da war eine kleine Treppe, die vermutlich in den Keller führte. Schon war er unten, stand dort erneut vor einer Stahltür. Vorsichtig drückte er die Klinke herunter. Diesmal ging die Tür auf. Dahinter lag ein riesiger Keller. Noch mehr Kartons. Kleine Gabelstapler und Transportbänder. Simon nahm das alles nur schemenhaft wahr. Die Zeit lief ihm davon. Was machte Angelo Barone mit Nico? Ganz hinten im Keller führte wieder eine Treppe nach oben. Simon nahm sie mit Schwung.

Noch eine letzte Tür, dann stand Simon in einem großzügigen Foyer. Ein glänzender Steinboden, eine geschwungene Empfangstheke und an den Wänden rundum Vitrinen voller Armaturen. Wasserhähne und Duschköpfe, in Silber, in Bronze und in Gold, puristisch und elegant geformt. Simons Blick fiel auf eine Stahltür. Hier ging es in die Produktionshalle. Konnte Barone dort sein? Wahrscheinlicher war, überlegte Simon, dass er sich im Bürotrakt auf der anderen Seite aufhielt, sich dort womöglich mit Geld oder Papieren versorgte. Simon lief den langen Gang entlang, legte sein Ohr an die verschlossenen Türen, aber nirgendwo tat sich etwas.

Also doch die Produktionshalle? Die schwere Stahltür dorthin war nicht verschlossen. Hatte Angelo sie geöffnet? Simon betrat den riesigen Raum voller Maschinen, Werkbänke, Fließbänder und Industriespinde. Ganz und gar unübersichtlich war er, aber blitzsauber und sehr hell, weil große Fenster im oberen Drittel das Sonnenlicht hereinließen. Aber auch hier war niemand zu sehen und zu hören. Doch, da war ein Geräusch. Simon spitzte die Ohren. Eine Stimme. Ein ganzes Stück entfernt von ihm. Eine Männerstimme. War das Angelo Barone?

Die Stimme kam aus dem hinteren Winkel der Halle. Im Schutz der Maschinen pirschte sich Simon näher heran. War das jetzt nicht eine Frau, die sprach? Nicola? Simon konzentrierte sich so auf die Geräusche, dass er fast über eine kleine Stufe gestolpert wäre. Aber er fing sich, duckte sich schnell hinter ein Fließband. Noch immer sah er nichts. Nur die beiden Stimmen waren weiter zu hören, jetzt etwas deutlicher. Das konnten nur Nicola und Angelo Barone sein. Simon wagte sich aus seinem Versteck ein kleines Stück vor. Dann sah er sie.

Sie saßen in einem kleinen Büro im hinteren Teil der Halle. In der oberen Hälfte war es verglast, die Tür stand halb offen. Nico saß auf einem Hocker, die Arme um ihren Brustkorb geschlungen. Angelo neben ihr, stehend an einen Spind gelehnt. Hinter ihnen ein kleiner Stahlschrank mit offener Tür. Ein Tresor? Vor Barone auf dem Tisch lag ein Bündel Banknoten und – Simons Herz machte einen Satz – eine Pistole.

Er hatte richtig vermutet, Angelo war in die Fabrik seiner Familie gekommen, um sich mit dem auszustatten, was er für seine Flucht benötigte. Er war ein Hüne wie sein Vater, ihm aber ansonsten gar nicht ähnlich, hatte tiefschwarze, glatte Haare, war schlank, geradezu feingliedrig und sehr blass. Wie alt mochte er sein? Mit seinen schlaksigen Gliedern wirkte er wahrscheinlich jünger, als er war, Simon schätzte ihn auf etwa Ende zwanzig. Er war fahrig und nervös, sprach sehr schnell, trat ständig von einem Bein auf das andere, sein Hemd war schweißnass.

Und Nicola? Was war mit ihr? Sie saß sehr aufrecht auf ihrem Hocker, fuhr sich ständig mit der rechten Hand durchs Haar, eine nervöse Geste, die Simon nicht von ihr kannte. Aber die Situation sah nicht unbedingt bedrohlich aus, jedenfalls wirkte Nico nicht wie eine Geisel in den Händen eines Mörders. Von dem, was die beiden miteinander sprachen, verstand Simon fast nichts. Aber sie duzten sich, das hörte er heraus. Das war alles seltsam. Wieso wirkten die beiden nahezu vertraut? Simon verstand die Welt nicht mehr. Und konnte seinen Blick nicht von der Waffe auf dem Tisch lösen.

31

Simon kauerte jetzt an der Außenwand des Büros, im Schutz der Mauer unterhalb der Verglasung, nah an der halb geöffneten Tür. Er war von den beiden unbemerkt noch näher herangerückt, konnte nun ihr Gespräch verfolgen.

»Woher weißt du eigentlich, dass die Carabinieri hinter dir her sind?«, fragte Nicola, und ihre Stimme klang wie immer, fast jedenfalls, dachte Simon, vielleicht doch um eine Nuance zu hoch.

»Das war mir gleich klar, als ich vorhin auf der Insel angekommen bin. Sie haben mit meiner Tante und mit meinem Vater gesprochen. Aber ich wusste sofort, dass sie wegen mir da sind. Ich war vorher schon gewarnt. Durch den Chef meiner Autowerkstatt. Da war ich vorgestern mit meinem Motorrad, und er hat mich angesprochen. Weil die Carabinieri auch bei ihm waren und sich nach dem Schaden an unserem alten Mercedes erkundigt haben. Mein Vater hält zwar wahrscheinlich den Mund, aber inzwischen sind sie wohl darauf gekommen, dass ich damals den Mercedes gefahren habe.«

»Und das war das Auto, mit dem du deinen Onkel und seine Geliebte in den See gestoßen hast?«

»Ja.« Angelo griff nach der Pistole auf dem Tisch, sah sie an, legte sie dann aber wieder zurück, nahm das Bündel Geldscheine an sich, steckte es in seine Jacke.

Simon war starr vor Verwunderung. Er begriff nicht, was er da hörte und sah. Nicola unterhielt sich mit einem Mörder, als sei es die normalste Sache der Welt. Und ihr war klar, was er getan hatte. Wie konnte das sein?

Natürlich wusste sie von dem Mord an Virgilio Barone und Marlene. Simon hatte ihr ja alles erzählt, auch dass er Marta Barone für die Mörderin hielt. Aber woher wusste Nico, dass Angelo das Paar in den See gestoßen hatte? Hatte er ihr seine Tat gestanden? Auf der Fahrt mit dem Boot von der Insel zur Fabrik der Longhis? Aber wieso war sie überhaupt mit ihm gefahren? War sie womöglich seine Komplizin? Fast hörte sich das so an. Aber nein, das war ganz ausgeschlossen. Simon war sich sicher. Angelo Barone musste sie gezwungen haben, mit ihm zu kommen.

Was da in dem Büro vor sich ging, war uneindeutig, das stand fest. Angelo schien Nicola nicht festzuhalten, und doch wirkte sie, als befände sie sich in einer Zwangslage.

Was für eine Verbindung gab es zwischen Barone und Nico? Wenn er das wüsste, dachte Simon, könnte er die Lage vielleicht eher einschätzen. Jedenfalls schienen sie sich schon länger zu kennen. Simon suchte in seinem Gedächtnis nach einer Brücke. Da war dieser Fetzen, er schien zum Greifen nah, entglitt ihm aber immer wieder. Dann endlich bekam er ihn zu fassen.

Angelo Barone war der Mann, der Nico im letzten Sommer nachgestellt hatte. Noch vor kurzem hatte sie ihn ja sogar erwähnt, fiel ihm ein. Als sie das Foto von Marta Barone mit dem Mercedes in der Zeitung entdeckt hatte. Jetzt kamen Simon nach und nach auch wieder die Details zurück, die Nico ihm im letzten Sommer erzählt hatte.

Angelo Barone handelte mit Wein und belieferte die Bar

in Orta, in der sie gejobbt hatte. Er hatte sich für sie interessiert, und sie war anfänglich sogar nicht ganz abgeneigt gewesen, fand ihn faszinierend. Seine zerbrechliche Männlichkeit, und dass er so gar nicht cool war. Als empfindsam, musisch begabt, sehr religiös und zugleich nervös und überempfindlich hatte sie ihn Simon beschrieben. Aber er war ihr doch ein wenig zu *strange*, wie sie das ausgedrückt hatte. Außerdem hatte sie gerade Paolo kennengelernt und so Angelo schließlich zurückgewiesen. Aber er ließ trotzdem nicht locker, insistierte im Gegenteil so sehr, dass er ihr nach und nach ein wenig unheimlich wurde. Auch aus diesem Grund war sie froh gewesen, als sie schließlich den Job in der Bar aufgab, um ihr Studium in Turin zu beginnen.

Aber wie kam es, dass sie jetzt an seiner Seite war? Was war passiert, nachdem sie auf die Insel gekommen war? Angelo Barone hatte offenbar spontan die Flucht ergriffen. Und dabei hatte Nicola seinen Weg gekreuzt. Wahrscheinlich war sie ihm auf der Insel zufällig begegnet und nichts ahnend auf sein Boot gekommen, um ihn zu begrüßen. Dann hatte er sich unversehens davongemacht, mit ihr an Bord, gegen ihren Willen. So könnte es gewesen sein.

Aber warum? Was versprach Angelo Barone sich davon? Wahrscheinlich war ihm das selbst nicht ganz klar, vermutete Simon. Vielleicht sah er in ihr, als sie plötzlich vor ihm aufgetaucht war, eine göttliche Fügung, eine Retterin in seiner Not; hatte vielleicht die irrwitzige Hoffnung, dass sie zu ihm halten und an seiner Seite bleiben würde. Und zugleich war da womöglich auch schon der Gedanke, dass sie ihm bei seiner Flucht nützlich sein könnte. Was immer er mit ihr vorhatte, Nico war jedenfalls clever genug, so zu tun, als ob sie mitspielen würde.

Je genauer Simon hinsah und zuhörte, Nico beobachtete, umso deutlicher nahm er die Nuancen wahr, in denen sie von ihrem üblichen Verhalten abwich. Ihr Ton, ihre Gesten, ihre Mimik – in all dem spürte Simon, dass sie nicht ganz sie selbst war. Dass sie nicht freiwillig bei einem Mörder saß, sondern gute Miene zum bösen Spiel machte. Dass sie versuchte, das Beste aus dieser Situation zu machen. Die ihr zweifellos gefährlich werden konnte.

32

»Aber warum hast du das denn bloß getan?« Nico strich sich bei der Frage wieder nervös durchs Haar.

Barone lief hin und her, hatte jetzt die Pistole in der Hand. Mit einem Ruck blieb er vor Nicola stehen, sah sie an.

»Ich wollte sie nicht umbringen.«

»Was haben sie dir denn getan?«

»Ich habe Marlene geliebt.«

»Die Frau, mit der dein Onkel im Auto unterwegs war?«

»Ja, die. Sie wollte aber nichts von mir wissen.« Er verstummte, sah auf die Pistole, fast erstaunt, als bemerkte er erst jetzt, dass er sie in der Hand hielt, legte sie zurück auf den Tisch. »Ich habe sie in München kennengelernt, zusammen mit meinem Onkel, bei den Geschäftstreffen. Sie hat ja in der Firma gearbeitet, an die wir unseren Reis geliefert haben. Sie war sehr schön, aber das war es nicht, es war mehr … Sie war so eine ernste Person. Noch nie hat mich eine Frau so berührt. Und niemals hätte ich gedacht, dass …«

»… dass sie sich mit deinem Onkel einlässt?«

»Ja. Und die haben noch nicht mal versucht, das vor mir zu verbergen, im Gegenteil, mein Onkel hat mich sogar damit aufgezogen, dass ich keine Chance bei ihr hätte, obwohl ich doch viel jünger war als er … Ein Versager sei ich, hat er gesagt, nicht nur bei den Frauen …«

»… und deshalb mussten sie sterben?«

»Ich wollte sie nicht töten.« Angelo lehnte wieder an der Wand, Schweiß lief ihm über die Stirn, obwohl es eher kühl in der Fabrik war. »Ich wusste, dass sie sich am See treffen wollten, von ihm …«

»Er hat dir erzählt, dass er ein Rendezvous mit ihr hatte? Obwohl er wusste, dass sie deine große Liebe war? Wie crazy ist das denn! Und du wusstest auch, wo die sich treffen?«

»Er hatte da seinen Platz, wo er mit seinen Geliebten immer hingefahren ist. Das ist so eine verborgene kleine Stelle oberhalb des Ufers …«

»Und da bist du dann hingefahren?«

»Ja, ich habe mich mit dem Auto weiter oben etwas abseits versteckt und auf sie gewartet.«

»Und dann?«

»Sie haben sich im Auto geliebt. Die waren so mit sich beschäftigt, dass sie gar nicht bemerkt haben, dass ich im Dunkeln auf sie zugefahren bin. Dann habe ich ihnen nur einen kleinen Schubs gegeben. Ich wollte sie nur erschrecken, wollte, dass das aufhört. Aber sie sind sofort untergegangen. Ich wusste ja nicht, dass der See da gleich so steil abfällt. Sie sind gar nicht mehr rausgekommen aus dem Auto, einfach so weggesunken, ohne einen Laut.«

Simons Bein war eingeschlafen. Vorsichtig versuchte er, seine Position zu verändern. Seine Knochen knackten. Ohrenbetäubend, glaubte Simon, unüberhörbar. Aber die beiden im Büro schienen nichts zu bemerken. Simon hatte inzwischen keinen Zweifel mehr, dass Nico nicht freiwillig dort saß. Aber war ihr klar, in welcher Gefahr sie sich befand? Der Mann wirkte wirr, fast gestört auf Simon, und er war ein Gewalttäter, der Typ Mörder, der vermeintlich ohne sein Zutun tötete, schicksalhaft, wie ferngesteuert. Und die Pistole lag griffbereit vor ihm auf dem Tisch.

Nicola machte allerdings intuitiv das Richtige, dachte Simon. Sie brachte ihn zum Reden. Solange sie ihn im Gespräch hielt, würde ihr nichts passieren. Wahrscheinlich rechnete sie damit, dass irgendwann die Polizei auftauchen und eingreifen würde. Bis dahin musste sie ihn eben hinhalten. Das war ihre Chance.

Es konnte tatsächlich funktionieren, überlegte Simon, weil Angelo Barone kein professioneller Mörder war. Das machte ihn jedoch nicht weniger gefährlich, im Gegenteil. Die Situation konnte jederzeit kippen und Nico eines seiner Opfer werden. Er agierte ja irgendwie wahnhaft, jedenfalls nahm er die Realität verzerrt wahr. Dass er Nicola in alles einweihte, sie wie eine Komplizin behandelte, überzeugt schien, dass sie auf seiner Seite war, obwohl er ihr Gewalt antat, das war alles nicht ganz normal. Und bedrohlich. Gottlob wiegte er sich noch in Sicherheit. Aber was würde geschehen, wenn er realisierte, dass die Polizei ihm inzwischen auf den Fersen war?

Simon war im Dilemma. Sollte er eingreifen, versuchen, Angelo zu überwältigen? Nein, auf keinen Fall, auch wenn es ihm schwerfiel, dem Geschehen tatenlos zuzusehen. Aber er durfte die Lage nicht eskalieren lassen. Er dachte an Carla. Die wunderbar professionelle Carla. Es konnte doch nicht mehr lange dauern, bis sie auf der Bildfläche erschien. Bestimmt war sie inzwischen mit Stefano den ganzen See abgefahren, nicht fündig geworden, und bald würden auch sie sich die Fabrik der Longhis vornehmen.

Bis dahin musste er sich gedulden, durfte nichts unternehmen. Aber ihm kam dann doch eine Idee. Wenigstens eines konnte er tun: das Gespräch der beiden mit seinem Handy aufnehmen. Wer weiß, wofür das noch gut sein konnte. Vorsichtig zog er das Telefon aus seiner Jackentasche und startete die Aufnahme.

»Und was hast du dann gemacht?«, fragte jetzt Nicola.

Barone schaukelte nervös auf seinem Stuhl hin und her.

»Ich wollte sterben, einfach Schluss machen. Aber dann ist mir der Padre eingefallen und dass der mir vielleicht helfen könnte. Ich habe ihm alles gebeichtet.«

»Und was hat er gesagt?«

»Er hat mir geglaubt, dass ich die beiden nicht umbringen wollte.«

»Und dann hat er all die Jahre geschwiegen?«

»Ja, er hat sich an das Beichtgeheimnis gehalten. Bis dieses Biest an den See gekommen ist.« Mit einem Ruck ließ Angelo den Stuhl nach vorne kippen.

»Biest?«

»Leonie. Die Tochter von Marlene.«

»Kanntest du die denn?«

»Nein. Als ich Marlene in München kennengelernt habe, war sie ja noch ziemlich klein, elf oder zwölf, glaube ich …«

»Und dieses Biest ist dann hierher an den See gekommen? Und die wusste Bescheid?«

»Sie hat irgendwie davon erfahren, ja.« Angelo machte eine Pause, holte ein Taschentuch aus seiner Jacke, wischte sich den Schweiß aus dem Gesicht. »Raffiniert war die. Sie hat den Padre ausgehorcht. Dem sind dann wohl Andeutungen herausgerutscht …«

»Und sie hat sich bei dir gemeldet und dir gedroht?«

»Ja, ich habe sie auf der Insel getroffen. Sie wollte mich

anzeigen. Ich wusste nicht, was ich tun sollte. Da lag dieses Boot am Strand, und ich habe eines der Ruder genommen. Es war entsetzlich.«

»Du hast sie mit dem Ruder erschlagen?«

Angelo nickte. »Sie hat es aber nicht kommen sehen. Ich glaube, sie hat mir so etwas gar nicht zugetraut. Und es war fast so, als ob ich Marlene noch einmal umgebracht hätte. Sie sah ihr so ähnlich. Dann habe ich sie in das Boot von dem Deutschen, diesem Huber, gelegt und aufs Wasser geschoben. Es hat irre gestürmt an diesem Tag, und sie ist gleich abgetrieben. Sie hatte so dicke Bücher dabei, die habe ich noch in dem Garten von dem Huber versteckt.« Er lachte leise.

Nicola starrte ihn irritiert an. Dieses Lachen machte ihr Angst, das war ihr anzusehen. Zu Recht, dachte Simon. Sehr schnell schob sie eine Frage nach. »Du wolltest den Verdacht auf ihn lenken?«

»Nein. Darüber habe ich gar nicht nachgedacht. Ich wollte nur Zeit gewinnen, wollte, dass sie niemand findet.« Angelo unterbrach sich, griff erneut zu der Pistole, wieder etwas gedankenverloren, als wollte er nur mit ihr spielen. »Ich sollte langsam los«, sagte er. »Früher oder später werden die Carabinieri hier auftauchen. Und du kommst mit mir, Nicola.« Er richtete die Pistole auf sie.

33

»Klar komme ich mit dir.« Nicolas Stimme zitterte. Nur ein wenig, fast unmerklich. »Aber bitte, erzähl mir das noch zu Ende. Und dann hauen wir ab.«

Angelo lächelte sie an, nestelte mit seiner freien Hand ein Päckchen Zigaretten aus seiner Jackentasche, zündete sich eine an, rauchte hastig. »Ich weiß, es hört sich komisch an, aber ich wollte niemanden umbringen.« Angelo wischte sich wieder den Schweiß aus dem Gesicht, starrte vor sich hin, schien einen Punkt in der Ferne zu fixieren.

»Und den Padre, hast du den auch getötet?«, setzte Nicola nervös mit einer Frage nach.

Er sah sie an, ließ die Pistole um seinen Finger kreisen, legte sie dann aber zurück auf den Tisch.

»Nein. Das war ich nicht. Ich habe keine Ahnung, wer ihn umgebracht hat. Aber bestimmt verdächtigen mich die Carabinieri auch wegen ihm. Das liegt ja nah. Er hat mich unter Druck gesetzt, von mir verlangt, dass ich mich stelle. Für den Mord an Leonie gelte das Beichtgeheimnis nicht, hat er gesagt. Ich habe ihm noch mehr Geld geboten.«

»Noch mehr?«

»Ja, ich hatte ihm die ganzen Jahre Geld gegeben, für das Kloster. Das hat er damals von mir verlangt, als ich ihm gebeichtet habe, sozusagen als Sühne.«

»Und darauf ist er aber nicht eingegangen?«

»Nein, dass er mich wegen Leonie anzeigen werde, wenn ich es nicht selbst tue, hat er gesagt. Ich wusste nicht weiter. Aber ich habe ihn nicht umgebracht. Ich kannte ihn ja von früher. Er war eigentlich ein guter Mensch.«

»Eigentlich?«

»Er war Padre in Vercelli, in unserer Gemeinde. Da hat es damals so eine böse Geschichte gegeben. Das ist aber schon sehr lange her. Ich war da erst zwölf. Er war kein schlechter Priester, er war sehr sportlich, hat mit uns Jungs Fußball gespielt und für die Älteren so einen Verein gegründet, um ihnen dabei zu helfen, Arbeit zu finden. Solche Sachen. Dabei haben ihn viele Leute in der Stadt unterstützt, auch mein Vater, meine Tante und ihre Brüder. Aber er war schwul, und dann hat er etwas mit einem der Jungs gehabt, Dario. Der war gerade mal vier Jahre älter als ich. Seine Eltern haben etwas gemerkt, und der Padre ist in Schwierigkeiten geraten.« Angelo unterbrach sich, nahm einen Zug aus seiner Zigarette. Er schwitzte nicht mehr so stark, wirkte weniger verwirrt.

»Und was ist dann passiert?«

»Er musste aus Vercelli weg. Aber meine Familie hat ihm geholfen. Die haben die richtigen Leute davon überzeugt, dass da nicht wirklich etwas mit ihm und dem Jungen war. Obwohl mein Vater wusste, dass er schuldig war und das wohl auch beweisen konnte.«

»Und warum haben sie ihm geholfen?«

»Weiß ich nicht genau. Es muss irgendein Deal gewesen sein. Ich glaube, es hatte etwas mit meiner Mutter zu tun. Die war krank, irgendwie gestört und ist wohl ein paarmal auffällig geworden, und der Padre hat ihnen aus der Patsche geholfen. Ich war da ja noch ganz jung ...«

»Und dann haben sie ihn geschützt, als er selbst in Schwierigkeiten war? Und du hast gedacht, dass er dir aus Dank dafür dann auch hilft?«

»Ja, schon. Aber ich habe ihn nicht umgebracht. Das musst du mir glauben. Ich mochte ihn. Und er war genauso verloren wie ich.«

Simon schöpfte Hoffnung. Er hatte den Worten Angelos, dieser letzten Wendung in seinem Gespräch mit Nicola, verblüfft zugehört. Stimmte das, was er erzählte? Wer hatte dann den Priester getötet? Aber warum sollte Angelo diesen Mord leugnen, wenn er Nico alle anderen gestand? Der junge Mann schien zwar irgendwie gestört, aber doch aufrichtig. Und etwas hatte sich außerdem in den letzten Minuten verändert. Er schien viel beherrschter und geradezu demütig, wie ein wund geschossenes Tier, das begriffen hat, dass es keine Chance mehr hat.

Beide schwiegen, und für einen Moment stand in der Halle alles eigenartig still. Angelo warf seine Zigarette zu Boden und drückte sie mit dem Fuß aus, setzte sich zu Nico, blickte sie an, fast zärtlich.

Plötzlich zuckte blaues Licht durch die Halle. Ein Flackern, das durch die Fenster fiel. Simon unterdrückte einen Fluch. Auch Angelo Barone begriff sofort, was das Blaulicht bedeutete, griff hastig zu seiner Waffe, sprang auf, packte Nicola grob am Arm, zog sie an einer Hand hinter sich her aus dem Büro, die Pistole in der anderen. Was würde er tun?

Noch immer flackerte das blaue Licht in die Halle hinein. Dann klirrte es auf einmal.

»Wer ist da?« Angelo schaute sich hektisch nach allen Seiten um. Das Klirren hörte nicht auf. Jetzt sah Simon, woher es kam. Ein Schraubenschlüssel. Er musste in seiner geduckten Position mit dem Fuß an eine Werkbank gestoßen sein und das Werkzeug in Bewegung gesetzt haben. Noch immer kullerte der Schlüssel vor ihm über den Steinboden, nicht enden wollend, so schien es ihm. Dann endlich war es wieder still. Aber das Blaulicht blieb, flackerte über Angelos Gesicht. Der stand jetzt nur zwei, drei Meter entfernt von Simon und zielte mit der Waffe auf ihn.

Simon richtete sich langsam auf, die Arme erhoben. Mit einem Schlag war er ganz ruhig. »Ich bin kein Polizist, Angelo«, sagte er. »Ich bin der Vater von Nicola. Tun Sie ihr bitte nichts. Lassen Sie sie gehen. Nehmen Sie mich statt ihr oder bringen Sie mich um, aber tun Sie bitte Nico nichts.«

Barone antwortete nicht, blieb starr vor ihm stehen, hielt Nicola fest, richtete weiter die Waffe auf ihn.

»Ich kann Ihnen helfen, Angelo«, sagte Simon beschwörend. »Sie sehen ja, dass die Carabinieri hier sind. Sie kommen von hier nicht mehr weg. Aber ich habe einen guten Draht zu denen, zu Maresciallo Moretti. Ich kann Ihnen helfen, hier doch noch rauszukommen. Wenn Sie meine Tochter gehen lassen.«

Angelo antwortete wieder nicht, fasste Nicola nur noch fester am Handgelenk. Sie war wie erstarrt, ließ seinen Zugriff regungslos über sich ergehen.

Simon machte noch einen kleinen Schritt auf die beiden zu.

»Bleiben Sie stehen, wo Sie sind.«

Simon folgte der Aufforderung, blieb ebenfalls stumm.

»Dann tun Sie doch was«, blaffte Angelo ihn jetzt an,

»sorgen Sie dafür, dass die Carabinieri verschwinden und dass ich hier rauskomme. Dann passiert Nico auch nichts.«

Nico sah Simon aus großen Augen an. Sie hatte Barone geschickt in Sicherheit gewiegt, war auf ihn eingegangen, hatte seiner Geschichte zugehört. Jetzt, wo Simon aufgetaucht war und Angelo sie wie eine Geisel behandelte, brachen bei ihr die Dämme. Sie war bleich, wie erloschen. Mit ihrer freien Hand wischte sie sich die Tränen aus dem Gesicht.

Auch Angelo bemerkte ihre Geste, warf einen schnellen Seitenblick auf sie, wandte sich dann abrupt wieder Simon zu. »Verschwinden Sie von hier«, sagte er mit belegter Stimme.

Simon dachte nach. Barone war nicht kaltblütig, außerdem gläubig. Und er mochte Nicola, sie bedeutete ihm etwas, das war offensichtlich. Wenn es eine Chance gab, zu ihm durchzudringen, ihn zum Aufgeben zu bewegen und Nicola unversehrt aus dieser Halle herauszubringen, dann, indem er Barone bei seinen Gefühlen für sie packte – und bei seinem tiefen Glauben.

»Nein«, sagte Simon. »Ich bin Vater und Christ wie Sie«, sagte er. »Ich werde Nico nicht im Stich lassen. Wenn Sie mich loswerden wollen, müssen Sie mich umbringen.«

»Halten Sie endlich den Mund.« Angelo machte noch einen Schritt auf ihn zu. Aber Simon spürte, dass er verunsichert war, nicht wusste, was er tun sollte.

Simon ließ seinen Blick durch die Halle schweifen, ziellos, ohne genau zu wissen, wonach er Ausschau hielt. Nach einem Fluchtweg? Nach einem Gegenstand, der ihm zur Not als Waffe dienen könnte? Sollte er nicht tatsächlich versuchen, zu den Carabinieri draußen Kontakt aufzunehmen? Und zumindest so tun, als wolle er Angelo zur Flucht verhelfen?

Plötzlich entdeckte er Carla. Sie kauerte versteckt hinter einer der Maschinen in der Werkshalle und sah ihn an. In der Hand hatte sie eine Waffe, zielte damit auf Barone. Wenn es nur nicht zu einem Schusswechsel kommt, dachte Simon, und bei diesem Gedanken wurde ihm eiskalt. Jetzt sah er auch Stefano, ebenfalls hinter eine Maschine geduckt und eine Pistole auf Angelo gerichtet.

»Ich helfe Ihnen, Angelo«, sagte Simon, »aber lassen Sie Nico gehen. Sie mögen sie doch sehr. Und Sie sind ein gottesfürchtiger Mann. Sie haben schreckliche Dinge getan. Aber Sie wollen doch endlich Frieden finden.«

Barone lachte auf, aber es klang verzweifelt, nicht mehr so bizarr und deplatziert wie zuvor. »Ich habe drei Menschen umgebracht. Meinen Onkel und die Frau, die ich geliebt habe. Und deren Tochter. Ich werde keinen Frieden finden, egal, was ich tue.«

»Ja, Sie stecken in einer Sackgasse, Angelo. Aber Sie sind nicht gefühllos. Im Gegenteil. Sie wollen Nico doch nicht wirklich etwas antun. Sie haben sie viel zu gern. Sie könnten sie jetzt gehen lassen, zu Ihren Taten stehen und vor Gott Reue zeigen und bei ihm Erbarmen und Vergebung finden.« Simon hörte sich selbst staunend zu. Er sprach wie ein Priester. Woher nahm er das? Es musste doch einen religiösen Kern in ihm geben, etwas, das aus seiner inszenierten katholischen Kindheit in ihm haften geblieben war.

Angelo sah Simon an, in der einen Hand noch die Pistole, an der anderen Hand Nico, aber sein Arm entspannte sich etwas, er lockerte den Griff, mit dem er sie festhielt. Simons Worte hatten offenbar etwas in ihm getroffen.

Auch Nicola spürte das. Es war ihr förmlich anzusehen, wie sie erneut Mut fasste, ihr Blick war wieder wach. Sie wandte sich Angelo zu, legte ihm ihre freie Hand sanft auf die Schulter. »Gib auf, Angelo«, sagte sie. Und in dem, wie sie das sagte, lag eine Wärme, die auch Simon tief berührte. Angelo sah sie an, strich ihr über das nasse Gesicht und zärtlich durchs Haar, ohne die Pistole loszulassen, nahm die Waffe dann langsam herunter und ließ Nico los.

Sie machte einen vorsichtigen Schritt auf Simon zu, wurde schneller. Er streckte ihr seine Hand entgegen, sie ergriff sie, und er zog sie zu sich.

Angelo Barone sah Nico hinterher, unbeweglich, schweigend und wie festgezurrt auf seinem Platz. Ein schmaler Hüne, einsam, zerbrechlich und gewalttätig.

Simon hörte Schritte und spürte eine Bewegung in seinem Rücken. Er sah sich um, Nico fest in seinem Arm. Carla hatte ihr Versteck verlassen, ging mit ihrer Waffe langsam auf Barone zu, im Schutz von Stefano, der sich auch erhoben und Angelo im Visier hatte.

»Geben Sie auf, Signor Barone«, sagte Carla mit ihrer tiefen Stimme. »Die Fabrik ist umstellt. Sie kommen hier nicht raus.«

Barone schien sie gar nicht zu hören, sein Blick war abwesend, er blieb stumm. Dann hob er die Pistole, richtete sie gegen sich selbst.

»Tun Sie das nicht.« Carla nahm ihre Waffe herunter, machte noch einen Schritt auf ihn zu, war jetzt ganz nah bei ihm. Er bemerkte sie anscheinend gar nicht, reagierte nicht, richtete immer noch seine Pistole auf sich, aber jetzt zitterte seine Hand.

Carla ergriff seinen Arm, nahm ihm behutsam die Pistole ab. Barone ließ es geschehen, ergab sich, als wäre alles Leben aus ihm gewichen. Stefano kam dazu, ebenfalls mit gesenkter Pistole, legte Angelo Handschellen an. Er ließ auch das teilnahmslos geschehen und verschwand an der Seite von Stefano aus der Halle.

Carla blickte den beiden noch einen Augenblick nach, wandte sich dann mit einem Ruck um und steuerte das Fließband an, wo Simon und Nicola nah beieinander und wie gelähmt saßen. Sie beugte sich zu ihnen, legte einen Arm um Nicola, sah Simon an. *»Stupido«*, sagte sie, und ihre grünen Augen blitzten, »das haben Sie gut gemacht, Simone.«

34

»Wie geht es Nicola?«

»Sie schläft noch, aber ich glaube, sie hat alles einigermaßen gut überstanden.«

Es war kurz nach zehn an diesem Silvestermorgen, aber Simon war schon lange wach, als Carla anrief. »Und wie ist es mit Angelo gegangen?«, fragte er.

»Er hat alles gestanden. Ohne dass ich Ihre Handyaufnahme benutzt habe. Vor Gericht hätte die uns zwar ohnehin nichts genutzt, aber das war trotzdem eine gute Idee von Ihnen.«

Simon wusste nicht, wie ihm geschah. Schon wieder ein Lob von Carla, das zweite in kurzer Zeit. Er nahm es unkommentiert hin. »Und den Mord an dem Priester, hat er den denn auch gestanden?«, fragte er.

»Nein, hat er nicht. Er bleibt dabei, dass er damit nichts zu tun hat. Und es sieht ganz so aus, als ob er die Wahrheit sagt«, antwortete Carla.

»Ja?« Simon war nicht ganz überzeugt.

»Warum sollte er nicht eingestehen, dass er ihn umgebracht hat, wenn er sonst alles zugibt? Das macht doch einfach keinen Sinn, oder? Er ist zwar ein eigenartiger Typ«, fuhr Carla fort, ohne Simons Antwort abzuwarten, »nicht vollkommen bei sich, aber ich kann mir keinen Grund vorstellen, warum er den Mord an dem Priester nicht auch zugeben sollte. Und außerdem spricht auch die Beweislage dafür, dass er die Wahrheit sagt.«

»Das heißt?«

»Im Haus von Padre Ferrante haben wir Fingerabdrücke von ihm gefunden, aber nicht auf dem Schwert des Priesters. Da sind zwar auch welche drauf, aber nicht seine. Und dieser Mord war ja wohl eine spontane Attacke. Ziemlich unwahrscheinlich, dass der Täter vorher noch Handschuhe angezogen hat.«

Da hatte Carla zweifellos recht. »Und haben Sie denn irgendeine Idee, wer es dann gewesen sein könnte?«, fragte Simon.

»Nicht wirklich.« Es entstand eine Pause. Mehr schien Carla nicht sagen zu wollen.

»Jetzt rücken Sie schon raus damit«, insistierte Simon. »Sie haben doch jemanden in Verdacht.«

»Ich hatte einen Verdacht, ja. Erinnern Sie sich an den Ring, den wir bei dem Padre gefunden haben?«

»An den mit der Gravur?«, fragte Simon.

»Ja, den meine ich. An den jungen Mann, von dem der stammt, habe ich zuerst tatsächlich gedacht. Er war ja wohl ein Missbrauchsopfer und könnte sich an dem Padre gerächt haben. Aber er kann es nicht gewesen sein.«

»Haben Sie denn herausbekommen, wer das ist?«

»Ja«, sagte Carla, »Stefano hat das recherchiert. Dario Valentini. Aber der ist nicht mehr in Italien. Er ist schon vor längerer Zeit nach Australien ausgewandert und lebt dort mit seiner Frau und seinen Kindern. In Melbourne.«

»Und kann er nicht zurückgekommen sein?«

»Nein, ist er nicht, das haben wir schon überprüft.«

Simon schwieg einen Moment. Auch er hatte einen Verdacht, war sich aber nicht sicher, ob er damit herausrücken sollte. Er wusste, dass ihn das in Schwierigkeiten mit Carla bringen könnte. Wo sie ihm doch gerade so zugewandt war. Schließlich rang er sich durch. »Und was ist mit Ugo Barone?«

»Warum der?«, fragte Carla.

»Um seinen Sohn zu schützen«, erwiderte Simon. »Der hat doch alles gewusst. Zumindest geahnt, dass Angelo seinen Bruder und Marlene Hofmann auf dem Gewissen hat. Und Leonie. Und vielleicht wusste er auch, dass der Padre Angelo anzeigen wollte.«

»Ja, da ist etwas dran. Der Gedanke ist mir übrigens auch schon gekommen.« Carla schien nachzudenken. Simon schwieg, wartete ab, bis sie weitersprach. »Vielleicht hat Angelo ihn eingeweiht und um Hilfe gebeten«, setzte Carla schließlich die Überlegung fort. »Das würde auch zu einer Nachricht von Ugo Barone passen, die wir auf Angelos Handy gefunden haben. Die hat er am Tag nach dem Mord losgeschickt und sinngemäß geschrieben, dass er keine Angst mehr zu haben braucht.«

»Oder aber der Padre selbst hat sich an Ugo gewandt, weil er gehofft hat«, erwiderte Simon, »dass der seinen Sohn dazu überredet, sich zu stellen. Und Ugo Barone hat daraufhin versucht, den Priester zum Schweigen zu bringen. Ich habe mir gestern Abend die ganze Aufnahme auf meinem Handy noch einmal angehört. Da spricht Angelo doch davon, dass Padre Ferrante in der Schuld der Familie Barone stand. Das hat sich so angehört, als ob sie damals sogar etwas gegen ihn in der Hand hatten, was sie aber nicht benutzt haben. Vielleicht dachte Ugo, er könne Druck auf den Padre ausüben und als das nicht funktionierte, hat er ihn umgebracht.«

»Sie denken offenbar an etwas Bestimmtes?«, fragte Carla.

»Ja.« Simon zögerte. Ihm war klar, dass er jetzt auf ein Geständnis zusteuerte. Nach einer längeren Pause sagte er: »Auch an diesen Ring mit der Gravur.« Er verschwieg Carla, dass dieser Gedanke ihm gerade erst gekommen war. Es konnte das letzte Puzzlestück in diesem Fall sein.

»Und was ist damit?«, wollte Carla erstaunt wissen.

»Wissen Sie, wo Stefano den gefunden hat?«

»Ja, er lag in der Küche. Stefano hat sich noch darüber gewundert und mir eine Notiz dazu gemacht.«

Simon zögerte noch einen Moment, dann sagte er entschieden: »Der war am Tag vorher noch nicht da. Den muss der Mörder mitgebracht haben.«

Jetzt blieb es auf beiden Seiten still. Schließlich reagierte Carla, sehr leise. »Woher wissen Sie das, Simone?«

Simon schwieg.

»Sie waren also schon am Tag vorher bei dem Priester im Haus? Bevor der Mord passiert ist?« Carla war wie erwartet fassungslos.

»Ja«, antwortete Simon und schwieg lieber erneut.

Erst nach einer langen Pause fand Carla die Sprache wieder. »Ich habe mir ja fast schon so etwas gedacht. Aber dann habe ich es doch nicht für möglich gehalten. Ich war überzeugt, Sie hätten sich verändert. Sie sind also einfach in das Haus des Priesters eingedrungen?«

»Die Tür stand offen«, antwortete Simon kleinlaut.

»Ach so, na dann«, sagte Carla sehr trocken. »Darüber reden wir noch, Simone. Darauf können Sie sich verlassen. Aber jetzt bleiben wir erst mal bei Ugo Barone. Das hat jetzt Vorrang. Der Ring war also nicht da, da sind Sie sicher?«

»Ja, vollkommen.«

»Dann hat ihn der Mörder wohl tatsächlich mitgebracht. Als Druckmittel. Das würde in der Tat für Angelos Vater als Täter sprechen. Ich versuche mal herauszubekommen, wo der jetzt ist und rufe Sie gleich wieder zurück.«

Simon bereitete sich einen Cappuccino zu. Er war nachdenklich, zugleich auch erleichtert. Aber würde Carla noch einmal über seinen Fehltritt hinwegsehen? Er hoffte es. Im oberen Stockwerk tat sich noch immer nichts. Auch von Buffon war nichts zu sehen und zu hören, obwohl der Hund normalerweise um diese Zeit längst schon Futter bekam. Aber es war ja ein gutes Zeichen, wenn Nico so lange in den Silvestermorgen hineinschlief.

Keine fünf Minuten später meldete sich Carla wieder. »Ich habe mit Marta Barone gesprochen«, sagte sie. »Sie ist in Vercelli, aber ihr Schwager ist noch auf der Insel. Ich fahre jetzt in Kürze dahin. Ich sollte Ihnen das zwar eigentlich nicht vorschlagen, aber würden Sie mich begleiten? Ich bin die Einzige hier auf dem Revier, und sonst muss ich das allein machen.«

Mit dieser Frage hatte Simon nicht gerechnet. Er wollte eigentlich sofort begeistert zusagen, aber dann fiel ihm Nico ein. Er hatte versprochen, ihr Frühstück zu machen, wenn sie aufwachte. Gerade hatte Buffon einmal kurz gebellt, und Simon hatte Schritte gehört. Es konnte also nicht mehr lange dauern, bis sie herunterkam.

»Ich muss noch auf Nicola warten«, sagte er, »sie steht gerade auf. Ich will nicht, dass sie dann allein ist. Aber in einer halben Stunde kann ich los, wäre das okay?«

»Ja, natürlich«, erwiderte Carla, und in ihrer Stimme lag

wieder ein wenig von der alten Wärme. »Dann nutze ich noch diese Zeit, um mich ein bisschen über Ugo Barone kundig zu machen.«

35

Fast gleichzeitig trafen sie jeder mit seinem Boot auf der Insel ein. Sie bot ein ganz anderes Bild als am Vortag. Ausgestorben lag sie unter einem wolkenschweren Himmel, um sie herum hingen ein paar Nebelschwaden dicht über dem Wasser, und nicht ein einziges Boot war auf dem See unterwegs. Es roch nach Schnee. Der *Weg der Stille*, wo sich am Tag zuvor die Gäste der Vernissage getummelt und ihn mit Stimmengewirr erfüllt hatten, war menschenleer, und es war wirklich kein Laut zu hören. Ob die Veranstaltung der Longhis trotz allem wie immer ihren Lauf genommen hatte? Simon wusste es nicht, und es interessierte ihn eigentlich auch nicht.

Carla begrüßte Simon sehr sachlich und erkundigte sich sofort besorgt nach Nicola. »Das ist eine mutige junge Frau«, sagte sie. »Hoffentlich neigt sie nicht zum gleichen Leichtsinn wie Sie«, setzte sie noch hinzu, ohne zu lächeln.

Seite an Seite liefen sie zum Haus der Barones. »Ich habe noch ein bisschen nachgeforscht und ein paar Hintergrundinformationen über Ugo Barone«, berichtete Carla unterwegs. »Das geht alles in die Richtung, dass er unser Mann ist.«

Simon schaute sie fragend an.

»Lassen Sie sich überraschen«, sagte Carla.

Ugo Barone machte ihnen sofort auf. Er steckte wieder in einem langen, wie selbst gestrickt aussehenden Wollpullover, sah übernächtigt und angespannt aus. »Kommen Sie herein. Ich habe Sie schon erwartet«, sagte er.

»Hat Ihre Schwägerin Ihnen Bescheid gesagt?«, fragte Carla.

»Nein. Ich habe mir gedacht, dass Sie zu mir kommen. Sie wollen bestimmt über Angelo mit mir sprechen, nicht wahr?«

»Auch«, sagte Carla trocken.

Das Haus der Barones war ein klassisches Sommerhaus, schlicht und praktisch eingerichtet. Im Wohnraum, der auf eine Wiese und den See hinausging, waren um einen niedrigen Tisch herum auf einem Steinboden ein paar Rattansessel mit dunkelblauen Kissen gruppiert, in denen sie Platz nahmen. Immerhin gab es einen offenen Kamin, in dem mehrere dicke Holzscheite loderten. Trotzdem war es ziemlich kühl und die Luft geschwängert von Rauch. Auf dem Tisch eine angebrochene Packung Zigarillos, in einem gläsernen Aschenbecher drei oder vier ausgedrückte Stummel.

Ugo bot ihnen nichts an. »Wie geht es meinem Sohn?«, fragte er, kaum dass sie saßen.

»Den Umständen entsprechend«, erwiderte Carla. »Er ist ja geständig. Nur den Mord an Padre Ferrante will er nicht begangen haben.«

Ugo Barone nestelte ein Zigarillo aus der Packung, zündete es mit einem silbernen Feuerzeug an, zog den Rauch tief ein, lehnte sich im Sessel zurück. »Er sagt bestimmt die Wahrheit. Er hat den Padre nicht umgebracht.«

»Wie können Sie da so sicher sein?« Carla blickte Barone fragend an.

»Ich kenne meinen Sohn.«

»Und wer war es dann?«

»Ich glaube, es ist doch wohl Ihre Aufgabe, das herauszufinden.«

»Was macht eigentlich Ihre Frau, die Mutter von Angelo, Signor Barone?« fragte Carla. »Sie sind doch noch verheiratet?«

»Geht Sie das etwas an?« Barones Ton war angespannt.

Carla gab keine Antwort, und es entstand eine Pause. Auch Simon sah Carla fragend an. Schließlich rang Ugo sich doch zu einer Antwort durch. »Sie ist in einer Privatklinik am Lago Maggiore. Sie litt unter einer Psychose und hat vor langer Zeit einen Selbstmordversuch gemacht.« Er machte eine Pause. »Der sie dann aber auch körperlich sehr beschädigt hat.«

»Wie lange ist das her?«, hakte Carla nach, und Simon war erstaunt, wie wenig Mitgefühl sie zeigte.

»Etwa fünfundzwanzig Jahre.«

»Und Sie haben Angelo dann allein aufgezogen? Da war er ja wohl noch ein kleiner Junge, als das passiert ist?«

»Das ist richtig, so war es.« Barone nahm wieder einen tiefen Zug von seinem Zigarillo, stieß den Rauch heftig aus.

Carla griff in ihre Tasche, zog den Ring mit der Gravur heraus, legte ihn vor sich auf den Tisch, sagte aber nichts, sah Ugo Barone nur auffordernd an.

»Was soll das?«, fragte Ugo brüsk.

»Sie kennen diesen Ring«, sagte Carla.

»Nein, woher sollte ich den kennen?«

»Tun Sie nicht so unwissend. Wir haben ihn bei Padre Ferrante gefunden. Ihr Sohn kennt jedenfalls diesen Ring. Angelo hat ihn bei Ihnen gesehen. Er war in Ihrem Besitz.«

Das war eine Bemerkung, die auch Simon überraschte. Hatte Carla Angelo tatsächlich zu dem Ring befragt? Oder bluffte sie?

»Eigentlich hat dieser Ring ja dem Padre gehört«, fuhr Carla jetzt fort. »Aber Sie sind wohl vor langer Zeit irgendwie in seinen Besitz gekommen. Er hätte ein Beweis sein können für Ferrantes Missbrauch an diesem Jungen.« Carla drehte den Ring zwischen ihren Fingern hin und her, sah auf die Gravur, »Dario Valentini. Aber Sie haben das für sich behalten. Sie haben ihm damals geholfen, obwohl Sie wussten, dass er schuldig war. Warum eigentlich?«

»Das geht Sie nichts an. Und es tut auch nichts zur Sache.«

»Hatte das etwas mit der Krankheit Ihrer Frau zu tun?«, insistierte Carla.

»Ich sagte Ihnen schon, dass das nichts zur Sache tut.«

»Ihr Sohn sagt, dass der Padre Ihnen damals zur Seite gestanden hat?«

»Angelo war viel zu jung, der hat gar nichts von all dem mitbekommen.«

»Wovon?«

»Ich sagte ja, das geht Sie nichts an.«

Carla schwieg, starrte Ugo Barone nur an.

Eine Weile hielt Barone ihrem Blick stand, dann sagte er widerwillig: »Meine Frau war wie gesagt sehr krank, nicht ganz bei sich, und sie hat damals ein paar verrückte Dinge getan und sich und andere damit ziemlich in Schwierigkeiten gebracht. Da hat der Padre interveniert und die Wogen geglättet. Er war ein anständiger Typ, trotz allem.«

»Obwohl er sich an einem Minderjährigen vergriffen hat?«

»Ja, er hat sich mit diesem Jungen eingelassen, ihn verführt, wenn Sie so wollen. Das war natürlich gar nicht in

Ordnung. Aber ich wiederhole: Er war eigentlich ein anständiger Typ.«

»Und Sie haben Padre Ferrante getroffen, ihm diesen Ring mitgebracht, um ihn an seinen Missbrauch zu erinnern und ihn damit unter Druck zu setzen. Damit er Angelo hilft, so wie er seiner Mutter geholfen hat. So war es doch, oder?«

»Nein.« Barone zog hektisch an seinem Zigarillo.

»Wir haben den Ring bei dem toten Padre gefunden«, fuhr Carla fort. »Dann war es also doch Ihr Sohn, der ihn damit unter Druck gesetzt und erstochen hat?«

»Nein.« Noch ein hektischer Zug Ugos.

»Wem soll ich nun glauben, Ihnen oder Ihrem Sohn?«

Barone schwieg.

»Wo waren Sie an dem Abend, als der Padre ermordet wurde?«

»Zu Hause. In Vercelli.«

»Gibt es dafür Zeugen?« Carla ließ nicht locker.

»Nein.«

»Sie waren nicht in Vercelli, Signor Barone«, griff Simon jetzt ein. »Sie waren auf der Insel. Ich habe am späten Nachmittag in Ihrem Haus Licht gesehen.« Die Erinnerung an das erleuchtete Fenster im Schneefall war Simon plötzlich zurückgekommen. Carla blitzte Simon aus ihren grünen Augen kurz an, wandte sich dann wieder Ugo zu, wartete auf dessen Antwort.

»Dann war Marta da oder vielleicht Angelo«, erwiderte Ugo schließlich.

»Ihre Schwägerin hat für die Tatzeit ein Alibi«, sagte Carla. »Das haben wir schon überprüft. Sie war mit einem Kunden verabredet, in einem Restaurant in Novara, weit weg von der Insel. Und der Kunde hat das bestätigt.« Carla machte eine Pause, nahm den Ring wieder an sich, wandte sich schließlich erneut an Ugo. »Also war es doch Angelo, Signor Barone? Sie verdächtigen doch Ihren Sohn? Hatten Sie nicht gesagt, Sie glauben ihm?«

»Nein, Angelo war es nicht.« Ugo drückte sein halb gerauchtes Zigarillo aus. Er sah schlecht aus, fand Simon, noch erschöpfter als zu Beginn des Gesprächs.

»Ich sage Ihnen jetzt, wie es war, Signor Barone. Sie waren auf der Insel und Sie haben Padre Ferrante umgebracht.« Carlas Ton war vollkommen sachlich.

»Hören Sie auf!« Barone sprang ungestüm auf, machte ein paar hektische Schritte hin und her, fiel zurück in seinen Sessel. War es Wut oder Verzweiflung, die sich bei ihm Bahn brachen? Wahrscheinlich beides, dachte Simon. Das Leben hatte diesem so redlich wirkenden Mann übel mitgespielt, mit einer kranken Frau, die versucht hatte, sich umzubringen, und einem schwierigen Sohn, der Ugos Bruder getötet hatte. Simon war immer froh gewesen, dass er über die Mörder, denen er in seinem Reporterleben begegnet war, und es waren viele gewesen, niemals ein Urteil fällen musste. Sicher, es gab das Böse, es gab die Eiskalten, die Grausamen und die Berechnenden, Gewalttäter, für die er keinen Funken Mitleid aufbrachte. Aber die meisten, die anderen Menschen Schreckliches zufügten, waren in gewisser Weise selbst Leidtragende, so oder so.

»Der Padre wollte Ihren Sohn anzeigen, nachdem er Leonie getötet hatte. Diesen Mord wollte er nicht mehr hinnehmen. Und Sie wollten Angelo schützen«, fuhr Carla nun ungerührt fort. »Sie wussten, was er getan hatte, dass er nicht mehr aus noch ein wusste. Und Sie hatten Angst, dass er sich umbringt, so wie seine Mutter.« Carla hielt jetzt inne, sah Barone an. Er wich ihrem Blick aus und schwieg. Sie griff mit einem Tuch zu seinem Feuerzeug, legte es vorsichtig in eine Plastiktüte. »Sie haben auf den Padre gezählt, gehofft, dass er Ihnen hilft und Ihren Sohn nicht anzeigt. Aber er hat sie enttäuscht. Und dann haben Sie ihn umgebracht. Sie waren wütend, wussten nicht, wie Sie ihn sonst zum Schweigen bringen sollten. Am Tag danach haben Sie Ihrem Sohn eine Nachricht geschickt. Dass er keine Angst mehr haben müsse. Sie haben das ganz kaltblütig geplant. Auf diesem Feuerzeug sind Ihre Fingerabdrücke. Und ich bin sicher, dass wir die auch auf dem Schwert des Priesters finden, auf der Waffe, mit der Sie ihn vorsätzlich umgebracht haben.«

Simon sah erstaunt zu Carla. Das war eine bewusste Provokation. Barone konnte die Tat nicht geplant haben, sie war aus dem Affekt heraus geschehen, mit dem Schwert Ferrantes, das zufällig in seinem Haus an der Wand lehnte. Ohne diesen Zufall wäre der Mord wahrscheinlich nicht passiert. Aber Carla wusste, was sie tat. Die Provokation funktionierte.

Ugo Barone begann zu sprechen, langsam, fast Wort für Wort, und mit belegter Stimme. »Ja, Sie haben recht, ich habe ihn umgebracht. Aber ich habe das nicht geplant, ich habe einfach spontan das Schwert ergriffen und damit zugestochen. Es war so, wie Sie vermuten. Er wollte Angelo anzeigen.«

»Woher wussten Sie das?«

»Von Angelo. Er hat mir alles erzählt. Er war vollkommen am Ende. Ich dachte, ich könnte den Padre umstimmen. Ich habe mich mit ihm verabredet und ihn gebeten, Angelo in

Ruhe zu lassen. Mein Sohn ist ein sehr zerbrechlicher Junge, wie seine Mutter. Davon haben Sie sich ja selbst gestern ein Bild machen können. Sie haben recht, ich hatte große Angst, dass er sich umbringt. Und er wird auch das Gefängnis nicht überleben. Davor wollte ich ihn bewahren. Aber Padre Ferrante hat nicht nachgegeben. Er hatte alles aufgeschrieben und wollte damit zur Polizei gehen.«

»Sie haben sich gestritten?« Carla klang nun weniger kühl.

»Ja. Aber er ist eigentlich vollkommen ruhig geblieben. Es war komisch. Er war auf einmal ganz selbstsicher, mit sich im Reinen. So hatte ich ihn noch nie erlebt.«

»Und es war so, wie ich vermutet habe, Sie haben versucht, ihm Druck zu machen. Ihm den Ring gezeigt, ihn an seine alte Schuld erinnert?«

»Ja, aber das hat ihn gar nicht interessiert. Es ist vollkommen an ihm abgeglitten. Er war irgendwie weit darüber hinaus. Er hat auf einmal überhaupt keine Angst mehr gehabt, auch nicht vor mir. Ich würde sagen, er war todesmutig. Das hat ihn stark gemacht. Ich glaube, er wollte sich endlich von dieser alten Schuld befreien, auf seine Weise. Er hat sogar damit gerechnet, dass ich ihn töten werde. Und hat das wie ein Gottesurteil hingenommen.«

»Was ist dann passiert?« Carla war wieder die Polizistin, wie Simon sie kannte, sachlich, aber zugewandt, ihre Stimme tief und warm wie immer. Mit ihrer Kühle war sie einem Plan gefolgt, begriff Simon jetzt, und das hatte funktioniert.

»Wir standen noch zusammen unten in seiner Küche, und er hat seiner Katze Milch gegeben, mir dabei den Rücken zugewendet. Ich weiß nicht, was in mich gefahren ist. Vielleicht waren es gerade seine Ruhe und diese Selbstgewissheit, die mich so haben ausrasten lassen. Sein Schwert lehnte da an der Wand, und ich habe spontan danach gegriffen und zugestochen. Er hat nicht einmal geschrien. Er ist zu Boden gestürzt, hat aber noch gelebt. Er hat so entsetzlich geblutet. Aber sprechen konnte er noch, und er hat auf mich eingeredet. Dass ich Angelo zu einem Geständnis bringen, dass er zu seiner Schuld stehen müsse. Ich habe es nicht mehr ausgehalten und die Flucht ergriffen.«

Sie verließen mit den Booten die Insel. Carla im Polizeiboot mit Ugo Barone vorweg. Sie hatte ihn mit Handschellen an die Bordwand gefesselt, mehr zu seiner Sicherheit als zu ihrer eigenen. Einen weiteren Selbstmordversuch wollte sie nicht riskieren. Simon folgte ihr langsam mit seinem Boot, bis sie die gelben Bojen erreichten. Dort drehte Carla sich noch einmal zu ihm um, sah ihn lange an, rief ihm etwas zu, was er aber wegen des Motorenlärms nicht verstand. Dann gab sie Gas, ihr Boot bäumte sich kurz auf, und eine riesige Heckwelle hinter sich lassend, schoss es über den See auf Omegna zu.

Simon saß noch einen Moment mit tuckerndem Motor in seinem vor sich hin treibenden Boot, ließ es zu, dass die Strömung es erfasste und mit dem Bug wieder ein Stück auf die Insel zu drehte. Sie war nun fast ganz von Nebelschleiern umhüllt, nur der Glockenturm der Basilika ragte wie ein verlängerter Arm der Nonnen in den bleigrauen Himmel auf. Es fing leise an zu schneien. Simon griff zur Pinne seines Außenborders, gab Gas und nahm Kurs auf Ronco.

Epilog

Eine Rakete stieg zischend in den Nachthimmel auf, versprühte über der angestrahlten Insel einen Silberregen und verglühte. Buffon lag wie immer ganz nah am Feuer, den Kopf zwischen die Pfoten geschmiegt, die Augen geschlossen. Wachsam registrierte er das Geräusch des Feuerwerkskörpers, hob den Kopf, nahm Witterung auf, schnaufte kurz und ging wieder in seine entspannte Position vor dem Kamin, nicht weit weg von der Theke und von Nico. In der Bar in Pella, der neuen, die vor kurzem erst eröffnet hatte, direkt am Anlegesteg der Verkehrsschiffe und mit Inselblick, drängten sich die Gäste, die meisten elegant gekleidet, gut aufgelegt und sehr gesprächig. In weniger als fünf Minuten würde das neue Jahr beginnen, die Gläser mit Prosecco waren schon gefüllt, und es roch nach Linsen, die gemäß der Tradition nach Mitternacht für die Gäste aufgetischt würden und allen Anwesenden ganz gewiss Glück brachten.

Am späten Nachmittag hatte es aufgehört zu schneien, und der Himmel war aufgerissen. Simon, Nicola und Paolo waren zu Tommaso aufgebrochen, hatten bei ihm zu Abend gegessen, *pasta allo scoglio*, Spaghetti mit Meeresfrüchten, ohne *gamberi americani*, wie Tommaso hoch und heilig versicherte. Luisa fehlte, weil ihr Job sie weiter in Frankfurt festhielt. Als Dessert hatte Tommaso noch eine *meringata al caffè* aufgetischt, eine Baisertorte mit Espressocreme. Eine Stunde vor Mitternacht brachte Tommasos Boot sie dann von Orta in die Bar auf die andere Seeseite. Es war immer noch kalt, ihre festliche Kleidung nicht wettertauglich, und um dem Fahrtwind zu entgehen, klemmten sie sich zu viert und mit Buffon an ihrer Seite in die schmale Kajüte. Nicos tiefschwarzes Outfit kontrastierte, wie Simon fand, sehr ansehnlich mit ihrem feuerroten Haar, das sie noch am Nachmittag nachgefärbt hatte und das besonders grell geraten war. »So kann ich mir das rote Dessous sparen«, hatte sie gesagt, darauf anspielend, dass die Italienerinnen an Silvester als Glücksbringer immer irgendein rotes Wäschestück trugen. Simon dachte, dass Nicola Glück tatsächlich gut gebrauchen konnte. Zwar hatte sie den Schrecken des Vortags anscheinend gut verkraftet, beim Essen sogar die üblichen Scherze und Sticheleien mit Tommaso ausgetauscht, aber sicher war Simon sich nicht. Man musste abwarten, das Ganze lag ja gerade erst gut vierundzwanzig Stunden zurück. Aus Erfahrung wusste er, wie tief sich die Todesangst in die Seele senken konnte. Über das Geschehen selbst hatte Nico nicht viel mit Simon gesprochen, ob das ein gutes Zeichen war, wusste er nicht. Es war mit Angelo Barone und ihr jedenfalls alles so abgelaufen, wie Simon es vermutet hatte, so viel hatte sie doch gesagt. Und dass sie Mitleid mit ihm empfand, ihn für einen verstörten Menschen hielt, der auf unglückselige Weise aus dem Gleis geraten und zum Mörder geworden war.

Noch zwei Minuten bis Mitternacht. Wieder stieg eine verfrühte Silvesterrakete über der Insel auf. Die Nacht war sternenklar, und das Mondlicht fiel auf die Klostermauern.

Festlich sah das aus, auch ein wenig geheimnisvoll, fand Simon. Das Kloster und die Nonnen blieben für ihn ein Mysterium, obwohl er ihr Reich nun von innen kannte. Was taten die Nonnen um diese Zeit? Verschliefen sie die Silvesternacht, weil sie schon bald wie stets zu ihrer frühen Morgenandacht gerufen wurden? Hatte der Jahreswechsel für sie überhaupt eine persönliche Bedeutung? Ließen sie wie die meisten Menschen zu diesem Anlass Vergangenes Revue passieren und fassten gute Vorsätze für das kommende Jahr? Oder spielte so etwas in ihrem immer gleichen Lebensrhythmus gar keine Rolle?

Vor der Insel tauchte jetzt ein Boot der Carabinieri auf, warf flackerndes Blaulicht auf die Klostermauern, sauste weiter über den See Richtung Süden. War das Carla? Seit dem Morgen hatte er nichts mehr von ihr gehört. Wann würde er sie wiedersehen? Die schlechten Nachrichten über ihren Kollegen hatte er ihr noch nicht überbracht. Er hatte in diesen Wochen eine neue Facette an ihr kennengelernt, hinter ihrem burschikosen Habitus eine zarte Seite entdeckt. Wie Nicola hatte sie Mitleid mit den Barones, mit dem Vater, der seinen Sohn retten wollte, und mit Angelo, der drei Menschen umgebracht hatte, darunter die Frau, die er liebte, und seinen Onkel. Half ihm sein Gottesglaube? Der hatte ihn jedenfalls nicht davor bewahrt, zum Mörder zu werden.

Und woran glaubte Simon? An den Zufall. Der so schicksalhaft in das Leben greifen konnte. Auch an das Glück, das die Linsen versprachen? Eher nicht, auch wenn er das gerne getan hätte. Aber er würde sie gleich wie alle anderen Gäste verspeisen, obwohl er sie nicht mochte. Man wusste ja nie.

24 Uhr. Rund um den See, am Ufer, in den Dörfern und auf den Höhen der Hügel und Berge, begann es zu zischen und zu leuchten, blau, rot und grün, goldfarben und silbern, eine Lichtersinfonie, die die Nacht erhellte. Leuchtkugeln flogen in den Himmel, noch mehr Silberregen und bengalisches Feuer. *Buon anno! Auguri!* Man prostete sich zu, umarmte und küsste sich. Buffon bellte und jaulte, wollte gar nicht aufhören. Was war mit dem Hund los? Simon blickte in seine Richtung, suchte die feuerrote Nico mit den Augen. Sie stand eng umschlungen mit Paolo an der Theke und reagierte nicht. Buffon bellte und jaulte immer noch. Diesen Ton kannte Simon doch. Er entdeckte den Hund am Eingang der Bar. Der Terrier sprang an einer großen Frau hoch. Jetzt drehte sie sich um. Luisa. Sie war doch noch aus Frankfurt gekommen. Strahlend kam sie auf Simon zu. Aus dem Ausschnitt ihres Kleides blitzte ein roter Träger hervor. *Auguri amore, buon anno,* sagte sie und fiel Simon um den Hals.

Nachbemerkung der Autorin

Die Geschichten und Personen in diesem Roman sind natürlich alle von mir erfunden und haben keinen Bezug zu realen Orten und Menschen am Lago d'Orta. Viele der Orte, an denen die Handlung spielt, gibt es zwar, aber es gibt sie auch nicht, denn auch wenn sie zum Teil den richtigen Namen tragen, habe ich sie verändert, also so beschrieben, wie es zu meinem Krimi passt.

Giulia Conti, im Sommer 2020

Giulia Conti
Acqua Mortale
Ein Piemont-Krimi
288 Seiten, Klappenbroschur
ISBN 978-3-455-01237-8
Atlantik Verlag

Der dritte Fall für Simon Strasser

Während des jährlichen Halbmarathons am Lago d'Orta in Italien bricht der Reisunternehmer Franco Borletti plötzlich tot zusammen: Vergiftet! Und zwar mit einem Unkrautvernichtungsmittel, das für einen Skandal in seiner eigenen Firma gesorgt hatte. In dem von ihm produzierten Reis konnten schädliche Rückstände des Mittels nachgewiesen werden. Auch wenn die Liste von Borlettis Feinden lang ist: Wer würde so weit gehen, ihn zu töten? Die militanten Umweltaktivisten? Seine vermeintlich abgebrühte Frau, die mehr Interesse an der Pferdezucht zeigt als an ihrem untreuen Ehemann?